Sophie Berg

Liebe im Gepäck

Sophie Berg

Liebe im Gepäck

Printed in Germany

Ich steh vor dem Schrank,
seh überquellende Fülle.
Sie steht vor dem Schrank,
sieht ein gähnendes Nichts.
Und meint, dass von ihren Paar Schuhen
nicht ein einziges stimme,
und hat Tränen im Auge
wegen ihres Gewichts.
Frauen sind anders …

geschrieben von Seeberstein
erschienen auf der CD »Herzkatheter«
vor 2 Jahren, ausgezeichnet mit Doppelplatin

Hinweis:

Die Personen und Handlungen in diesem Roman sind frei erfunden. Jede Ähnlichkeit mit Menschen, die wirklich leben (die Autorin eingeschlossen) oder gelebt haben, ist ganz und gar zufällig und völlig unbeabsichtigt.

I

Donnerstag, 17. Juni, 11.45 Uhr, Stadtzentrum

Franziska Querulin spiegelte sich im Chrom der polierten Lifttüren und war mit sich und der Welt zufrieden. In ihrer Aktentasche befand sich seit wenigen Minuten die Kreditzusage ihrer Bank, und neben ihr stand ihr Vater und tätschelte ihr mit einer liebevollen Geste erleichtert und voll Stolz den Rücken.

»Mutter wird sich freuen, wenn sie das hört«, sagte er, und sie wusste, dass er wusste, dass sie wusste, dass das nicht stimmte. Es hätte ihn gefreut, wenn seine Frau den Erfolg ihrer Tochter ebenso zu schätzen gewusst hätte wie er. Wenn sie gesehen hätte, wie kreativ, engagiert und begeisterungsfähig ihre Tochter war. Doch Sieglinde Maria Querulin sah nur eines: Sie sah, dass Franziska fünfunddreißig Jahre alt war und noch immer unverheiratet. Und dass ihr einziges Kind in einer Verbindung lebte, die sie eine »wilde Ehe« nannte.

Um ihre Mutter zu beruhigen, hatten sich Franziska und Bertrand de Valleau vor einem halben Jahr verlobt. Sie selbst hatte dieser Idee eher widerwillig zugestimmt. Bertrand war begeistert gewesen. Und ihre Mutter auch. Schließlich war es jetzt offiziell, dass der Freund ihrer Tochter auch ihr Schwiegersohn werden würde. Und sie hatte stolz die Verlobungsbilder allen ihren Freundinnen gezeigt. Waren die beiden nicht ein schönes Paar? Franziska trug ihre dunkelblonden Locken aufgesteckt, ihre Sommersprossen waren unter dem professionell aufgelegten Make-up kaum noch zu sehen. Der Besuch beim Visagisten vor dem Fototermin war Mutters Geschenk zur Verlobung gewesen. Bertrand trug auf den Bildern einen dunkelblauen Clubblazer mit goldenen Knöpfen, das Emblem seines Tennisverbandes auf die Brusttasche gestickt.

»Ja, der liebe Bertrand ist Mitglied in einem der nobelsten Clubs in Paris«, hatte Sieglinde Maria Querulin ihren Freundinnen nicht ganz wahrheitsgemäß zugeflüstert. »Nicht, dass das für uns wichtig wäre. Und das Vermögen seiner Familie, das ganz beachtlich sein soll, ist natürlich für uns auch nicht ausschlaggebend. Wichtig ist einzig und allein, dass unsere Tochter glücklich wird. Und, dass sie mir bald einen Enkel schenkt. Ihr wisst, meine Nebenniere ...« Sie hatte diesen Satz in der Luft hängen lassen und wissend in die Runde genickt. Ihre Freundinnen hatten wissend zurückgenickt. Sie waren alles Frauen Anfang sechzig, und jede von ihnen hatte ihr Leiden. Die meisten hatten es im Kreuz, andere litten unter Migräne. Wieder andere spürten die letzten Auswirkungen des Klimakteriums. Sieglinde Maria Querulin hatte vor zehn Jahren eine Entzündung der Nebenniere gehabt. Das machte sie zu etwas Besonderem.

»Weißt du was, Franziska«, ihr Vater blickte auf die Uhr, »wir haben noch etwas Zeit. Ich lade dich auf ein Glas Sekt im Café gegenüber ein. Wir haben wirklich allen Grund, auf dein Vorhaben anzustoßen.«

Heinrich Querulin hob sein Glas. »Auf dich, Franziska. Ich wünsche dir, dass dein Projekt ein voller Erfolg wird!«

»Und auf dich, weil du mir geholfen hast, diese harte Nuss von einem Bankmenschen zu knacken!«

Sie prosteten sich zu.

»Komm gut zurück aus China. Ich bin immer unruhig, wenn du allein unterwegs bist.«

»Papa, ich bin fünfunddreißig. Und außerdem war ich im letzten Jahr bereits zweimal in Peking.«

»Ich weiß. Doch nun wird es ernst. Wenn der Vertrag erst einmal unterschrieben ist, dann wird deine Idee in die Tat umgesetzt. Dann werden 3000 Koffer nach deinem Entwurf produziert. Dann gibt es kein Zurück mehr.«

»Möchtest du denn ein Zurück?«

Heinrich Querulin schüttelte den Kopf: »Aber nein, natürlich nicht! Der Koffer, den du kreiert hast, wird den Markt revolutionieren. Immer mehr Frauen verreisen für ein, zwei Tage oder über das Wochenende. Der Bedarf an einem Koffer speziell für die moderne Businessfrau wird immer größer. Die Nachfrage bei uns im Laden steigt ständig.«

Er nannte sein Geschäft immer noch »seinen Laden«, obwohl dieses bereits Kaufhausgröße erreicht hatte. »Querulin – Koffer und Taschen«, das größte Taschengeschäft der Stadt, eines der größten Taschengeschäfte Deutschlands.

»Es ist schon witzig, dass mich Koffer anscheinend mein ganzes Leben lang begleiten. Schon an der Fachhochschule habe ich einen als meine Abschlussarbeit entworfen.«

»Ja, aber du hast damals auch von der Automobilindustrie geträumt.«

»Und dort bin ich ja gelandet.« Franziska lächelte ihrem Vater zu. »Am Anfang fand ich meinen Job in der Fahrzeugindustrie wirklich interessant. Aber auf Dauer immer nur Rückscheinwerfer zu designen, das war mir dann doch zu langweilig. Darum ist mir die letzten drei Jahre, die ich in Frankreich gelebt habe, der Plan, einen ganz besonderen Koffer zu entwerfen, nie aus dem Kopf gegangen.«

»Du hast dafür eine gut bezahlte Stelle aufgegeben.«

»Ich weiß.«

»Auch wenn dir Tante Marias Erbschaft zur Verfügung steht, du gehst jetzt jede Menge Risiko ein.«

Franziska nippte an ihrem Sekt und grinste: »Das weiß ich allerdings auch.«

Heinrich Querulins stolzes Lächeln verstärkte sich: »Du bist meine Tochter.«

»Und auch das weiß ich.« Franziska gab ihrem Vater einen kleinen Kuss auf die Wange. »Mutter wird wohl nie verstehen, warum ich das alles getan habe. Tante Marias Geld für das Herstellen von Koffern zu verwenden, aus Frankreich wegzugehen, den armen Bertrand allein zurückzulassen …«

Heinrich Querulin hatte das Bedürfnis, seine Frau zu verteidigen: »Deine Mutter möchte nur, dass du glücklich bist.«

»Meine Mutter möchte vor allem, dass ich verheiratet bin«, korrigierte Franziska trocken.

»Das auch.«

Und dann lachten sie beide, und Franziska war wieder einmal froh, ihn zum Vater zu haben. Heinrich Querulin, der ihr zur Seite stand, seitdem sie ein kleines Mädchen war. Der alle ihre Pläne unterstützte, der ihre Ideen kritisch hinterfragte, ihre Gedanken durch seine ergänzte. Und der sie nun, in ihrem großen Traum, bedingungslos unterstützte. Es würde einen Koffer geben. Franziska Querulins Koffer für die moderne Businessfrau. Hergestellt in China nach ihren eigenen Entwürfen. Mit einer speziellen Technik, die sie sich weltweit durch ein Patent hatte schützen lassen, obwohl sie den Verkauf vorerst nur in Deutschland plante. Mit einer integrierten Plastiktasche für Unterwäsche und T-Shirts, aus der man, mit einer einfachen Vorrichtung, die Luft heraussaugen konnte, um so die Wäsche vakuumverpackt und dadurch Platz sparend unterzubringen. Mit einer mechanischen Rollvorrichtung für Kostüme und Hosen, um Knicke zu vermeiden. Und mit einer Kosmetiktasche, die man herausnehmen und aufhängen konnte und in der alle wichtigen Produkte in Miniaturgröße Platz finden würden. Der Name »Querulin« hatte in der Branche einen guten Ruf. Sie hatte ihren Kofferentwurf bei allen wichtigen Kaufhausketten vorgestellt und war auf positive Resonanz gestoßen. Die ersten Aufträge waren bereits im Haus. Nun musste das gute Stück nur noch produziert werden. Vater würde sich um den Vertrieb kümmern. Sie würde nach China reisen, um die Produktion anlaufen zu lassen. Gemeinsam mit ihrem Rechtsanwalt Rüdiger Sommer, der alle nötigen Verträge ausgearbeitet hatte.

»Wann geht dein Flugzeug am Sonntag?«

»Wir haben nur noch Plätze in der Abendmaschine bekommen. Sie startet um 20 Uhr 15. Ich bin dann, wenn man die Zeitverschiebung einberechnet, am Montag um die Mittagszeit in Peking. Ich werde noch am selben Tag meinen Agenten Joe Kaufmann treffen, um mit ihm einige offene Punkte zu klären. Kaufmann ist der Mann, der für mich den Kontakt zum chinesischen Kofferproduzenten Yu Yi hergestellt hat und mit dem ich die Fabrik schon zweimal besucht habe. Unsere Anwälte haben die letzten Details des Vertrages per E-Mail geklärt. Jetzt sollte eigentlich alles unterschriftsreif sein. Aber bei Chinesen weiß man anscheinend nie. Laut Kaufmann müssen wir damit rechnen, dass wir noch mindestens zwei oder drei Tage für Vertragsverhandlungen brauchen.«

»Drei Tage? Obwohl schon alles unterschriftsreif ist?«

Franziska nickte: »Mich wundert das schon längst nicht mehr. Wenn ich eines gelernt habe, dann ist es, dass Effizienz keine typisch chinesische Tugend ist. Und Ungeduld ist etwas, was sie gar nicht verstehen können.«

Erschrocken blickte Heinrich Querulin auf seine Armbanduhr: »Apropos Ungeduld. Deine Mutter wartet mit dem Essen auf uns.« Er machte der Kellnerin ein Zeichen und verlangte die Rechnung.

»Was ist eigentlich mit deinem Franzosen? Siehst du ihn noch, bevor du abfliegst?« Heinrich Querulin hielt seiner Tochter die Kaffeehaustür auf.

Franziska blickte ihn von der Seite prüfend an, als sie auf den Gehsteig hinaustrat: »Du nennst Bertrand wieder einmal ›meinen Franzosen‹. Worüber hast du dich denn diesmal geärgert?«

Ihr Vater machte eine wegwerfende Handbewegung, so als würde er es bedauern, seinen Unmut gegen den zukünftigen Schwiegersohn so klar zum Ausdruck gebracht zu haben: »Ach, es ist noch immer die alte Geschichte. Was soll ich von einem Mann halten, der mir allen Ernstes erklärt, er wolle drei Kinder von meiner Tochter. Und dies deshalb, weil drei Kinder steuerlich besser absetzbar wären als zwei.«

»Du weißt doch, wie Bertrand ist, Papa. Er denkt, das Finanzamt würde ihn noch in den Ruin treiben. Und wer von uns mag schon das Finanzamt?«

»Das war ja noch nicht alles. Weißt du, aus welchem weiteren Grund dein lieber Bertrand drei Kinder möchte?«, wehrte Heinrich Querulin diese halbherzig vorgebrachte Verteidigungsrede ab, »weil ja immer etwas passieren könnte. Und hat man nur zwei Kinder, steht man plötzlich mit einem Einzelkind da. Und er habe – Achtung, Originalton: – keine Lust, mit fünfzig noch einmal nachzuproduzieren.«

Franziska blieb stehen und schnappte nach Luft: »Hat er nicht gesagt.«

»Und ob er das gesagt hat.«

»Dann hat er es nicht so gemeint. Vielleicht war es ein Sprachproblem, Bertrand ist Franzose ...«

Heinrich Querulin lachte auf: »Dein Herr Bertrand spricht ebenso gut deutsch wie du und ich. Immerhin ist seine Mutter Deutsche, und er ist zweisprachig aufgewachsen. Denkst du, das habe ich vergessen?«

»Bertrand hat auch seine guten Seiten.«

»Aber sicher hat er die. Sonst wärt ihr nicht schon so lange ein Paar. Komm, steig ein.« Er öffnete Franziska die Wagentür.

»Natürlich sehe ich ihn noch, bevor ich abfliege«, sagte sie, während sie auf dem Beifahrersitz Platz nahm, »er kommt am Samstag zu uns und bleibt anschließend ein paar Tage in der Stadt. Bertrand will sich nächste Woche einige Wohnungen ansehen. Er hat Termine mit namhaften Immobilienmaklern vereinbart. Wie es scheint, habe ich ihn überzeugt, ganz nach Deutschland zu ziehen. Seine Arbeit kann er von jedem Ort der Welt aus erledigen, wo es einen Internetanschluss gibt. Also auch von hier aus.«

»Wie schön.«

Franziska wandte sich mit einem Ruck ihrem Vater zu: »Papa, ich liebe Bertrand.« Sie merkte selbst, wie trotzig ihre Stimme klang.

»Ich sagte ja: wie schön«, entgegnete ihr Vater ebenso trotzig, beugte sich vor und schaltete das Autoradio ein.

II

Samstag, 19. Juni, 17.30 Uhr, im Nordosten der Stadt

Franziska saß auf ihrem Koffer und versuchte, die Verschlüsse zum Einschnappen zu bringen. Ihre Wangen waren vor Anstrengung gerötet. Einige der dunkelblonden Locken, die sie mit einer Spange locker am Hinterkopf befestigt hatte, hatten sich selbstständig gemacht und fielen ihr über die Augen. Um die Hände nicht vom Koffer lösen zu müssen, blieb ihr nichts anderes übrig, als sie immer wieder aus der Stirn zu pusten. Natürlich hatte sie wieder einmal viel zu viel eingepackt! Dabei war es nur das Allernötigste. Aber für einen Aufenthalt von fast drei Wochen brauchte sie schon so allerlei.

»Na, wer sagt's denn!« Endlich war es ihr gelungen, die Schnapper ins Schloss zu bewegen und den Koffer fest zu verschließen. Zeit für eine Verschnaufpause. Sie goss frisches Mineralwasser in ihr Glas und schaltete das Radio ein. Gerade klang ein Lied aus. Die letzten Takte der Melodie gefielen ihr. Allerdings hatte sie keine Ahnung, wer es gesungen hatte. Es war ein deutsches Lied. In Frankreich bekam man deutschsprachige Lieder so gut wie nie zu hören. Da waren selbst schon englischsprachige Songs viel seltener zu hören als hierzulande.

»Ich brauche nicht zu sagen, wer das war, Sie haben es sicherlich erkannt: Das war ›Herzkatheter‹, der wohl größte Hit von Seeberstein. Es wird Zeit, dass der gute Mann mal wieder etwas Neues auf den Markt bringt. Vielleicht sollte er sich diese Dame zum Vorbild nehmen: Madonna!« Nach der nasalen Stimme des Moderators folgte die unverkennbare Stimme von Amerikas Superstar.

Franziska hörte, wie unten die Haustür geöffnet wurde. Ihr Vater war nach Hause gekommen.

Seit ihrer Rückkehr wohnte sie wieder in ihrem alten Jugendzimmer ihres Elternhauses. Natürlich war es in der Zwischenzeit verändert worden. Mutter hatte darin ein Gästezimmer eingerichtet. Mit abgelaugten Holzkommoden und einem Bett im Landhausstil, gestreiften Tapeten in Rosa und Creme und duftigen Blümchenvorhängen. Ganz so, wie es ihr gefiel. Ein Stil, von dem sie wusste, ihre Freundinnen würden ihn »entzückend« finden. Franziska liebte es eher schlicht und sachlich. Dennoch, sie war froh, zu Hause Unterschlupf gefunden zu haben. Und die langen Abende mit Papa am Küchentisch hatten viel dazu beigetragen, ihre Pläne in allen Einzelheiten Wirklichkeit werden zu lassen.

Lange würde sie nicht mehr zu Hause wohnen. Jetzt, da Bertrand sich endlich dazu entschlossen hatte, nach Deutschland zu ziehen, jetzt, da er bereits Gespräche mit Maklern vereinbart hat, da war es nach ihrer Rückkehr aus Peking sicher nur noch eine Frage von Wochen und sie würde gemeinsam mit ihrem Verlobten ihr neues Heim beziehen.

Apropos Verlobter, Franziska sah auf ihre Uhr, wo blieb Bertrand? Es war schon früher Abend, und er war immer noch nicht aufgetaucht. Dabei wollte er am Nachmittag hier sein. Franziska suchte nach ihrem Handy.

Wie auf Kommando ertönte im selben Augenblick die Anrufmelodie: »Man in the Suitcase« von The Police.

Franziska stellte ihr Wasserglas ab, überprüfte das Display und drückte auf den grünen Knopf: »Hallo Bertrand! Gerade habe ich mich gefragt, wo du bleibst!«

»Ah, bon jour, mon amour. Wie geht es meinem Engel?«

»Engel«, kam ein Echo aus dem Lautsprecher. Franziska war kurz irritiert, beschloss aber, es zu ignorieren. Wahrscheinlich fuhr Bertrand gerade an einer Bahnstrecke entlang, was die Verbindung störte.

»Bertrand, wo bleibst du? Du wolltest doch am Nachmittag hier sein und mir bei den Reisevorbereitungen helfen.«

»Ah, Chérie«, er hatte schon immer einen Hang zum Theatralischen, »wie könnte ich zusehen, wie du in dein Unglück läufst? Wie könnte ich mich an diesem Unglück auch noch aktiv beteiligen? Du weißt doch, mein Engel, ich hasse es, dass du mich verlässt.«

Franziska schnaubte unwillig: »Von verlassen ist doch gar keine Rede, das weißt du genau. Ich verreise. Bitte fang die alte Diskussion nicht wieder von vorne an. Du kannst mich nicht umstimmen. Es ist nun einmal mein lang gehegter Traum, und ich würde mir wünschen, dass du mich unterstützt.«

»Ein Traum! Ein Traum!« Franziska konnte förmlich vor sich sehen, wie Bertrand seine Hände in die Höhe streckte. »Mein Engel, kannst du nicht träumen wie andere Frauen in deinem Alter auch? Warum bin ICH nicht dein Traum? Warum ist dein Traum nicht ein langes weißes Hochzeitskleid mit Schleier, ein Brillantring an deinem Finger, ein Kind von mir, Chérie?«

»Aber das eine schließt doch das andere nicht aus!« Franziska rollte die Augen: »Irgendwann werde ich mir den Schleier aufsetzen und mit dir vor den Altar treten. Aber warum hast du es so eilig? Ich bin erst fünfunddreißig.«

»Fünfunddreißig! Ich war längst geboren, als meine Mama fünfunddreißig war. Sie war mit fünfunddreißig bereits ganze zehn Jahre verheiratet. Meine beiden Großmütter haben mit zwanzig geheiratet.«

»Das war eine andere Generation, Bertrand. Wie weit hast du noch zu fahren? Ich würde gerne zum Abschied noch einmal richtig schön ausgehen. Schließlich sehen wir uns jetzt fast drei Wochen nicht. Soll ich bei unserem Lieblingsitaliener einen Tisch bestellen?«

Wieder ein deutliches Rauschen in der Leitung.

»Bertrand? Bertrand? Bist du noch dran?«

»Bist du noch dran?«, ertönte es aus dem Handy. Sie hört ihr eigenes Echo.

»Ja, Chérie, hier bin ich, natürlich bin ich hier. Ich habe deine letzten Worte nicht gehört. Hier ist eine Störung.«

»Ich habe dich gefragt, wann du kommst.«

»Ach, jetzt auf einmal brauchst du mich. Als du deinen Plan, all dein Geld mit Koffern zu verpulvern, gefasst hast, hast du mich auch nicht gebraucht.« Sein Tonfall klang beleidigt.

Franziska seufzte. Sie kannte Bertrand lange genug, um zu wissen, dass sie ihn niemals würde überzeugen können. Er war ein interessanter Mann. Er war, wenn er es wollte, ein liebevoller Mann. Er war gut aussehend und sexy. Doch er war auch schwierig. Und konservativ. Er war es von zu Hause aus gewohnt, dass sich eine Frau dem Willen des Mannes unterzuordnen hatte. Frauen mit eigenen Plänen waren ihm suspekt. Die Idee, dass seine Verlobte in China Koffer produzieren lassen wollte, lag jenseits seines Vorstellungshorizontes. Was hatte er in den letzten Monaten und Wochen nicht alles versucht, sie von ihrem Vorhaben abzubringen! Nicht, dass ihn ihre Pläne nicht interessiert hätten. Ihr technisches Fachwissen und ihre kreativen Ideen hatten ihn immer sichtlich beeindruckt. Schließlich war er selbst Maschinenbauingenieur, also Fachmann genug, um ihre Konstruktionen entsprechend würdigen zu können. Und doch tat er ihre Pläne als Fantasiegebilde ab. Als Träumereien, als sinnlose Vergeudung von Zeit und Geld. Was war denn so schlecht daran gewesen, Autoscheinwerfer zu entwerfen? Und jeden Tag pünktlich nach Hause zu kommen und ihm das Abendessen zuzubereiten? Musste sie denn wirklich mit Sack und Pack aus Frankreich fortziehen, um einem Hirngespinst nachzujagen?

Es rauschte abermals in der Leitung.

»Du musst tun, was du tun musst. Aber denke immer daran, dass es gegen meinen ausdrücklichen Willen geschieht. Wenn du mich wirklich liebst …«

»Das hat doch nichts mit Liebe zu tun, verdammt noch mal. Versuch ja nicht, mich zu erpressen. Also, wann wirst du hier sein?«

Wieder dieses Rauschen.

»Ach, Chérie, ich vermisse dich jetzt schon.«

Bertrand war für seine schnellen Stimmungsschwankungen bekannt. Dennoch brachte er seine Verlobte damit jedes Mal aus der Fassung. Eben noch beleidigt, eben noch erpresserisch, schwenkte er binnen Sekunden auf einen zärtlichen Tonfall um.

»Du brauchst mich nicht zu vermissen, du wirst mir ja in wenigen Minuten gegenüberstehen.«

»Nein, Chérie, das werde ich nicht. Ich habe es nicht übers Herz gebracht, aus Frankreich wegzufahren.«

»Waaas?«, schrie Franziska ins Handy.

»Aaaas?«, antwortete das Echo.

»Sag, dass das nicht wahr ist! Bertrand, wir sehen uns jetzt drei Wochen nicht, und du willst mir nicht einmal einen Abschiedskuss geben? Ich fasse es nicht!«

»Hier geht es nicht darum, was ich will. Hier geht es ums Prinzip. Wenn du dich schon über meinen Willen hinwegsetzt, dann musst du das alleine tun. Wenn du allerdings beschließt, hier zu bleiben …«

»Niemals!«

»Ja, dann«, Bertrands Stimme klang tieftraurig an ihr Ohr, »pass gut auf dich auf, Chérie. Und vergiss nicht, dein Handy mitzunehmen.«

»Das habe ich doch immer dabei, wenn ich geschäftlich verreise. Ich melde mich sofort, wenn ich angekommen bin.«

»Das will ich doch hoffen! Ich möchte immer wissen, wo du bist, Chérie. Und noch etwas …«

»Ja?«

»Gib mir zur Sicherheit auch die Handynummer deines Rechtsanwalts. Es könnte ja sein, dass du dein Handy verlegst oder dass irgendetwas mit deinem Ladegerät nicht stimmt. Ich könnte nicht gut schlafen, wenn ich nicht sicher sein könnte, dass ich dich zumindest telefonisch immer erreichen kann.«

Franziska klemmte das Handy zwischen Ohr und Kinn ein und blätterte in ihrem Telefonbuch. Sie nannte ihm die Nummer des Rechtsanwalts. »Obwohl ich nicht verstehe, wofür das gut sein soll. Was soll schon mit meinem Handy sein? Bisher hat es immer anstandslos funktioniert.«

»Na ja, sicher ist sicher, Chérie.«

Es klopfte an der Tür.

»Ich muss Schluss machen, Bertrand, meine Eltern erwarten mich. Ich werde Vater bitten, mich morgen zum Flughafen zu bringen. Schade, dass du nicht kommst. Ich hätte dich gern noch einmal umarmt, denn auch für mich ist es nicht so einfach ...«

»Wankelmut, dein Name ist Weib.«

Sarkasmus war das Letzte, was sie jetzt brauchte. Franziska hob energisch den Kopf. Wenn er sie nicht verstehen wollte, dann würde er sie auch nicht verstehen. Jedes Wort, das sie sagte, war ein Wort zu viel. Sie wollte allerdings auch nicht im Streit auseinander gehen: »Ich muss jetzt auflegen. Machs gut, Bertrand. Bis in drei Wochen! Pass gut auf dich auf! Ich melde mich.« Dann drückte sie energisch den roten Knopf und öffnete ihrem Vater die Tür.

III

Samstag, zur gleichen Zeit, im Südwesten der Stadt

»Hör dir das an, Harry«, Giselle verschwand hinter dem Großformat der Zeitung und bot ihrem Ehemann den Blick auf zwei lange, gertenschlanke Beine, die sie elegant übereinander geschlagen hatte. Und auf die Schlagzeile des Tages, die in großen Lettern fast ein Viertel der Seite füllte: »Schlamms Schlacht – jetzt geht es aufs Ganze!«

Darunter ein Bild von Giselle und ihm, aufgenommen auf dem letztjährigen Opernball in Wien. Beide blickten sie in verschiedene Richtungen. Damals war es Zufall gewesen, heute galt es als ein Indiz dafür, dass die Ehe schon zu diesem Zeitpunkt unheilbar zerrüttet war.

Einige Seiten weiter wurde der Artikel fortgesetzt: »Der Rosenkrieg zwischen Harry Schlamm, uns allen besser bekannt als Seeberstein, und seiner bildhübschen Frau Giselle Verleinen geht in die nächste Runde! Wer hätte gedacht, dass es in der Ehe zwischen einem der beliebtesten Sänger Deutschlands und einem der meistgebuchten Models der Welt seit langem kriselte? Oder hätte uns dieses Foto nicht schon früher zu denken geben müssen? Sieht so eine glückliche Braut aus?«

Immer, wenn sie allein waren, war nichts von dem kleinen, leicht affektierten Akzent zu merken, den Giselle in der Öffentlichkeit gerne pflegte und der auf ihre finnische Abstammung hinweisen sollte.

Sie lachte kurz auf: »Weißt du, welches Foto sie genommen haben, Harry?« Sie drehte die Zeitung so, dass er es sehen konnte. »Es wurde Jahre nach unserer Hochzeit aufgenommen. Es war bei einer Modenschau, ich glaube in Mailand. Ich habe als Höhepunkt des Abends ein Brautkleid vorgeführt, und da war der melancholisch-dramatische Blick gefragt. Und nun nehmen sie den zum Anlass, an meinen Gefühlen bei der Hochzeit zu zweifeln. Manchen Journalisten ist aber auch wirklich nichts zu blöd.«

Harry Schlamm lümmelte in seinem bequemen Lederfauteuil, ein Bein lässig über die Armlehne geschwungen, und seufzte unwillig: »Das ist der Grund, warum ich von dieser ganzen Sache nichts mehr hören will. Und wenn wir endlich zu einer Einigung kämen, dann wäre diese Scheidung längst über die Bühne und kein Hahn würde mehr nach unserer Ehe krähen. Rosenkrieg, wenn ich das schon höre! Wir haben uns auseinander gelebt, das ist alles.«

»Eddy meint, ›Schlammschlacht‹ sei erstens ein originelles Wortspiel, wenn man deinen Namen bedenkt, und zweitens eine gute Gelegenheit, dass wir beide nicht so schnell aus den Schlagzeilen verschwinden.«

Es war Giselle anzumerken, dass sie dieser Idee ihres Managers etwas abgewinnen konnte. Seit sie damals mit achtzehn Jahren auf dem Schulhof von einem Mitarbeiter einer Modelagentur angesprochen und zum ersten Fotoshooting eingeladen worden war, waren siebzehn Jahre vergangen. Sie hatte eine Karriere gemacht, die ihresgleichen suchte. Sie lief auf den Laufstegen von

Gucci und Lagerfeld, arbeitete für Armani und viele Designer, deren Stern am Modehimmel aufgegangen war, um ebenso rasch wieder zu verglühen. Sie hatte das Cover der bekanntesten Modezeitschriften geziert, nicht nur in Deutschland. Auf der ganzen Welt. Und sie lieh ihr Gesicht Kashido, der bekannten japanischen Kosmetikmarke. Vor drei Jahren hing ihr Konterfei am Times Square in New York. Überlebensgroß.

»Ich bin jetzt fünfunddreißig, Harry. Meine Tage als Model sind gezählt, da brauchen wir uns nichts vorzumachen. – Etwas weiter nach rechts.«

Die letzte Bemerkung galt dem groß gewachsenen, bulligen Mann, der schweigend hinter Giselle stand und ihr gedankenverloren den Nacken massierte. Georg Pernthaler, genannt Schorsch. Aus Niederbayern. Er war ihr Masseur gewesen und vor drei Jahren ihr Geliebter geworden. Jetzt war er ihr Masseur und Geliebter. Harry hatte sich schon geraume Zeit damit abgefunden, dass er seine Frau selten allein antraf. Immer war Schorsch mit von der Partie. Er war ein Mann, der kaum etwas sagte, doch wenn er einmal sprach, dann hatte es Hand und Fuß. Harry und Schorsch hatten sich erstaunlich schnell angefreundet. Für Giselle war es das ideale Leben: Sie war die Ehefrau eines der bekanntesten, eines der meistbejubelten Künstler des Landes. Und sie war die Geliebte eines Mannes, der nur Augen für sie hatte und ihr jeden Wunsch erfüllte, soweit es in seiner Macht stand. Einen Wunsch würde jedoch Schorsch niemandem erfüllen: Er weigerte sich strikt, sich eine geregelte Arbeit zu suchen. Er lebte auf Giselles Kosten, und er lebte gut.

»Deine Anuschka findet auch, dass Eddy Recht hat.«

Anuschka war Harrys Managerin. Eigentlich hieß sie Anna. Anna Horn. Eine schillernde Persönlichkeit in der deutschen Musikszene. Sie war Anfang fünfzig, keiner kannte ihre mollige Figur in etwas anderem als einem perfekt geschnittenen Nadelstreifenanzug. Und kaum jemand nannte sie beim richtigen Namen. Irgendwann, es muss wohl in den siebziger Jahren gewesen sein, da begann sie sich Anuschka zu nennen. Sie erzählte jedem, der es hören wollte, und auch allen anderen, sie hätte diesen Namen von Udo Jürgens bekommen, als sie ihn auf einer seiner Tourneen als Background-Sängerin begleitet hatte. Und das Lied »Anuschka« hätte er damals nur für sie geschrieben. Harry glaubte ihr diese Geschichte nicht. Anuschka blieb jeden Beweis für deren Richtigkeit schuldig. Und dennoch: Seine Managerin war zwar eine sehr tüchtige, aber auch sehr rechthaberische Frau. Hätte er in diesem Punkt mit ihr streiten sollen? Wenn ihr alle anderen die Geschichte abnahmen?

Während Giselle sich wieder daran machte, den Artikel über ihren angeblichen Rosenkrieg weiter vorzulesen, und Schorsch ihr weiter schweigend den Nacken massierte, blickte sich Harry um.

Sie saßen in seinem Arbeitszimmer. An der Stirnseite all seine Auszeichnungen. Eine goldene Schallplatte reihte sich an die andere, dazu kamen die Schallplatten in Platin, Doppelplatin für sein letztes Werk »Herzkatheter«. Er war von zahlreichen Jugendmagazinen mit goldenen Preisen überhäuft, mehrfach zum beliebtesten Sänger Deutschlands ausgezeichnet worden. Dann stand da auch noch die Statue von MTV, an ihn verliehen als »The Sexiest Singer«. Harrys Blick blieb an dieser Statue hängen. Was für eine absurde Auszeichnung! Natürlich hatte sie seinem Stolz gut getan. Welcher Mann wollte nicht sexy sein? Er war von Tausenden Frauen gewählt worden. Das hatte schon etwas. Wenn sie ihn heute so sehen könnten, wie er da saß und gelangweilt dem Vortrag seiner Frau lauschte, kein Mensch hätte ihn je als sexy bezeichnet. Angeödet wäre das richtige Wort gewesen. Frustriert? Litt er am Burnout-Syndrom? Jedenfalls fiel ihm kein Lied mehr ein.

Seit Monaten war es so, als sei seine Quelle der Kreativität auf immer versiegt. Bereits im letzten Herbst hätte ein neues Album erscheinen sollen. Doch mit welchen Liedern? Er hatte Tage, er hatte Nächte, er hatte Wochen am Klavier gesessen. Doch in seinem Ohr war kein Ton, in seinem Kopf war kein Lied, das er mit seinen Händen auf die Tasten hätte bringen können. Harry blickte zu seinem Klavier hinüber, es war aufgeräumt wie selten. Wo sind all die Notenstapel? Wo sind all die vielen Entwürfe, die früher nur so aus ihm herausgesprudelt waren? Nichts.

Statt der neuen war eine Best-of-CD auf den Markt gekommen. Das war Anuschkas Idee gewesen. Eine glänzende Idee, wie sich herausstellte. Denn auch diese Platte erreichte sofort Gold. Doch jetzt musste dringend etwas Neues auf den Markt. Es war Juni. Für September war das Aufnahmestudio gebucht. Bis dahin brauchte er zwölf nagelneue Songs. Nagelneue Texte, nagelneue Melodien.

»Harry, hörst du mir überhaupt zu?«, unterbrach Giselle seine Gedanken. Sie hatte die Zeitung beiseite gelegt und musterte ihn mit zunehmender Besorgnis. »Du siehst nicht gut aus, weißt du das? Was ist los mit dir?«

»Was mit mir los ist?« Harry zuckte resigniert die Schultern. »Nichts ist mit mir los, das ist ja das Problem.«

»Harry, ich glaube, du brauchst eine Frau.«

»Tolle Idee, super, ganz großartig. Ich glaube nicht, dass es irgendwo eine Ehefrau auf dieser Welt gibt, die ihrem Mann sagt, dass er eine Frau brauchte. Schon vergessen, Gisi, noch bist du meine Frau.«

Schorsch hatte mit dem Massieren aufgehört. Er schnappte sich ein Bier aus dem Kühlschrank neben dem Klavier, öffnete es geräuschlos und setzte sich auf den letzten freien Sessel.

»Du weißt genau, was ich meine. Ich meine keine ›Ehefrau‹, ich meine eine ›Frau‹.« Giselles Tonfall klang ausgesprochen unwillig.

Harry lachte auf: »Deine Besorgnis rührt mich, Gisi, aber du brauchst dir um mein Sexualleben keine Sorgen zu machen. Frauen habe ich genug. Das ist der Vorteil, wenn man ein Star ist. Für eine Nacht mit Seeberstein würde so manche ihr letztes Hemd geben.«

Gisi kannte ihn gut genug, um die Bitterkeit aus seinen Worten herauszuhören. »Und das nutzt du weidlich aus.«

Das war eine Feststellung, keine Frage.

Harry fuhr auf: »Was willst du eigentlich? Zuerst sagst du mir, ich brauche eine Frau, wenn ich dir dann sage, ich habe genug Frauen, dann ist es dir auch wieder nicht recht. Das ist doch eine sinnlose Diskussion. Lass uns lieber zu etwas Wesentlichem kommen. Nachher wird mir Anuschka die Fragen für mein Fernsehinterview faxen. Ich habe morgen am frühen Nachmittag ein Interview in einer Jugendsendung.« Er verzog sein Gesicht.

»Also, worüber willst du reden, Harry? – Pfui Teufel, musst du aus der Flasche trinken? Haben wir denn hier kein Glas?«

Schorsch, der eben die Bierflasche zum Mund führen wollte, stand folgsam auf und holte sich ein Glas vom Regal.

»Den hast du aber gut erzogen, deinen Pudel.«

Gisi zog eine Augenbraue in die Höhe und dachte nicht daran, auf Harrys Provokation einzugehen. »Lass Schorsch aus dem Spiel«, sagte sie stattdessen. »Harry, wir sehen uns vielleicht zehnmal im Jahr. Du hast mich um dieses Treffen gebeten, also sprich endlich aus, worum es geht.«

»Ich will einen Schlussstrich. Ein für alle Mal. Du magst ja die Idee von Eddy und Anuschka großartig finden, unsere Ehe und deren angeblich unrühmliches Ende an die Öffentlichkeit zu zerren. Ich jedoch möchte mich lieber auf meine Arbeit konzentrieren. Der ganze Rummel blockiert meine Kreativität. Bei jedem Interview, von wildfremden Menschen auf der Straße, überall werde ich nur auf unseren Scheidungskrieg angesprochen. Ich halte mich an Anuschkas Anweisungen und spiele den Kämpfenden, spiele den Kränkenden und spiele den Gekränkten, aber lange halte ich das nicht mehr durch. Lass uns endlich Nägel mit Köpfen machen und über unseren Anwalt die Scheidung einreichen. Lang genug von Tisch und Bett getrennt leben wir ja schließlich. Ich gehe auf deine Forderungen ein. Du kannst das Haus auf Ibiza haben und einen Großteil von dem Geldbetrag, den du verlangt hast. Auch wenn ich nicht verstehe, warum es so viel sein muss. Du warst doch bisher mit deinen Forderungen immer fair.«

»Ich bin auch jetzt fair, Harry. Ich brauche das Geld, damit Schorsch und ich unser Leben weiterführen können, wie wir es gewohnt sind. Natürlich bin ich sofort bereit, die monatlichen Zahlungen zu reduzieren, wenn ich eine neue Aufgabe gefunden habe.«

»Also entschuldige, Gisi, du kannst doch nicht verlangen, dass ich Unterhalt für deinen Lover zahle. Das ist doch die absurdeste Idee, die ich je gehört habe. Der Mann ist groß genug, der Mann ist alt genug, der Mann ist ausgebildet genug, der Mann kann selbst sein Geld verdienen.«

»Aber der Mann will nicht«, sagte Schorsch.

Sein Kommentar war wie immer: kurz, aber prägnant.

Gisi zuckte bedauernd die Schultern: »Wenn es dir zu viel ist, dann wirst du es wohl noch einige Zeit in den Schlagzeilen aushalten müssen, mein Lieber«, sagte sie, ohne auf Schorschs Einwand einzugehen, »und in der Zwischenzeit fällt dir ja vielleicht ein, was ich künftig beruflich machen könnte. Ich habe keinerlei Ausbildung, das weiß ich. Aber ich habe Beziehungen!«

»Wie wäre es mit etwas Karitativem?«

Das war kein wirklich ernst gemeinter Lösungsversuch.

»Ausgeschlossen. Kannst du dir mich in Afrika vorstellen? Inmitten einer Schar kleiner, verdreckter Kinder und einem Schwarm von Fliegen?«

Harry konnte nicht. »Ich habe keine Ahnung, was du sonst machen könntest.«

»Dann, mein Lieber, werde ich wohl noch einige Zeit deine Frau bleiben.« Gisi stand auf und schnappte ihre kleine Gucci-Handtasche. »So, nun komm, Schorsch, wir sind bereits spät dran. Außerdem muss sich Harry noch auf seine Talkshow morgen vorbereiten.«

Wie auf Kommando begann das Telefon zu läuten und schaltete auf Faxempfang.

Ich sehe deinen Kopf hinter der Zeitung verschwinden,
Ein Unterschenkel wippt hektisch nach vorn.
Was sollte uns beide noch länger verbinden?
Ich bin ja doch nur in deinen Augen ein Dorn.
(... dem Steinfeger der Schorn??
... vom Matter das Horn??)

geschrieben von Seeberstein am 19. Juni., 17.45 Uhr
zerknüllt und weggeworfen am 19. Juni., 17.57 Uhr

Apropos Horn, der Apparat hatte das Fax nun komplett ausgespuckt.

Anuschkas Briefkopf prangte in großen, fetten Lettern darauf: ANUSCHKA HORN, PROMOTION. Darunter in ebenso großen, fetten Buchstaben: HARRY, WAS MACHT DAS NÄCHSTE LIED??!?? Auf der nächsten Seite findest du die Fragen für die morgige Sendung. Ich habe dir die Antworten bereits dazugeschrieben. Wichtig!!!: Vergiss nicht, betroffen zu schauen. Du bist ein sensibler Sänger, daher leide gefälligst unter der Situation. Sonst kommst du bei deinen weiblichen Anhängern nicht authentisch rüber. Gerade Jugendliche haben noch romantische Vorstellungen. Nutz das aus. Sprich möglichst viel über die Liebe und seufze, wann immer es angebracht ist. Vor allem dann, wenn du Fragen bekommst, die nicht auf dieser Liste stehen. Rede dich auf keinen Fall in einen Wirbel hinein. Und vergiss nie: Die Wahrheit nützt niemandem. Weder Gisi noch dir. Ich habe nicht die geringste Lust, wieder einmal einen deiner Ehrlichkeitsausbrüche auszubügeln. Charly holt dich morgen um 11.00 Uhr ab. Ich schaffe es leider nicht vor der Talkshow. Ich habe einen Termin bei einem anderen Sender, da läuft etwas ganz Heißes. Morgen Mittag mehr davon. Wir treffen uns nach der Sendung im VIP-Raum des Funkhauses. Toi, toi, toi!

Anuschka

Harry schnaufte unwillig. Immer die gleiche Leier. Es wurde höchste Zeit, dass man wieder über seine Musik sprach. Aber wie sollte man über neue Lieder sprechen, wenn er keine neuen Lieder hatte? Vielleicht gelang es ihm ja, das Interesse der Talkmasterin auf seine Best-of-CD zu lenken? Dass ihm das gelingen würde, glaubte er selbst nicht.

Mit einer raschen Handbewegung zerknüllte er das Blatt Papier, auf dem er die vier Textzeilen geschrieben hatte. Seine Plattenfirma hatte schon Besseres abgelehnt. Doch Besseres fiel ihm nicht ein. Sein Kopf war wie blockiert. Und wenn er keinen Text hatte, dann hatte er auch keine Melodie. Bei ihm war es nicht so wie bei anderen Künstlern, die zuerst die Melodie im Kopf spürten, bevor sie den passenden Text dazuschrieben. Er brauchte meist zuerst die Idee für einen Text, er brauchte den Inhalt, dann kam die Musik.

Harry überflog die Interviewfragen. Dasselbe Blabla wie vor zwei Tagen im Frühstücksradio. Dieselben Fragen wie vor einer Woche für die Homestory einer Frauenzeitschrift. Dieselben öden Fragen wie vor zwölf Tagen in einer Lokalzeitung.

Das Telefon riss ihn aus seinen Gedanken.

»Ja?«

Herwig meldete sich. Herwig Schauer, Harrys rechte Hand. Sein Leibwächter, sein Terminkoordinator, sein Fanpost-Beantwortungs-Helfer, sein Telefonfräulein, sein Butler. Sie waren zusammen zur Schule gegangen. Nicht, dass sie sich dort besonders mochten. Bis heute war keine wirkliche Freundschaft zwischen den beiden Männern entstanden. Aber Herwig war gewissenhaft. Er behielt dort einen ruhigen Kopf, wo Harry drohte, die Nerven zu verlieren. Er genoss es, in der Welt der Reichen und Wichtigen eine anerkannte Rolle zu spielen. Und Harry genoss es, möglichst viel an ihn zu delegieren und sich blind darauf verlassen zu können, dass alles zu seiner Zufriedenheit erledigt wurde.

»Dein Bruder, auf Leitung 1.«

Harry drückte auf den Knopf: »Hallo, Kleiner!«

Harry hatte nur einen Bruder. Die beiden waren eineiige Zwillinge. Harry war siebzehn Minuten älter und einen Zentimeter größer als Matthias. Als sie Kinder waren, hatten sie sich wie ein Ei dem anderen geglichen. Inzwischen trug Matthias seine dunkelbraunen Haare kurz geschnitten, an der Stirn mit Gel zum Stehen gebracht. Er war stets glatt rasiert. Seine Kleidung war in jenem schlichten Schwarz, das in der Werbebranche seit Jahren als passendes Understatement galt. Alles edel und schlicht. Zurückhaltende Kleidung für Seeberstein? Undenkbar. Das hätte nicht zu seinem Latin-Lover–Image gepasst. Harry trug seine dunklen Haare schulterlang und hatte das große Glück, dass sie sich von Natur aus in sanfte Wellen legten. Anuschka wäre es zuzutrauen gewesen, ihm ansonsten Lockenwickler zu verordnen. Und Harry trug einen Spitzbart. Zwölf Zentimeter lang, mit Gel zu einem Dreieck geformt. Sein absolutes Markenzeichen. Ebenso wie der Ring in seinem linken Ohr. Meist ein schlichter silberner Ring. Manchmal, wenn er besonders gut aufgelegt war, mit einem originellen Schmuckstück verziert. In den letzten Monaten war es stets der silberne Ring gewesen. Er hatte nicht den geringsten Grund gehabt, gut aufgelegt zu sein.

Man sagt immer, dass sich Zwillinge besonders gut verstehen. Dass der eine weiß, was der andere denkt. Bei Harry und Matthias war dies ähnlich. Auch wenn sie beruflich unterschiedliche Wege eingeschlagen hatten, auch wenn sie unterschiedliche Leben lebten, ihre Verbindung war eng. Und kein anderer Mann war je so nah an Harry herangekommen, wie es Matthias seit seiner Geburt war.

»Hi Großer, also was ist? Wirst du morgen noch bei mir vorbeischauen? Du weißt ja, ich bin die nächsten vierzehn Tage nicht im Lande. Es wäre schön, dich vorher noch zu sehen.« Matthias war gut gelaunt wie immer.

Harry seufzte. »Ach du Schande. Ich weiß nicht, Matthias, ob daraus was wird. Ich bin morgen Mittag in einer Jugendsendung. ›Eure Superstars – hautnah‹; da werden sie wieder einmal versuchen, mir nicht nur hautnah zu kommen, sondern mir die Haut vom Leib zu reißen. Anschließend will mich Anuschka treffen. Sie hat irgendetwas Großartiges ausgeheckt. Ich wage gar nicht darauf zu hoffen, aber vielleicht ist es ihr wirklich gelungen, einen Sender dazu zu überreden, mir die Moderation einer Show zu übertragen. Aber wie gesagt, das sind noch ungelegte Eier.«

»Moderation? Bist du sicher, dass es das ist, was du wirklich willst? Ich dachte, du seist mit ganzer Seele Musiker?«

»Ja, dachte ich auch. Doch im Augenblick ist es schwierig mit der Musik. Um nicht zu sagen, da ist überhaupt keine Musik in meinem Kopf. Also hält es Anuschka für klug, sich nach etwas anderem umzusehen. Musik kann ich nebenher immer noch machen.«

»Das klingt sehr nach Anuschka. Das klingt nicht nach dir.«

Harry musste grinsen. Typisch Matthias. Einer der wenigen Menschen in seinem Leben, der ihm immer schonungslos die Wahrheit sagte. Und dem sein Star-Status ebenso unwichtig war wie das Geld, das er damit verdient hatte. Matthias verdiente selbst nicht schlecht. Er war Inhaber einer Werbeagentur. Klein, aber exquisit. Und er hatte erst kürzlich einen Großauftrag für einen bekannten Fahrzeugproduzenten in Stuttgart an Land gezogen. Und in dieser Stadt würde er sich auch die nächsten zwei Wochen aufhalten, um sein Konzept gemeinsam mit seinem Kunden umzusetzen.

»Ich weiß, dass ich schon wie Anuschka klinge«, gab Harry zu, »aber was soll ich denn machen? Gisi war gerade bei mir und fordert Unmengen von Geld. Wenn ich die Scheidung will, und ich will die Scheidung, dann muss ich ordentlich in den Geldsack greifen. Denn da ist ja auch noch Schorsch, der ausgehalten werden möchte.«

»Du bist dazu imstande, Harry.« Matthias schüttelte den Kopf. »Der gute Schorsch. Ein netter Kerl, aber ein fauler Hund. Soll er doch selbst arbeiten! Er ist Masseur. Was denkst du denn, wie sich die Schickimicki-Tanten um ihn reißen würden? Ein Mann, der das Topmodel Giselle Verleinen mit seinen Händen glücklich macht. Der ist doch auch für die Frau des Generaldirektors XY genau der Richtige.«

Harry lachte: »Wie wäre es, wenn du mit ihm redest, Kleiner? Du hast wirklich eine Gabe, andere zu überzeugen. Sind die Koffer schon gepackt?«

»Nein, das mache ich erst morgen. Ich hoffe wirklich, dass ich das Projekt in Stuttgart in zwei Wochen durchziehen kann. Ich werde auch danach noch jede Menge Arbeit damit haben. Und dann geht ja bald die große Reise los.«

»Ja richtig, Gitte und du, ihr fahrt nach China. Es ist mir ein Rätsel, was euch dazu treibt, in diesem Land Urlaub zu machen! Vielleicht bekommt ihr zum Mittagessen Hund in Soße. Oder noch schlimmer: rohes Affenhirn. Überall sind massenhaft Menschen. Und schmerzhafte Impfungen brauchst du auch noch.«

»Es geht um die Kultur, Harry, um die Menschen. Das weißt du ganz genau. Mir gegenüber brauchst du nicht den oberflächlichen Popstar hervorzukehren. Natürlich haben wir auch schon mit den Impfungen begonnen. Das wäre gar nicht notwendig gewesen, wenn wir nur nach Peking oder nach Schanghai fahren würden. Aber wir wollen ja in die tiefsten Provinzen. Da ist natürlich Vorsicht die Mutter der Porzellankiste. Gitte hat auch schon die Visa für uns besorgt. Du weißt, wie sie ist. Behördengänge erledigt sie immer so früh wie möglich.

Es ist alles geregelt. Und du kannst dir vorstellen, wie ich mich freue! Ich liebe es, ein Land zu entdecken. Und endlich Zeit mit Gitte zu verbringen.«

Wenn Harry sich ein Vorbild für eine gute Ehe hätte nehmen wollen, er hätte die seines Bruders genommen. »Ist Gitte zu Hause?«

»Nein, sie ist gestern nach Darmstadt gefahren, um dort ein Seminar zu halten. Wenn du morgen kommst, haben wir sturmfreie Bude und endlich Zeit, uns einmal in Ruhe zu unterhalten.«

»Das klingt gut, Matthias, aber ich kann nichts versprechen. Ich muss abwarten, was Anuschka geplant hat. Ich melde mich aber auf jeden Fall per Telefon.«

»O.k., Großer, dann alles Gute für die Sendung morgen, und lass dir nicht das Fell über die Ohren ziehen.«

IV

Sonntag, 20. Juni, wieder im Südwesten der Stadt

Sonntag, pünktlich um elf Uhr, läutete es an der Hauseinfahrt, und eine durchdringende Hupe, dreimal betätigt, drang bis ins Arbeitszimmer. Charly, pünktlich wie immer. Harry betätigte den Knopf an der Gegensprechanlage, das Edelstahltor glitt leise zur Seite und ließ die Limousine zur Villa vorfahren. Es war ein warmer, leicht bedeckter Junitag. Harrys dunkle Locken glänzten ebenso wie die Gläser seiner auffallenden Sonnenbrille. Für eine Sonnenbrille bestand keine Notwendigkeit. Denn die Sonne hatte sich hinter Schleierwolken verzogen. Doch Anuschka bestand darauf, dass er sich in der Öffentlichkeit immer mit Sonnenbrille zeigte. Das machte ihn interessanter, unterstrich seinen Status. Ebenso wie der dicke Ring an seinem Finger. Anuschka hatte ihm den Ring geschenkt. Harry mochte das Ding nicht, doch für seine Managerin war es ein unverzichtbares Accessoire. Seine Anhängerinnen liebten Glanz und Glamour.

Sie erreichten das Fernsehstudio eine gute Stunde vor Sendebeginn. Der strenge Portier, der die Schranken bewachte, wechselte mit Charly ein paar nichts sagende Worte. Es war klug, ihn bei Laune zu halten. Der Portier war einer der wichtigsten Männer im Funkhaus. Er bestimmte, wen er durchließ und wer zu den Mächtigen in den Sender vorgelassen wurde.

Die Dame an der Rezeption strahlte, als sie Harry sah, und flötete sofort in den Telefonhörer: »Ankunft Herr Seeberstein!«

Eine Tür ging auf, und eine junge Frau kam heraus, um Harry zu begrüßen. »Herr Seeberstein, schön, Sie zu sehen. Ich darf Sie in die Garderobe führen? Frau Horn hat soeben angerufen. Sie hat den kleinen VIP-Raum im neunten Stock reserviert und gebeten, Champagner bereitzustellen. Es scheint, als hätten Sie etwas zu feiern. Was kann das wohl sein?«

Harry zuckte mit den Schultern. Er hatte keine Ahnung. Jetzt wollte er sich zuerst einmal auf diesen Auftritt konzentrieren. Er wünschte, es wäre der letzte in dieser Art. Während er der Aufnahmeassistentin durch die langen Gänge des Gebäudes folgte, gingen ihm ein paar Zeilen durch den Kopf:

Lange Gänge, graue Türen,
stets die Enge, sich zu verlieren.
Knapp die Luft, das Hirn ist leer,
warum nur kam ich hierher?

Auch dieser Text hatte wohl nicht das Zeug zu einem Hit.

»Und darum freue mich auf unseren nächsten Gast. Begrüßt mit mir: Seeberstein!« Die blonde Moderatorin überschlug sich fast vor Freude.

Applaus aus der Konserve brandete auf.

Anuschka hatte es gerade rechtzeitig in den VIP-Raum geschafft. Da saß sie, noch schnaufend, in einem zu schmalen Designer-Fauteuil, kickte die Stöckelschuhe von den Füßen und legte die Beine auf den Tisch. »Guido, einen Espresso.«

Der Sekretär war derartige Befehle gewohnt. Ohne Kommentar wandte er sich der Maschine zu. Ein Großbildmonitor zeigte das laufende Programm des Senders. Derzeit zeigte es Harry.

Mit einem Ruck setzte sich Anuschka in ihrem Sessel auf. Was war denn nun wieder in ihn gefahren? Was sollte denn diese seltsame Aufmachung? Ein glänzender weißer Anzug am helllichten Tag? Weiße Anzüge passten in eine Sommernachts-Show. Wenn überhaupt. Sie hatte die Marke »Seeberstein« aufgebaut. Seeberstein war ein Mann. Keine Witzfigur im weißen Anzug. Wenn sie sich nicht um alles selbst kümmerte, ging schon etwas schief. Na, Gott sei Dank hatte sie jetzt den Vertrag mit einem der größten Privatsender in der Tasche. Harry würde sich von einer anderen, einer verletzlicheren Seite zeigen. Also, wenn das nicht den Plattenverkauf ankurbeln würde! Die männlichen Fans würden dort Harrys sportlich durchtrainierten Körper im Einsatz sehen können, bronzefarben gebräunt. Sie durfte nicht vergessen, ihm eine Flasche Nussöl mitzugeben. Das würde ihn nicht nur vor Sonnenbrand schützen, sondern vor allem seine Muskeln zum Glänzen bringen. »Glanz und Glamour«, sie sagte es ja immer.

Inzwischen hatte Harry auf einem roten Plastikstuhl Platz genommen. Ein Designermodel. Etwas unglücklich gewählt. Denn Harry saß so tief, dass er seine Knie fast neben den Ohren hatte.

Anuschka verzog unwillig das Gesicht.

Die Moderatorin hielt Harry die großformatige Zeitung unter die Nase. Es hatte Anuschka viel Mühe gekostet, ihn und Giselle dort auf das Titelblatt zu bringen. Doch wie man sah, es hatte sich ausgezahlt.

»Was müssen wir lesen, Seeberstein?« Die Stimme der Moderatorin klang zutiefst traurig und enttäuscht. »Musste es denn so schlimm kommen? Müssen zwei Menschen, die sich einst echt krass geliebt haben, so eine Schlammschlacht durchziehen?«

Anuschka nickte befriedigt. Die Moderatorin hielt sich genau an die Fragen, die vereinbart waren. Nun würde Harry seufzend und mit Tränen in den Augen verkünden, wie Leid ihm alles täte.

Doch was war das? Harry wirkte nicht bedrückt. Harry war sichtlich gelangweilt.

»Es werden täglich auf der Welt Tausende Ehen geschieden. Ich sehe keinen Grund, um meine Scheidung so ein Theater zu machen.«

Anuschka blieb der Mund offen stehen.

Der Moderatorin blieb ebenfalls der Mund offen stehen. Das war eine andere Antwort als die, mit der sie gerechnet hatte. »Hm, ja. Also, na ja, Sie sind eine Person öffentlichen Interesses, und Ihre Fans …«

»... interessiert meine Musik.«

Die Moderatorin war nicht erfreut, dass das Gespräch so anders lief als vereinbart. »Musik? Ich höre immer: Musik. Habe ich etwas verpasst? Gibt es tatsächlich etwas Neues?«

Diese Spitze saß.

Harry dachte nicht daran, das zuzugeben: »Aber natürlich. Ich bin in einer höchst kreativen Phase. Im September gehts ins Studio, mit neuen Liedern, komplett neuem Sound ...«

»Na, da freuen wir uns schon gewaltig drauf. Sicher können Sie auch schon den Namen der neuen CD verraten, wenn Sie schon so weit sind ...«

Harry hatte keine Ahnung. Er hasste es, nichts Neues bieten zu können. Er hasste diese Interviews. Er hasste diese Frau. Vor allem diese Frau. »Frau«, sagte er schnell, um die Lücke zu schließen, die nach der Frage der Moderatorin entstanden war.

»Hat der Mann den Verstand verloren? ›Frau‹? Was soll denn das für ein Titel sein? Mit mir ist er jedenfalls nicht abgesprochen.« Anuschka knallte ihre Faust auf den Tisch.

»›Frau‹ also. Schlicht und einfach. Ach so. Aha. Na, da dürfen wir ja gespannt sein.« Die Moderatorin fand damit eine gute Gelegenheit, zu ihrem vorbereiteten Text zurückzukehren: »Haben Sie Ihre Frau geliebt?«

Harry war nun doch auch froh, das Thema zu wechseln. Er hätte schließlich nichts Näheres zur angekündigten CD »Frau« zu berichten gehabt. »Natürlich habe ich das. Wir sind jetzt vierzehn Jahre zusammen. Das ist eine lange Zeit. Ich wäre nicht so lange Zeit mit ihr zusammen geblieben, hätte ich sie nicht geliebt.«

Das entsprach nun schon eher den Erwartungen der Moderatorin: »Seeberstein, haben Sie eine Erklärung: Wo ist diese Liebe hingekommen?«

Harry zuckte mit den Schultern: »Nach Bayern?«

Anuschka war fassungslos. Wie kam der Idiot dazu, jetzt auch noch Schorsch ins Spiel zu bringen? Sie konnte nur hoffen, dass die Moderatorin nicht nachfragte. In der Branche war längst bekannt, dass Giselle ein Verhältnis mit ihrem Masseur hatte. Doch noch war die Tatsache nicht an die Öffentlichkeit gedrungen.

Die Moderatorin war viel zu perplex, um gezielt nachzufragen. Sie blickte auf das nächste Stichwort-Kärtchen in ihrer Hand: »Ich habe gelesen, dass Sie einmal von einer Tournee zurückgekommen sind und einen fremden Rasierer im Badezimmer entdeckten. Tut es nicht sehr weh, wenn man ahnt, hintergangen zu werden?«

»Haha«, dachte Harry mit einem Anflug von Zynismus. Da hatte es nichts zu ahnen gegeben. Dass seine Frau ein Verhältnis hatte, das wusste er seit drei Jahren. Sie hatte ihn bereits vorher mindestens zweimal betrogen. Und er war während seiner Ehe, um genau zu sein, in den letzten fünf Jahren seiner Ehe, mit vielen anderen Frauen im Bett gewesen. Da sollte er sich über einen Rasierer im Badezimmer aufregen? Und in Tränen ausbrechen? Er hatte nicht die geringste Lust, auf die Tränendrüse zu drücken: »Ah, der Rasierer. Das hatte sich schnell aufgeklärt. Giselle verwendete ihn, um ihre Beine zu rasieren. Das werden Sie sicher verstehen.« Er blinzelte der Moderatorin verschwörerisch zu und schenkte ihr den Blick, der so manches Frauenherz auf der Stelle hätte schwach werden lassen: »Ein Topmodel mit unrasierten Beinen? Könnte sich die Welt etwas Schlimmeres vorstellen?«

Anuschka nippte an ihrem Espresso und verbrannte sich prompt den Mund: »Guido«, brüllte sie, »zu heiß!«

Am liebsten hätte sie »Harry! Halt den Mund!« gerufen. Doch Guido war nun mal hier. Und er konnte sie hören. Harry war im Studio. Die Sendung war live. Und Harry war soeben dabei, alles zu verbocken.

Sie hätte selbst auf der Bühne bleiben sollen. Wenn sie zielstrebig ihre Karriere fortgesetzt hätte, dann wäre sie jetzt nicht mehr länger nur Background-Sängerin gewesen. Musical-Star hätte sie werden können. Ein leibhaftiger Prinz hatte sie einmal auf seine Jacht eingeladen. Prinzessin hätte sie werden können. Doch was war sie geworden? Managerin. Managerin eines undankbaren, verstockten, unbelehrbaren Mannes.

Sie hatte keine Lust, dieses Interview länger anzuhören. »Guido, schalte den Mist ab!«

»Und nun darf ich unseren heutigen Stargast noch bitten, uns zum Abschied eines seiner Erfolgslieder zu singen, die wir ja seit Jahren kennen und lieben. Was wird es denn sein, Seeberstein?« Die Moderatorin versteckte ihre Attacke hinter einem scheinbar freundlichen Grinsen.

Harry erhob sich: »Wie wäre es mit ›Oberliga‹?«

So war es vereinbart. Und was hätte er auch sonst singen sollen? Das war sein letzter Hit, herausgekommen als Single-CD, auch schon vor einem Jahr.

Er stellte sich auf eine improvisierte Bühne. Die Hintergrundmusik wurde eingespielt, und dann sang er mit Play-back für die Kameraleute im Studio, den Regisseur, der gelangweilt in der Ecke lehnte, und den Mann, der ihm auf einem großen Bildschirm den eigenen Text entgegenhielt. So, als hätte er ihn nicht schon Hunderte Male gesungen. So, als hätte er ihn sich nicht selbst ausgedacht. Obwohl er seinen Text lieber vergessen hätte. Wahrlich keine Glanzleistung: *»In der Liebe bin ich Sieger, da spiel ich in der Oberliga.«* Es war gar nicht so leicht für Anuschka gewesen, ihn zu überzeugen, dieses Lied tatsächlich auf den Markt zu bringen. Er selbst hätte es lieber durch ein besseres ersetzt. Aber er hatte leider kein besseres gehabt.

Dann war der Auftritt zu Ende, die Moderatorin bedankte sich überschwänglich und bat das Publikum, dranzubleiben. Denn nach der Pause gab es ein Gewinnspiel. Bevor man den nächsten Gast begrüßte. Einen der besten Sprinter der Welt. Er hatte kürzlich bei der Europameisterschaft die Goldmedaille für Deutschland geholt. Dieser Mann hatte wahrlich einen Erfolg vorzuweisen. Und der Erfolg war noch ganz aktuell.

Harry winkte ins vermeintliche Publikum und verließ die Szene.

Die Moderatorin blieb ihm dicht auf den Fersen. »Was soll denn das gewesen sein, Herr Seeberstein? Das war doch mit Frau Horn ganz anders abgesprochen! Können Sie mich bitte im Vorfeld informieren, wenn Sie von unserem vereinbarten Programm abweichen?«

Harry hob die Arme, um dem Tontechniker zu ermöglichen, das Kabel des Mikrofons zwischen seinem Hemd und dem Sakko herauszuziehen. Er sagte kein Wort.

»Ich bin neu hier, verdammt noch mal. Ich habe Qualität abzuliefern. Und dann kommen Sie mit Ihrer kultivierten Langeweile und halten sich nicht an die Spielregeln.«

Charly stand in der Ecke und schwieg. Es war ihm anzumerken, dass er Seeberstein bereits in besserer Verfassung gesehen hatte.

»Es tut mir Leid«, sagte Harry nun doch, mit einem Anflug von Reue. »Ich weiß auch nicht, was in mich gefahren ist. Diese ganze Scheidungsgeschichte nimmt mich mehr mit, als ich gedacht habe.«

War es wirklich die Scheidungsgeschichte?

Die Moderatorin zeigte sofort Verständnis: »Ja, ich kann es mir vorstellen.«

›Eigentlich eine nette Frau‹, dachte Harry und schenkte ihr ein Lächeln. Wie von selbst machte er einen halbherzigen Versuch, mit ihr zu flirten. Sie war sofort bereit, in das Spiel einzusteigen. Welche Frau war das nicht? In dem Augenblick, in dem er diese Bereitschaft wahrnahm, war sein Interesse auch schon wieder erloschen und seine Lust, dieses Spiel fortzusetzen, auf dem Nullpunkt angelangt. »Also dann, weiterhin gutes Gelingen.«

Er machte Charly ein Zeichen, ihm zu folgen, und kehrte in die Maske zurück, wo eine Assistentin bereitstand, um das Studio-Makeup aus seinem Gesicht zu entfernen.

Dann nahm ihn die Produktionsassistentin wieder in Empfang. »Ich bringe Sie in den VIP-Raum 3 hinauf. Frau Horn wartet schon auf Sie. Würde es Ihnen etwas ausmachen, mir vorher diese Autogrammkarten hier zu unterschreiben? Ich habe meinen Freundinnen versprochen, diese Gelegenheit nicht ungenutzt verstreichen zu lassen.«

Mechanisch griff Harry nach dem Kugelschreiber, der ihm hingehalten wurde.

Als Harry mit Charly endlich im VIP-Raum 3 auftauchte, war mehr als eine halbe Stunde vergangen und seine Managerin dementsprechend gereizt: »Warum ging das nicht schneller, Charly? Wer war schuld an dieser schlechten Organisation? Wir bieten Professionalität, wir verlangen Professionalität. Setz dich, Harry. Charly, Guido, ihr könnt draußen warten«. Sie schob ihre Mitarbeiter hinaus und schloss die Tür hinter ihnen.

Harry ließ sich müde auf einen Stuhl fallen und legte die Beine auf einen anderen. »Nun, Anuschka, was hast du bei dem anderen Sender erreicht?«

»Nicht so schnell, mein Lieber. Ich hab mir die Show angesehen. Bist du von allen guten Geistern verlassen? Harry, wenn ich dich managen soll, dann erwarte ich, dass du dich daran hältst, was wir beide ausgemacht haben. Denkst du, ich mache mir die Mühe, Antworten vorzuformulieren, wenn der Herr dann gedenkt, ganz andere von sich zu geben? Ich habe meine Zeit schließlich auch nicht gestohlen.«

Harry sagte nichts.

»Nun ja, es lief ja, Gott sei Dank, nicht im Hauptabendprogramm. Schau nicht so gelangweilt.«

»Ich schau nicht gelangweilt, ich bin gelangweilt!«

»Dazu hast du kein Recht. Und das weißt du genau. Liefere endlich zwölf neue Lieder und dann bin ich auch bereit, dir deine Launen wieder durchgehen zu lassen. Qualität gegen Qualität, Harry. Solange du nichts lieferst, musst du den gehörnten Ehemann spielen. Damit die Öffentlichkeit wenigstens irgendwie von dir Notiz nimmt.«

»Ich weiß, und ich mach es ja. Gibts hier irgendwo ein Bier?«

Anuschka stand wortlos auf, nahm eine Flasche aus der Minibar, öffnete sie und reichte sie Harry hinüber. »Gut. Das freut mich. Dann werde ich dir jetzt eine Sensation verkünden. Ich habe mit Siemann gesprochen. Du kennst ihn nicht, er ist leitender Redakteur bei TLR. Er ist zuständig für eine neue Sendereihe.«

»Es wird also jetzt endlich etwas mit meiner Moderation?«

Anuschka war kurz irritiert: »Deiner Moderation? Ach, du meinst die Idee, dass du eine Sendung moderieren sollst? Nein. Davon bin ich abgekommen. Der derzeitige Zeitpunkt erscheint mir nicht geeignet dafür. Außerdem gibt es bei keinem der erstklassigen Sender ein passendes Format für dich!« Sie zog eine ihrer langen, schmalen Zigaretten aus einem frischen Päckchen und zündete sie an.

Harry schwieg. Es war ihm selbst nicht klar, ob er froh war, dass diese Seifenblase geplatzt war, oder ob es ihm doch etwas ausmachte.

»Nein. Darum ging es nicht. Es ging um diese Wüstenshow. Du hast sicher schon davon gelesen.«

»Wüstenshow? Was soll das sein?«

»Harry, mach mich bitte nicht schwach! Jeder halbwegs normale Mensch, der ab und zu fernsieht, weiß, was TLR plant.«

»Mich hat noch nie jemand für einen halbwegs normalen Menschen gehalten.«

Harry nahm einen weiteren Schluck aus der Bierflasche. Wenn es nicht um die Moderation einer Abendshow ging, dann war er an Anuschkas Plänen nicht sonderlich interessiert. Ihm war es egal, wo er auftrat, um wieder seinen Song »*Oberliga*« zum Besten zu geben. War es eine Quizshow, war es ihm recht, war es eine Familiensendung, dann war es ihm auch recht, und wenn es eine Wüstenshow sein sollte, dann würde er eben dort singen. Sollten sie doch einige Tonnen Sand in das Studio kippen und ihn unter eine Plastikpalme stellen.

»Du erinnerst dich doch an die Geschichte mit Costa Cordalis.« Anuschka machte eine weit ausholende Geste. »Die Sendung im Dschungel. Das ist vor einiger Zeit gelaufen. Cordalis ist damals Dschungelkönig geworden, und die Verkaufszahlen seiner CD schnellten in kürzester Zeit von null auf hundert.«

»Du meinst die Sendung, in der sie Maden fressen mussten? Und in der man ihnen Aalschleim in den Nacken geschüttet hat?«

Anuschka nickte erfreut. »Ja genau. Wenigstens das weißt du. Nun will TLR auf diesen Erfolgszug aufspringen. Ihre Show heißt: ›Mir reicht es hier, schickt mich in die Wüste!‹ Wieder nur Prominente. Man sucht vor allem solche Leute, die zurzeit in einer Lebenskrise stecken. Und du musst zugeben, mein Lieber, dafür bist du geradezu prädestiniert.«

Harry riss die Augen auf.

»Ja selbstverständlich. Wenn nicht du in einer Lebenskrise bist, wer dann? Das Team steht übrigens schon fest.«

Sie nannte die Namen von zwei Sängerinnen. Der einen hatte der Friseur irrtümlich die blonden Haare schwarz gefärbt. Sie war in der größten Krise ihres Lebens. Dann kam noch die Exfreundin eines Schlagersängers dazu. Ein Politiker, den man nicht mehr gewählt hat. Ein Slalomläufer, der stets nach Zwischenbestzeit im zweiten Durchgang ausschied. Und ein Schauspieler, der seit fünfzig Jahren den jugendlichen Liebhaber spielte und nun auf einmal einen Großvater mimen sollte.

»Du nimmst doch nicht im Ernst an, dass ich bei so einem Schwachsinn mitmache?«

»Dass es ein Schwachsinn ist, das wissen wir alle. Und natürlich habe ich Siemanns Gerede, diese Sendung diene dazu, dass ihr euch wieder selbst finden könnt, mit einem strikten Handstreich unterbunden. Bei mir zieht diese psychologische Masche nicht. Mir geht es einzig und allein darum, dass sich deine Platten wieder verkaufen, Harry. Und nachdem du nichts Neues lieferst ...«, sie hob abwehrend die Hand, »ja, ja, ich weiß, du wirst etwas Neues liefern. Etwas, das den sonderbaren Namen ›Frau‹ tragen soll. Ich habe deine Ankündigung gehört. Auch gut. Das heißt, nein, natürlich umso besser! Also, Harry, wenn du nichts Neues lieferst, dann ist diese Sendung Gold wert. Denn sie hält dich in den Schlagzeilen. Wenn du aber im Herbst wie vereinbart eine neue CD aufnimmst, dann ist diese Wüstenshow eine tolle Werbung vorab. Und du kannst ja auf der neuen CD einen Wüstensong aufnehmen.«

Harry war aufgestanden. Er vergrub seine Hände in den Taschen seines weißen Sakkos. »Es ist dir wirklich ernst damit, Anuschka, nicht wahr?«

»Selbstverständlich ist das mein Ernst. Ich habe den Vertrag bereits unterschrieben, Harry. Alles ist geregelt. Wir können gar nicht mehr zurück.«

»Ich nehme an, zu den üblichen Konditionen? Aussteigen kostet richtig viel Geld?«

Anuschka nickte: »So ist es. Außerdem habe ich mich selbst dafür verbürgt, dass wir dabei sein werden! Und ich breche mein Wort nicht! Aber es kann ja ohnehin keine Rede davon sein, dass du aus diesem Projekt aussteigst. Denn das ist deine Chance!«

»Wann soll das Unternehmen über die Bühne gehen?«

»In einer Woche geht es los. Eigentlich hatten sie ja einen Skispringer vorgesehen, der im Winter einen ordentlichen Salto in den Schnee gelegt hat. Doch der liegt immer noch im Krankenhaus. Und dadurch bist du ins Team gerutscht. Es hat mich ganz schön viel Überzeugungskraft gekostet, Harry, das kannst du mir glauben. Also setz dich wieder hin, und hör mir zu, wie das Ganze ablaufen soll.«

Harry setzte sich wieder.

»Wir fliegen in ein Camp nach Tunesien. Während eure Begleitpersonen, also in deinem Fall ich, in einem 5-Sterne-Hotel auf eure Rückkehr warten, werdet ihr in die Wüste verfrachtet. Mit ausreichend Wasser für zwei Tage und dem Nötigsten zu essen. Und einem Einheimischen, der euch helfen soll, Zelte aufzubauen und all den Kram. So einen Glutäugigen mit dickem Turban, du weißt schon ... Das gibt dem Ganzen ein orientalisches Feeling, so etwas wollen die Leute.«

»Ach, wollen die Leute das?«

Harrys unverkennbarer Spott hätte Anuschka stutzig machen sollen. Doch die war so in ihrer begeisterten

Schilderung gefangen, dass sie seinen Einwand nicht einmal wahrnahm.

»Und dann gibt es natürlich auch wieder Prüfungen und all diesen Mist. Bei jeder Sonderprüfung könnt ihr eine gewisse Anzahl von Plastikpalmen erreichen. Und für jede Palme gibt es weitere Wasserrationen. Keine Palme, kein Wasser. Das ist das, was die Zuschauer sehen wollen. Das Ganze dauert zehn Tage. Raus aus dem Trott. Nimm es einfach als Möglichkeit, auf neue Ideen zu kommen.«

Harry sagte kein Wort.

»Na, Herr Seeberstein, was hältst von diesem genialen Schachzug? Jetzt sag schon was!«

Harry blickte nachdenklich auf seine Agentin, und plötzlich war ihm einiges klar. Mit einem Schlag wusste er, was zu tun war. Er biss sich auf die Unterlippe und schüttelte kaum merklich den Kopf. Anuschka hatte Recht. Um auf neue Ideen zu kommen, musste er neue Wege gehen. Wollte er raus aus der alten Leier, musste er raus aus seiner Umgebung. Doch er würde nicht die Wege gehen, die Anuschka ihm vorgezeichnet hatte. Sein Weg führte ihn nicht in die Wüste. Er wusste nicht, wohin er ihn führte, aber nicht in die Wüste. »Du willst neue Ideen?«, begann er langsam. »Du hast Recht. Es wird Zeit für etwas ganz Neues.«

»Na siehst du, Harry, ich dachte doch, dass man mit dir vernünftig reden kann. Also komm her, lass dich an mich drücken, und dann besprechen wir, wie wir vorgehen werden. Und welche Botschaften du in deinem Wüstencamp an die Zuschauer richten wirst. Solche Sendungen haben die beste Einschaltquote. Was glaubst du, wie wir das ausnutzen werden, Harry! Harry!?!«

Harry Schlamm zog mit einer theatralischen Geste den schweren Ring vom Finger, legte ihn vor seine fassungslose Agentin auf den Tisch und verließ den Raum.

V

Sonntag, 20. Juni, 18 Uhr, Flughafen

»Nein, Papa, wirklich, du brauchst mich nicht zu begleiten!« Franziska beugte sich vom Beifahrersitz zu ihrem Vater hinüber und drückte ihm einen kleinen Abschiedskuss auf die Wange. »Ich schaff das alleine. Herzlichen Dank fürs Herbringen.«

Sie stieg aus und öffnete den Kofferraumdeckel. Das Auto stand in zweiter Spur, hinter ihnen bildete sich eine immer länger werdende Schlange von Fahrzeugen. Der Fahrer des nächsten Wagens machte ihr ungeduldige Zeichen. Ein anderer hupte. Franziska beeilte sich, ihren Koffer und die Reisetasche aus dem Auto zu heben, und winkte dann ihrem Vater nach, bis sein dunkelgrüner Kombi hinter der Abflughalle verschwunden war.

So, nun war es also soweit.

Energisch straffte sie die Schultern. Nein, sie war nicht aufgeregt. Nein, sie war ein Profi. Sie würde ihr Ding durchziehen. Franziska musste grinsen. Ein bisschen fühlte sie sich wie in einem Film. Engagierte Geschäftsfrau fliegt nach Fernost. Gerade so, als wäre sie nicht eben noch Papas kleine Tochter gewesen und hätte unter Mutters Blümchenvorhängen geschlafen.

»Ach, hier sind Sie ja, Frau Querulin.« Dr. Rüdiger Sommer, korrekt im grauen Zweireiher, einen hellen

Trenchcoat über dem Arm, kam geschäftig auf sie zu. Er schob einen Gepäckwagen mit einem dicken Flugkoffer vor sich her, seinen Aktenkoffer hatte er darüber gelegt.

Sie reichten sich die Hände.

»Am besten, wir verlieren keine Zeit. Da steht schon eine lange Warteschlange vor dem Check-in-Schalter.«

Er machte kehrt, und Franziska beeilte sich, ihm zu folgen.

In der Abflughalle herrschte reger Betrieb. Die Schlange vor dem Schalter der Lufthansa rückte nur langsam vorwärts. Viele der Passagiere waren Chinesen auf dem Heimflug. Sie hatten ihre riesigen Koffer mit Gurten gesichert und schoben voluminöse Plastiktüten als ihr Handgepäck vor sich her. Ein sichtlich nervöser Reiseleiter versuchte, seine deutschen Schäfchen zusammenzutrommeln: »Fredrichs Studienreisen! Fredrichs Studienreisen!«, brüllte er in alle Richtungen und winkte mit den Tickets. Jetzt stand auch noch die Stewardess hinter dem Schalter auf, um ihrer Kollegin bei einem Computerproblem zu helfen.

Dr. Sommer verzog unwillig das Gesicht: »Das kann doch nicht wahr sein! Warum geht denn da nichts weiter? Ich möchte unbedingt noch genügend Zeit für den Duty-free-Shop haben. Ich habe meiner Frau versprochen, ihr Lieblingsparfüm mitzubringen.«

»Wie geht es Ihrer Frau?«, erkundigte sich Franziska rasch, um weitere Unmutsäußerungen zu verhindern.

»Gut. Danke schön. Sehr gut. Unser Junior macht sich bereits stark bemerkbar. Er strampelt wie ein Weltmeister. Kaum zu glauben, dass die Geburt erst in einem Monat stattfinden wird. Ilona, also meine Frau, ist schon kugelrund. Meine Mutter meint, das kann nur ein Sohn werden. Ein richtig prächtiger Bursche.«

Hatten denn Frauen, die Töchter erwarteten, keine kugelrunden Bäuche? Franziska hielt es für besser, nicht nachzufragen. Sie konnte sich einen kleinen Seufzer nicht verkneifen: Wie sollte sie es die nächsten zwei Wochen mit diesem Mann aushalten? Er war eingebildet, humorlos, und er hielt sich für den Mittelpunkt der Welt. Aber er war ihr von der deutschen Handelsdelegation als *der* Experte für Geschäfte mit China empfohlen worden. Außerdem konnte er perfekt Englisch, was für ihre Verhandlungen unbedingt notwendig war. Die Verträge, die er erstellt hatte, hatten Hand und Fuß, und sie musste ihm zugestehen, dass er an jede noch so kleine Eventualität gedacht hatte. Also, was sollte es: Sie würde die nächsten Wochen schon überstehen. Aua! Ein chinesischer Familienvater hatte ihr seinen voll beladenen Trolley in die Kniekehlen gestoßen.

Das Gedränge um sie wurde immer größer.

»Es ist schauderhaft. Die benehmen sich wie zu Hause. Bei uns in Deutschland geht es zivilisiert zu. Da steht man in Ruhe in der Schlange und drängt nicht von allen Seiten herein. He Sie, hinten anstellen.« Dr. Sommer fasste einen chinesischen Reisenden am Ärmel seines beigen Blousons und schob ihn hinter sich.

In diesen Augenblick klingelte laut und vernehmlich Dr. Sommers Handy. Nach kurzem Zögern ließ er den Mann los, der unverständlich, aber lautstark seine Entrüstung zum Ausdruck brachte. Andere Landsleute mischten sich in die Auseinandersetzung ein.

Der Rechtsanwalt hielt es für besser, sein Handy aus seiner Sakkotasche zu nehmen und sich abzuwenden:

»Sommer. Wie bitte? Wer sind Sie?« Er drückte Franziska seinen Trenchcoat in die Hand und steckte einen Finger ins andere Ohr, um seinen Anrufer besser zu verstehen. »Was? So sprechen Sie doch deutlicher, ich verstehe Sie kaum! Jetzt? Aber warum denn? Es war doch vereinbart, dass wir erst in einem Monat … Ja, richtig! Ich bin sofort bei Ihnen. Sagen Sie ihr, sie soll noch warten. Ja, ich weiß, aber sie soll noch warten! Ich komme sofort!«

Franziska, die gerade den kunstvoll bestickten Seidenschal einer chinesischen Mitreisenden bewundert hatte, fuhr herum: Was sollte das heißen, »er kommt sofort«?

Binnen weniger Sekunden wusste sie es: Fassungslos sah sie zu, wie ihr der Rechtsanwalt den Trenchcoat abnahm und ihr dafür sein Ticket in die Hand drückte: »Meine Frau ist ins Krankenhaus eingeliefert worden. Unser Junior hat es besonders eilig. Anscheinend kommt er einen Monat zu früh. Tut mir Leid, Sie werden verstehen, ich muss sofort ins Krankenhaus.«

Franziska nickte automatisch.

»Hier, können Sie bitte auch mein Ticket mitnehmen, wenn Sie Ihres am Schalter zurückgeben? Sollte es Probleme geben, Klage androhen! Ich regle das dann schon.«

»Mein Ticket zurückgeben? Warum sollte ich denn mein Ticket zurückgeben? Braucht denn Ihre Frau auch meinen Beistand?«

»Natürlich nicht! Aber Sie werden wohl kaum alleine fliegen!«

»Aber sicher werde ich das. Ich kann nicht länger warten. Die Verträge müssen unterschrieben werden, damit die Produktion starten kann.«

»Ja, aber wenn es zu rechtlichen Diskussionen kommt …«

»… dann erreiche ich Sie telefonisch in Ihrem Büro. Das ist zwar wegen der Zeitverschiebung vielleicht umständlich, aber sicher machbar.«

»Ja, wenn Sie meinen. Es ist Ihre Entscheidung. Allerdings besteht wahrlich kein Grund zur Sorge. Der Vertrag ist bis ins kleinste Detail ausverhandelt. Da fehlen nur noch die Unterschriften.«

»Eben. Und die zu bekommen, das schaffe ich auch allein. Also, gehen Sie schon. Alles Gute für Ihre Frau.«

»Und mein Ticket?«

»Darum kümmere ich mich.«

»Vielen Dank. Ja, dann werde ich mich beeilen, der Junior will nicht warten. Ungeduldig wie der Papa.«

»Herr Rechtsanwalt, die Unterlagen!«

»Ach, ja, die Unterlagen.«

Er drückte ihr seinen Aktenkoffer in die Hand, hob verlegen grüßend die Hand und eilte mit wehendem Sakko in Richtung Ausgang. Den Gepäckwagen mit dem Koffer schob er vor sich her wie einen Kinderwagen.

Na toll! Da stand sie jetzt. Sie legte den Aktenkoffer auf ihr Gepäck. Noch zwei Stunden bis zum Abflug. Was für ein dramatischer Beginn ihrer Reise. Nun war sie völlig auf sich allein gestellt. Nun ja, nicht wirklich völlig allein: Zum Glück gab's Joe Kaufmann in Peking. Er würde sie, wie immer, am Flughafen erwarten. Er würde sie überallhin begleiten. Mit seiner Unterstützung würde sie das Geschäft schon durchziehen.

Eine Dame mit hochgestecktem Haar und blauer Uniform ging eiligen Schrittes an ihr vorbei.

»Entschuldigen Sie bitte, wo finde ich denn hier den Ticketschalter?«

Sie folgte dem angegebenen Weg und hatte Glück: Vor diesem Schalter wartete niemand. Sie legte das Ticket auf das Verkaufspult: »Mein Kollege muss dringend den Flug stornieren. Seine Frau bekommt ein Kind, wissen Sie. Jetzt stehe ich da mit diesem Ticket und muss es zurückgeben. Können Sie mir weiterhelfen?«

In diesem Augenblick öffnete sich mit einem Schwung die Drehtür neben dem Schalter, und ein Mann rauschte im Eiltempo in die Halle. Er trug Bluejeans und eine Lederjacke. Seine dunklen Haare waren kurz geschnitten, an der Stirn mit etwas Gel zum Stehen gebracht. Der Haarschnitt wirkte etwas seltsam, eckig, unharmonisch. Sein großer Koffer, den er hinter sich herzog, verursachte ein lautes Kreischen auf dem Marmorboden. Er steuerte zielsicher auf den Ticketschalter zu, legte seinen Pass auf das Pult und sagte mit ungewöhnlich tiefer Stimme: »Buchen Sie mich auf den nächsten Flug. Egal wohin. Möglichst weit weg.«

Franziska war kurz von ihrem Problem abgelenkt. So etwas war ihr doch noch nie passiert. *Sie* stand hier. Na gut, sie war nur 1,65 Meter groß, aber doch nicht zu übersehen. Wie kam dieser Mann dazu, so zu tun, als wäre sie nicht da?

Gerade, als sie sich entrüstet bemerkbar machen wollte, nahm ihr der Flughafenangestellte diese Pflicht ab: »Würden Sie sich bitte hinter der Dame anstellen?« Er drückte dem Mann seinen Pass wieder in die Hand.

Dieser war sichtlich überrascht. Er blickte sich um, und erst jetzt schien er Franziska zu entdecken: »Oh, Entschuldigung«, sagte er, und es schien, als wäre er aus einem Traum erwacht, »Sie stehen ja da. Können Sie sich bitte beeilen?«

»Es dauert, so lange es dauert«, sagte der Flughafenangestellte, und nun wusste auch jeder Unbeteiligte, dass er nicht vorhatte, sich über Gebühr zu beeilen.

»Ich fliege erster Klasse, verdammt noch mal.«

Doch auch das änderte nichts an der Einstellung des korrekten Flughafenangestellten. »Das ist schön für Sie, mein Herr.« Er wandte sich an Franziska: »Ich fürchte, wir haben hier ein Problem. So kurzfristig kann ich ein Ticket nur mit Erhebung von Stornokosten zurücknehmen. Wenn Sie einen Augenblick warten, werde ich die Kosten dafür ausrechnen.« Er tippte etwas in seine Computertastatur.

»Mein Flieger geht in knapp zwei Stunden.« Nun wurde auch Franziska ungeduldig. »Den darf ich auf keinen Fall versäumen. Können wir das mit den Kosten nicht anders erledigen? Sie nehmen das Ticket zurück, und wir regeln alles Weitere, wenn ich von der Reise zurückkomme. Sie können auch meine Kreditkartennummer haben ...«

»Wohin fliegen Sie denn?«, mischte sich der Mann wieder ins Gespräch.

»Ich muss schon sehr bitten«, sagte der Uniformierte.

»Nach Peking«, sagte Franziska.

Der Mann überlegte: »Peking? Wollen denn jetzt alle nach Peking? Das nenne ich einen witzigen Zufall. Aber, auch gut. Erster Klasse?«

Franziska schüttelte den Kopf: »Business-Class.«

»Business-Class bin ich schon lange nicht mehr geflogen. Interessant. He!«, er wandte sich an den Mann am Schalter, »Sie brauchen das Ticket nicht zu stornieren. Ich nehme es. Sparen Sie sich also die Mühe, und schreiben Sie es auf mich um.«

»So einfach geht das nicht. Dafür muss ich Gebühren erheben ...«

»Dann tun Sie das. Hier ist meine Kreditkarte, hier ist mein Pass.« Es klang ruhig, aber bestimmt.

Der Flughafenbedienstete griff nach dem Pass. »Für Peking brauchen Sie ein Visum, Herr ... Herr Gerstenberg.«

Er blätterte achtlos den Pass durch und blieb dann erstaunt an einer Seite hängen: »Sie haben ein Visum für Peking. Für mehrere Einreisen im nächsten halben Jahr. Das nenne ich weise Voraussicht.« Er schüttelte fassungslos den Kopf. »Aber ich weiß nicht, ob es der Dame recht ist, so mir nichts, dir nichts, das Ticket umzuschreiben.«

»Der Dame ist es recht. Wenn ich also bitten dürfte!«, sagte Herr Gerstenberg.

Franziska sah ihn von der Seite an: Ein äußerst gut aussehender Mann. Ein seltsamer Haarschnitt. Ein noch seltsameres Benehmen.

Der Flughafenangestellte war deutlich verunsichert. Dennoch: Auch der bestimmteste Tonfall konnte ihn nicht von seiner korrekten Arbeitsweise abhalten: »Es ist Ihnen recht, Frau ... äh ... Querulin?«

Franziska beeilte sich, ihm dies zu versichern.

»Gut«, der Mann in Uniform nickte, »ich ziehe die Umbuchungsgebühr ab. Und Sie schulden der Dame ...« Er nannte eine beträchtliche Summe.

»Meine Kreditkarte, bitte.« Herr Gerstenberg streckte die Hand aus und winkte mit den Fingern, um die Dringlichkeit seiner Bitte zu unterstreichen.

»Der Automat ist direkt gegenüber. Ich kann mir allerdings nicht vorstellen, dass Sie einen so hohen Betrag auf einmal abheben können.«

»Wollen wir wetten, dass ich das kann?« Mit einem Grinsen wandte sich der Mann um und steckte die Kreditkarte von Matthias Gerstenberg in sein Portemonnaie. Dafür zückte er sein Gegenstück in Platin. Für Seebersteins Kreditkarte gab es kein Limit.

VI

Sonntag, 20. Juni, 14 Uhr, Sendeanstalt, im Osten der Stadt

Als Harry das Gespräch mit Anuschka abrupt beendet hatte und die Tür hinter sich ins Schloss knallte, war er auf hundertachtzig. Hatte die Frau endgültig den Verstand verloren? Natürlich war es gut, in den Schlagzeilen zu bleiben. Aber man konnte den Bogen auch überspannen. Und genau das hatte Anuschka soeben getan.

Irgendwo hat jeder seine Grenze.
Du bist darüber gestiegen,
dabei wünschte ich, du hättest geschwiegen,
du hättest gedacht, bevor du getan.
Doch auch deine Platte hat nur eine Rille.
Funkstille.

geschrieben von Seeberstein am 20. Juni, 14.03 Uhr
zuerst als annehmbar empfunden und dann doch verworfen

Er war nicht länger gelangweilt. Er war auch nicht verärgert. Nein, er war wütend!

Im Nu war er mit großen Schritten bei den chromblitzenden Aufzugtüren. Zwanzig Mal drückte sein Zeigefinger den Knopf, um den Lift zu holen. Vergebens. Der steckte im fünften Stock und rührte sich nicht.

Also machte Harry kurzerhand kehrt, riss die Schwingtür zum Treppenhaus auf und trabte die Treppen hinunter. Er ließ ja viel mit sich machen, aber irgendwo, irgendwann hatte auch seine Engelsgeduld ein Ende. Was hatte er nicht schon alles mitgemacht, nur um Anuschkas Pläne zu erfüllen. Er hatte dämliche Gipseier bemalt für »Prominente färben Ostereier für ein Waisenhaus«. Er hatte sich für den Hochglanzkalender eines Frauenmagazins halb nackt ausgezogen. Er hatte sich bei einem Promi-Gokart-Rennen das Kreuz angeschlagen, sodass er eine Woche kaum gehen konnte. Und er hatte für eine extrem blöde Fotostory für ein Jugendmagazin einen Tag mit zwei hysterischen jungen Mädchen verbracht, die jedesmal nach Luft schnappten, wenn er sie ansprach. Dabei war ein Fotograf vor ihnen hergewieselt, um jede Szene mindestens dreißig Mal zu knipsen. Das alles hatte er getan. Doch in die Wüste würde er sich nicht schicken lassen!

Es war ein ganz schön weiter Weg vom neunten Stock ins Erdgeschoss. Irgendwo zwischen dem vierten und dem dritten Stock blieb er keuchend stehen und blickte sich überrascht um. Er besah sich das nackte Treppenhaus, die weißen Wände strahlten blank und kalt im grellen Neonlicht. Niemand war ihm begegnet. Obwohl das Haus genügend Lifte hatte, stand er da, Deutschlands vor kurzem noch beliebtester Sänger, stand da und schnaufte. Mit einem Schlag war all die Wut verflogen und machte einer stillen Heiterkeit Platz.

»He, Harry«, sagte eine Stimme in ihm, »was machst du hier eigentlich? Grade eben warst du noch gelangweilt. Dann stinksauer. Und jetzt fühlst du dich mit einem Mal so unbeschwert?«

Harry winkte seinem Spiegelbild im Treppenhausfenster zu. Er hatte das Rad verlassen, in dem er die letzten Jahre wie eine dressierte Ratte gelaufen war. Und nun stand er da, noch etwas unsicher, wie sich das Leben außerhalb dieses Rades anfühlte.

Der nächste Weg jedenfalls war, seine Garderobe aufzusuchen. Sie lag im zweiten Stock, und er hatte das Glück, dass sie sich unweit vom Treppenhaus befand. Vorsichtig steckte er den Kopf durch den Türspalt, spähte in den langen Gang. Eine Frau verschwand soeben auf der Toilette. Sonst war niemand zu sehen.

Seine Garderobe war leer. Man hatte ihn offensichtlich noch nicht so bald zurückerwartet. Seine Gespräche mit Anuschka im VIP-Raum dauerten sonst mindestens doppelt so lange wie heute. Da stand er also in seinem auffälligen weißen Anzug und beäugte sich kritisch im Spiegel. Es war nicht wirklich eine bewusste Handlung, es war mehr ein Reflex, dass er zur Schere griff und mit einem energischen Schnitt den Spitzbart abschnitt. Sein lang gepflegtes, lang gehegtes Markenzeichen landete im Müll. Na, bitte, ein erster Schritt in die Zukunft war getan.

Allerdings kein gut überlegter. Denn wo sollte er nun Rasierzeug herbekommen, um auch noch die letzten Reste des ehemaligen Markenzeichens zu entfernen? So konnte er sich nirgends sehen lassen, er sah mehr als seltsam aus. Auch unter den Utensilien der Maskenbildnerin fand sich kein Rasierer. Harry seufzte. Es half alles nichts: Mit der Schere kürzte er die Bartstoppeln, so gut es ging. Dann kontrollierte er den Inhalt seiner Hosentasche: Seine Geldbörse war da. Mit allen Kreditkarten.

Er schlüpfte aus dem weißen Sakko und legte es über den Arm. Vielleicht waren das weiße Hemd und die weiße Hose weniger auffällig als der ganze Anzug.

Kurz überlegte er, die schlichte braune Jacke zu nehmen, die irgendjemand über die Lehne des Maskenstuhls gehängt hatte. Mit ihr würde er wenig Aufsehen erregen. So schnell ihm dieser Gedanke gekommen war, so schnell verwarf er ihn wieder. Was hätte das erst wieder für ein Aufsehen erregt! Der reiche Seeberstein stahl eine Jacke! Er musste grinsen: Was würde Anuschka wohl zu so einer Schlagzeile sagen?

Auf dem großflächigen Bildschirm, der an der Stirnwand jeder Garderobe angebracht war, flimmerte das aktuelle Programm des Senders. Zurzeit lief ein Zeichentrickfilm für Kinder. Der Beginn eines Sportmagazins wurde angekündigt.

Entschlossen trat Harry auf den Gang hinaus. Er wusste jetzt genau, was er machen würde: Dasselbe, was er in den letzten vierunddreißig Jahren immer gemacht hatte, wenn er nicht mehr weiter wusste oder wenn er jemanden zum Reden brauchte oder einfach nur unbeschwert Spaß haben wollte. Er würde zu Matthias fahren, seinem »kleinen« Bruder. Hatte er wirklich gestern Nachmittag noch gedacht, Anuschka sei ihm wichtiger als Matthias?

Auf dem Flur begegneten ihm einige Leute. Sie eilten hektisch von einer Tür zur nächsten, niemand nahm Notiz von ihm. War es wirklich so, dass sie ihn nicht erkannten? Ohne Spitzbart und ohne die dunkle Sonnenbrille, auf die Anuschka immer so großen Wert gelegt hatte, um sein Inkognito zu wahren? Wie es schien, hatte dieser modische Schnickschnack genau den gegenteiligen Effekt. Trüge er die Sonnenbrille, hätte man ihn sicher längst angesprochen.

Die Auffahrt zum Funkhaus war menschenleer.

Der Pförtner am Eingang hob den Blick und sein Gesicht verzog sich zu einem freundlichen Lächeln: »Guten Tag, Herr Seeberstein, heute zu Fuß unterwegs?«

Harry winkte ihm einen kurzen Gruß zu: »Guten Tag, ja, kurz etwas Luft schnappen.« Er nahm das Sakko lässig über die Schulter und verließ das Gelände des Senders.

Ein Taxi war schnell gefunden: »Berthold-Brecht-Weg 54«, sagte er dem Fahrer und ließ sich in die weichen Lederpolster der Rückbank fallen.

Während der Fahrt schaute Harry durch die schmutzigen Scheiben, als sähe er die Stadt zum ersten Mal. Er hatte vieles heute zum ersten Mal getan: Er hatte die Tür zwischen sich und Anuschka zugeschlagen, er hatte seinen Bart abgeschnitten, und er war durch den Vorderausgang des Sendehauses gegangen, ohne Leibwächter. Was hatte Anuschka im stets eingebläut? »Tu das nie, Harry, das ist viel zu gefährlich. Die Menschenmassen werden dich erdrücken! Die hysterischen Teenies wirst du nie wieder los. Wenn du alleine unterwegs bist, dann nimm stets den Seiteneingang.«

Ha, wo waren die hysterischen Teenager gewesen? Hatte Anuschka übertrieben, oder war deren Fehlen einfach nur ein Beweis dafür, dass sein Stern dabei war zu sinken?

Er würde den Stern wieder zum Glänzen bringen! In seinem Herzen brannte endlich wieder das alte Feuer. Aber zuerst musste er raus aus der Stadt. Luft schnappen, eine andere Umgebung sehen, weg, möglichst weit weg von hier, weit weg von Anuschka, weit weg von den selbst auferlegten Zwängen. In diesem Augenblick wurde die Idee geboren, fortzufliegen, ohne zu wissen, wohin. Ohne zu wissen, für wie lange. Einfach nur weg. Neue Eindrücke gewinnen, neue Erlebnisse aufsaugen wie ein Schwamm, in einem Land, wo ihn keiner kannte. In einem Land, wo er einfach Harry war wie viele andere Harrys auch. Wo das Wort »Seeberstein« noch nie in fetten Lettern als Schlagzeile in der Boulevardpresse geprangt hatte.

»Bitte sehr, da wären wir. Macht zwölf Euro siebzig.«

Harry war froh, dass er genügend Bargeld bei sich trug. Die kleinen Beträge bezahlte sonst Herwig. Die großen seine Kreditkarte.

Matthias Gerstenberg wohnte in einer Reihenhaussiedlung in einer der besten Wohngegenden der Stadt. Keine gediegene, rustikale Gemütlichkeit, sondern klare, schlichte, durchgestylte Häuser. Weiß mit viel Chrom und großen Glasflächen. Und einem gemeinsamen Gärtner, der für die Pflege des akkurat geschnittenen Rasens und der zu Kugeln gestutzten Buchsbäume verantwortlich war.

Matthias hatte vor fünf Jahren Gitte geheiratet und ihren Namen angenommen. Wer wollte schon Schlamm heißen, wenn er Gerstenberg heißen konnte? Noch dazu als Bruder des berühmten Harry Schlamm, dem er wie ein Ei dem anderen glich? Und mit dem er immer und überall verwechselt wurde? Da war es eine Erleichterung gewesen, einen anderen Namen anzunehmen. Und seit er sich auch noch in seinem äußeren Erscheinungsbild bewusst von ihm absetzte, brachte ihn kaum jemand mehr mit dem berühmten Sänger Seeberstein in Verbindung.

Matthias öffnete die Tür, um Harry hereinzulassen. Dann machte er sofort wieder kehrt, um sich wieder seinem Koffer zuzuwenden: »He, schön, dass du es doch noch geschafft hast, Großer! Komm, hilf mir, dieses Ding da zu schließen. Ich hätte vielleicht doch meinen ganz großen Flugkoffer nehmen sollen, aber ich dachte, ich würde mit diesem auskommen. Und jetzt geht das blöde Ding nicht zu. Kannst du dich nicht mal draufsetzen?«

Harry legte sein weißes Sakko über den Stuhl und tat, wie ihm geheißen.

»Wenn ich in Stuttgart ankomme, dann sind alle Anzüge verknittert und die Hemden sehen aus, als hätte sie noch nie jemand gebügelt. Ich hasse Koffer!« Er sah auf, um seinem Bruder zuzulächeln, und das Lächeln verschwand schlagartig. »Wie siehst du denn aus?«

Harry grinste etwas schief: »Ich hab den Spitzbart abgeschnitten.«

»Das sehe ich. Nicht, dass mir das Leid täte. Aber ob diese Art von Bart, die du nun trägst, bei deinen weiblichen Fans auch so gut ankommt?« Sein Tonfall klang zweifelnd.

»Bitte, Matthias, mach endlich den blöden Koffer zu. Und dann brauche ich dein Rasierzeug. Und deinen Friseur. Und deinen Pass.«

Endlich schnappte der Verschluss ins Schloss.

»Mein Rasierzeug kannst du haben. Was meinst du mit ›meinen Friseur‹? Du hast doch deinen eigenen Betreuungsstab, der ohnehin immer um dich herumscharwenzelt.«

»Den kannst du vergessen. Wo ist dein Friseur? Hol ihn her.«

»Heee, aufwachen! Normale Sterbliche wie ich holen den Friseur nicht her.« Matthias klang, als würde er mit einem kleinen ungezogenen Kind sprechen. »Unsereins sucht den Friseur auf. Mein Friseur ist in der Mozartallee. Morgen ab halb elf ist das Geschäft geöffnet. Möchtest du einen Termin vereinbaren?«

Harry grinste: »Ich bin wohl sehr verwöhnt?« Es klang wie eine Feststellung. »Gut, wenn du meinst, dass man den Friseur nicht herholen kann, dann bleibt nichts anderes übrig: Du musst mir die Haare schneiden.«

»Erstens, mein lieber Bruder, bin ich Werbefachmann und kein Friseur, und zweitens setzen wir uns wohl besser in die Küche und du erzählst mir, was los ist. Bist du vor Anuschka getürmt?«

»Na, getürmt kann man nicht sagen. Oder doch, vielleicht tu ich das gerade.«

»Espresso?«

Harry nickte.

»Hast du Hunger?«

Harry hatte.

Matthias schob zwei Tiefkühlpizzen ins Backrohr. »Nun erzähl. Von Anfang an.«

»Da gibt's nicht viel zu erzählen. Ich brauche Abstand. Anuschka geht mir ordentlich auf die Nerven. Weißt du, was ihre neueste Idee ist? Sie will mich für diese Wüstenshow verpflichten. Du kennst doch diese Art von Sendungen: ›Ich bin ein Star, schickt mich in die Wüste‹ – oder so ähnlich. Aber so weit ist es noch nicht. Noch kann ich mein Publikum mit meiner Musik begeistern und brauche mich nicht zum Gespött der Leute zu machen und Sand zu fressen.«

Matthias stimmte ihm unumwunden zu: »Das denke ich auch.«

»Ich hätte schon längst einen Riegel vorschieben sollen. Diese ganze ›Schlamms Schlacht‹ in den Zeitungen geht mir ja auch gegen den Strich. Aber wenn man einmal im Getriebe drin ist, dann läuft man mit und vergisst zu denken.«

»Und jetzt denkst du wieder?«

Harry nickte. »Ich will mich wieder auf das konzentrieren, was ich gut kann. Ich will Lieder schreiben. Ich vermisse das Gefühl, am Klavier zu sitzen und vor Ideen nur so zu sprudeln ...« Er ließ den Satz in der Luft hängen.

»Und wie soll dir das gelingen?«

Matthias schenkte ihm ungefragt ein Glas Mineralwasser ein und schob seinem Bruder auch die kleine Mokkatasse hinüber.

»Ich fahre weg. Irgendwohin, wo mich keiner kennt. Wo ich wieder zu mir kommen kann und mir keiner sagt, was ich zu tun und zu lassen habe. Ich bin sicher, dann kommt auch die Musik wieder.«

»Das erscheint mir vernünftig.«

»Ich wusste, dass du das so siehst, Matthias. Denn in Wahrheit hast du diese Idee schon längst gehabt, nicht wahr? Ich war zwar verbohrt, aber nicht verbohrt genug, um das nicht zu bemerken. Und darum brauche ich deinen Pass. Und deine Frisur.«

»Harry, du hast doch nicht wirklich vor, als Matthias Gerstenberg durch die Welt zu ziehen? Das ist illegal. Sicher ist das Dokumentenfälschung oder irgendetwas in der Art.«

»Wenn ich als Harry Schlamm reise, dann habe ich, so schnell kann ich gar nicht schauen, eine Traube von Journalisten an meinen Fersen kleben. Und Anuschka weiß im Handumdrehen, wo sie mich findet. Ich will das nicht, Kleiner. Diesmal wirklich nicht.«

»Ich verstehe dich schon, Harry, aber ist das nicht zu riskant? Es war etwas anderes, als kleine Jungen die Rollen zu tauschen.«

»Wer soll dahinter kommen? Du bist in Stuttgart. Wenn du zurückkommst, bin auch ich wieder da. Und ich werde aussehen wie du. Niemand wird etwas bemerken.«

»In Amerika nehmen sie jetzt jedem bei der Einreise die Fingerabdrücke ab.« Matthias war schon so gut wie weich geklopft. »Dort erkennt man den Schwindel sofort.«

»Ja stimmt, gut zu wissen. Ich werde nicht nach Amerika fliegen.«

»Wohin dann?« Matthias stand auf, um seinen Pass zu holen.

»Ich weiß es nicht. Ich werde zum Flughafen fahren und einen Platz in einer der Maschinen ergattern, die heute noch abfliegen. Nenn es Zufall, nenn es Schicksal, ich werde sehen, wohin mich mein Weg führt.«

»Also, da hast du meinen Pass. Aber kein Wort zu Gitte! Sie reißt mir den Kopf ab, wenn sie erfährt, dass ich bei so etwas Illegalem mitmache!«

Harry hob die Hand zum Schwur und nickte feierlich.

»Du bist ein ganz schöner Spinner, weißt du das?« In Matthias Stimme war nichts als liebevoller Bruderstolz.

Harry lachte, und sein Lachen klang nun schon wieder viel befreiter. »Ich weiß«, sagte er, »und nun hol die Schere.«

Die Pizza wäre fast verbrannt, so sehr waren die beiden Brüder mit dem Haarschnitt beschäftigt. Das Endergebnis war nicht wirklich berauschend. Die linke Seite war etwas kürzer als die rechte, doch zu kurz, als dass Harry es zugelassen hätte, dass Matthias auch noch die rechte Seite so kurz schnitt. Also war die Frisur asymmetrisch, doch mit etwas Wet-Gel zum Stehen gebracht, konnte sie durchaus als extravagante Designerfrisur durchgehen.

»Wo hast du dein Gepäck?«

Sie saßen in stillem Einvernehmen am Küchentisch und säbelten an ihrer halb verkohlten Pizza.

»Ach ja, Gepäck. Ich habe keines. Aber ich werde wohl welches brauchen.«

»Wie lange willst du wegbleiben, Harry?«

»Ich weiß nicht, eine Woche, zwei Wochen …«

»Da wirst du natürlich Gepäck brauchen. Ich nehme nicht an, dass dein hübscher weißer Anzug auch noch nach zweiwöchigem Tragen so hübsch und so weiß wäre.«

»Du magst den Anzug nicht?«

»Nein. Um ehrlich zu sein, gefällst du mir besser in Jeans. Oder in einem dunklen Anzug. Weiß ist so schlagersängermäßig.«

Wollte man Harry von etwas abhalten, brauchte man nur zu sagen, es sei schlagersängermäßig. Dann konnte er es nicht mehr leiden.

»Weg mit dem weißen Anzug.« Harry wischte sich den Mund an der Serviette ab. »Dann also Jeans. Ich hoffe, du kannst mir welche leihen.«

»Oh, oh, oh. Klein Harry traut sich nicht nach Hause.«

»Richtig.« Harry war weit davon entfernt, beleidigt zu sein: »Du hast es erfasst. Ich habe weder Lust, Herwig Rede und Antwort zu stehen, noch sonst irgendjemandem aus meinem Umfeld. Harry Schlamm hat beschlossen zu gehen. Und Harry Schlamm geht.«

»Weiß es Gisi?«

»Nein. Und ich habe auch nicht die geringste Absicht, es ihr zu sagen. Außer uns zweien braucht niemand Bescheid zu wissen. Sagtest du nicht etwas von einem großen Koffer, den du nicht nach Stuttgart mitnehmen wirst?«

Matthias zeigte einen Anflug von einem Lächeln und fügte sich in das Unvermeidbare.

So landete ein zweiter Koffer auf dem französischen Bett des Ehepaares Gerstenberg, und in diesem Koffer landete nahezu sämtliche Freizeitkleidung, die Matthias entbehren konnte. Und zwei Boxershorts.

»Danke, das reicht fürs Erste. Den Rest kaufe ich mir dort, wo ich dann bin. Unterhosen bekomme ich überall.« Auch die Tatsache, dass Matthias weder ein zweites Rasierzeug noch eine Zahnbürste hatte, die er ihm mitgeben konnte, beunruhigte Harry keineswegs: »Das bekomme ich alles am Flughafen. Mach dir keine Gedanken darüber. Was ich brauche, habe ich hier in diesem Koffer. Und ich habe deinen Pass.«

Matthias Bedenken erwachten schlagartig wieder: »Ich weiß nicht, ob das wirklich so eine gute Idee ist, Harry! Wenn irgendjemand dahinter kommt, dann bist du geliefert. Und dann bin ich geliefert.«

»Wer soll denn dahinter kommen, bitte? Ich sehe jetzt aus wie du!«

Das konnte Matthias nicht gelten lassen: »Tust du nicht. Ich habe einen Haarschnitt, du hast nur etwas Ähnliches.«

Harry grinste: »Das fällt keinem Zollbeamten auf. Und dem Hotel-Rezeptionisten schon gar nicht. Apropos Hotel – gut, dass ich daran gedacht habe – dort brauche ich deine Kreditkarte. Ich kann mich schwerlich als Matthias Gerstenberg ausweisen und als Harry Schlamm bezahlen.«

»Siehst du, das ist genau das, was ich meine. Es gibt genug Fallen, in die wir tappen können. Meine Kreditkarte brauche ich selbst.«

»Hast du denn keine zweite?«

»Doch.« Matthias schnaufte unwillig und öffnete seine Geldbörse. »Ich habe zwei Kreditkarten. Aber das wird doch auffallen, wenn ich gleichzeitig in Stuttgart mit einer Kreditkarte zahle und in wo auch immer mit der zweiten.«

»Wem soll das auffallen? Es sind doch zwei unterschiedliche Karten von zwei unterschiedlichen Banken.«

»Du hast eine ganz andere Unterschrift als ich.«

»Deine Unterschrift ist keine Unterschrift, das ist ein Gekrakel. Und das Gekrakel kann ich seit ewigen Zeiten.«

»Kannst du nicht, ich heiße jetzt Gerstenberg.«

»Du heißt nicht jetzt Gerstenberg, du heißt seit fünf Jahren Gerstenberg, und das Gekrakel kann ich sehr wohl.« Er nahm ein Blatt Papier und bewies es ihm. »Hast du wirklich nur zwei Kreditkarten?«

»Genau, der Herr, und es sind keine in Platin. Harry, ich bin ein ganz normaler Mensch, kein Star. Die Karte hat einen Kreditrahmen von dreitausend Euro. Damit musst du auszukommen. Kannst du das, Herr Seeberstein? Oder geht dieser Betrag bereits für dein erstes Champagnergelage drauf? – Aua!« Sein Bruder hatte ihn mit dem Ellenbogen unsanft in die Seite gestoßen.

»Harry Schlamm reist als Matthias Gerstenberg durch die Lande, nicht als Seeberstein. Seeberstein bleibt zu Hause im Schrank und ruht, daher gibt es auch kein Champagnergelage. Und ich habe auch nicht vor, irgendwelchen Damen irgendetwas zu spendieren. Ich werde still und zurückgezogen leben. Niemand wird von mir Notiz nehmen. Ich werde komponieren, ich werde texten, ich werde in Stille und Abgeschiedenheit zu neuen Ideen kommen, back to the roots, Bruder.«

»Ah ja.«

Matthias war vom Gegenteil überzeugt. Harry war schon viel zu lange im Mittelpunkt der begeisterten

Menge. Harry war es viel zu sehr gewohnt, dass ihm alle Frauen schöne Augen machten. Und dieser Harry sollte nun in Abgeschiedenheit zwei Wochen verbringen? Ohne Bewunderer? Und was hieß schon ›back to the roots‹? Harry hatte schon als Junge nie in Ruhe und stiller Besinnlichkeit gelebt. Es musste immer etwas los sein – wo Harry war, war Action.

»Wann kommt Gitte zurück?«

»Sie ist gestern weggefahren und wird eine Woche fortbleiben. Ich bin froh, wenn ich sie endlich wieder einmal länger zu Gesicht bekomme. Im Augenblick ist sie sehr viel unterwegs. Und auch ich bin kaum zu Hause. Aber wir haben den Urlaub noch vor uns. Da sind wir dann drei Wochen Tag und Nacht vereint. Darauf freue ich mich wirklich.«

»Ihr seid zu beneiden.« Das war eine schlichte Feststellung. »Es ist nicht wichtig, dass man dauernd zusammensteckt. Wichtig ist, dass man sich liebt. Und das tut ihr.«

»Es wird auch bei dir wieder, Harry. Wenn die Scheidung von Gisi einmal über die Bühne ist …«

»Das wird noch dauern. Gisi will, dass ich ihr eine neue Aufgabe verschaffe. Und bis mir etwas einfällt, werde ich wohl noch länger eine Ehefrau haben und einen hauseigenen Masseur.«

»Ich bewundere dich, dass du das aushältst.«

»Was ist die Alternative? Glaubst du, ich will wirklich den Scheidungskrieg führen, den mir die Medien schon jetzt andichten? Glaubst du, ich will wirklich all die Gemeinheiten austauschen, die sich Anuschka jetzt einfallen lässt, um die Medien damit zu füttern? Nein, wirklich nicht. Da ertrage ich lieber Schorsch. Er ist ja kein übler Kerl. Auch wenn ich ihn nicht vermissen würde, wenn ich ihn nicht mehr sähe. So!« Harry stand auf und griff nach dem Koffer. »Macht es dir etwas aus, mich zum Flughafen zu bringen?«

»Harry, das Taxi wurde schon erfunden.«

Sein Bruder grinste: »Ich weiß, aber ich habe Angst, dass mich doch jemand erkennt.«

»Wenn du mit dem Aussehen von Matthias Gerstenberg aus der Wohnung von Matthias Gerstenberg kommst, wer wird dann glauben, du seist Harry Schlamm?«

»Na gut, ich versuche es. Weißt du die Telefonnummer vom Taxifunk?«

Als Harry vor dem Haus auf das Taxi wartete, ging eine ältere Dame vorbei: »Ist das nicht wieder ein schöner Abend, Herr Gerstenberg?«

Harry beeilte sich, das mit einem breiten Grinsen zu bestätigen. Der erste Test war geschafft! Matthias' Nachbarin hatte ihn nicht erkannt. Das war ein gutes Zeichen.

Auch der Taxifahrer schöpfte keinen Verdacht, sondern lieferte ihn nach einer dreiviertel Stunde Fahrt wohlbehalten vor dem Flughafen ab. Sein Fahrgast stieg aus und eilte mit großen Schritten zur Abflughalle.

»He, Sie, der Koffer!«

Harry, der schon durch die Drehtür hatte verschwinden wollen, machte überrascht kehrt: »Ach ja!« Er schnappte das monströse Ding. Den Koffer musste er ja mitnehmen. Und er musste ihn selbst tragen. Was für ein seltsames Gefühl, gerade so, als wäre er wieder ein kleiner Junge auf der Fahrt in ein Ferienlager. Ah, da war ein Band, an dem man den Koffer ziehen konnte. Das Riesending erzeugte laute Geräusche auf dem glänzenden Marmorboden. Zum Glück musste er den Ticketschalter nicht lange suchen. Die Frau, die gerade davor stand, hatte er nicht gesehen. Ehrlich nicht.

VII

Dann standen sie gemeinsam vor dem Check-in-Schalter. Die Reihen hatten sich in der Zwischenzeit auch dort gelichtet. Nur noch fünf Personen warteten darauf, ihre Koffer aufgeben zu können.

Franziska wusste nicht so recht, wie sie ein Gespräch beginnen sollte. Und vor allem, ob sie eines beginnen wollte. Schließlich war dieser Matthias Gerstenberg ein völlig fremder Mann. Und bis auf die Tatsache, dass er das Ticket gekauft und ihr eine Menge Unannehmlichkeiten erspart hatte, hatte sie nichts mit ihm zu tun. Schade eigentlich. Denn er wirkte sympathisch. Und er sah ausnehmend gut aus, wenn man von seinem asymmetrischen Haarschnitt absah!

»Gibt's einen Grund, mich so zu mustern?«

Franziska zuckte zusammen. Hatte er wirklich bemerkt, dass sie ihn heimlich beäugt hatte?

»Komme ich Ihnen irgendwie bekannt vor? Vielleicht verwechseln Sie mich mit jemandem …«

»Nein, nein. Ich bewundere nur ihre Frisur, das ist alles.«

Harry lachte befreit auf. Sie schoben ihre Koffer ein Stück weiter.

»Noch mal danke, dass alles so gut geklappt hat«, sagte er statt einer Antwort. »Waren Sie schon einmal in Peking? Was machen Sie dort? Urlaub?«

»Ich bin geschäftlich unterwegs.«

»Ach tatsächlich? Kann man in China gute Geschäfte machen?«

»Das kommt auf die Branche an. Was treibt Sie denn nach China? Irre ich mich, oder hatten Sie bis vor wenigen Minuten gar nicht vor, dorthin zu reisen?«

Harry grinste: »Nein, Sie irren sich nicht. Mir ist es egal, wohin ich fliege, solange es nur weit genug weg ist von hier.«

Franziska war sofort neugierig: »Sind Sie auf der Flucht?«

Harrys Grinsen wurde breiter: »So in etwa ...«

»Wie viele Jahre haben Sie denn aufgebrummt bekommen?« Etwas mulmig war ihr schon zumute. Sollte sie neben einem Kriminellen zehn Stunden auf engstem Raum in der Maschine sitzen? Dort vorne stand ein Polizist mit Gewehr über der Schulter. Vielleicht wäre es besser, diesem unauffällig ein Zeichen zu geben. Nur, wie machte man einem Polizisten unauffällig ein Zeichen, der gelangweilt die Maserung des Marmorbodens studiert?

»Keine Angst, ich habe niemanden umgebracht. Ich bin ein unbescholtener Bürger.« Zum zweiten Mal an diesem Tag hob Harry feierlich die Hand zum Schwur.

Franziska beschloss, ihm zu glauben. Sie lachte befreit auf: »Na ja, Ihr Haarschnitt sieht aber wirklich aus, als käme er direkt vom Gefängnisfriseur.«

Harry strich sich mit der flachen Hand durch seine gestutzte Haarpracht. »Mein Haar hat es Ihnen tatsächlich angetan, nicht wahr? Es sieht schrecklich aus, ich weiß. Vielleicht finde ich in Peking einen Friseur, der meinen Kopf wieder halbwegs ansehnlich macht.«

»Oh, der ist durchaus noch ansehnlich«, rutschte es Franziska heraus, denn ein schöner Mann war er natürlich immer noch. Was konnten schlecht geschnittene Haare gegen rehbraune Augen ausrichten? Gegen einen Kranz dichter Wimpern, gegen schön geschwungene Lippen, die sich jetzt zu einem selbstsicheren Lächeln verzogen?

»Wo werden Sie in Peking wohnen?«, fragte sie, nur um irgendetwas zu sagen.

Harry grinste noch breiter.

Franziska grinste mit. Sein Lachen hatte etwas Ansteckendes. »War wohl eine ziemlich dumme Frage, oder? Sie hatten ja gar nicht vor, nach Peking zu fahren. Obwohl, wenn Sie ein Visum im Pass haben ... dann waren Sie vielleicht schon öfter in China? Vielleicht kennen Sie dort ja doch ein Hotel ...?«

Harry schüttelte den Kopf. »Nein, keine Ahnung. Der Kerl, für den Sie das Ticket zurückgegeben haben, wo hätte der wohnen sollen?«

»Im Hotel China World.«

»Dann wohne ich jetzt im Hotel China World. Ich werde das Zimmer von diesem Mann übernehmen. Wie heißt er doch gleich?«

»Dr. Sommer.«

»Der von der ›Bravo‹?«

Franziska lachte: »Nein, das glaube ich kaum. Der Dr. Sommer, den ich meine, Dr. Rüdiger Sommer, ist Rechtsanwalt. Und viel zu korrekt und viel zu seriös, um jemandem Tipps in Sachen Sex oder Liebe zu geben.«

»Und welche Tipps hätte er Ihnen dann gegeben, der Herr Rechtsanwalt?«

»Rechtliche.«

»Oh, welch Überraschung.«

»Ihre Tickets bitte und die Pässe«, fordert die sichtlich gestresste Dame hinter dem Check-in-Schalter.

Harry und Franziska schoben ihr das Gewünschte entgegen.

»Sie haben drei Gepäcksstücke?«

Harry half Franziska, die Reisetasche und ihren schweren Koffer auf das Förderband zu heben, bevor er seinen darauf stellte.

»Ausgang B 36. Boarding-Time 19 Uhr 50. Ich wünsche Ihnen einen angenehmen Flug."

Harry folgte Franziska durch die Passkontrolle. Der Beamte warf einen kurzen Blick auf das Foto und winkte ihn durch. Nicht, dass er gefürchtet hätte, die deutsche Zollkontrolle würde ein Problem sein, und doch atmete er erleichtert auf. Nun noch rasch in den Duty-free-Shop, um die nötigen Kosmetikutensilien zu besorgen.

Als sie sich am Gate wiedertrafen, war Harry sichtlich nervös. Wie lange dauerte denn das noch, bis er endlich das Land verlassen konnte? Was, wenn Anuschka schon einen Suchtrupp nach ihm ausgeschickt hatte? Seine Blicke schweiften nach allen Seiten: War da nicht doch jemand, der ihn erkannte? Griff dort nicht einer zu seinem Handy? Was war, wenn er die Presse informierte? Würde man ihn in Peking aufspüren?

Litt er bereits unter Verfolgungswahn? Vielleicht interessierte es auch keinen Menschen, wo sich Harry

Schlamm befand. Er neigte im Allgemeinen nicht dazu, sich zu überschätzen. Doch er hatte langjährige Erfahrung, was Paparazzi betraf. Und mit den Einfällen von Anuschka sowieso.

»Ihre Boarding-Card, bitte.« Die Flugbegleiterin am Eingang der Maschine schreckte ihn aus seinen Gedanken. »Hier entlang nach vorne bitte, 5 C, der Gangplatz.«

Franziska war schon zu 5 A unterwegs.

Er folgte ihr und half ihr, den Aktenkoffer im Gepäckfach zu verstauen: »Seltsam, dass Ihnen vom Personal niemand dabei hilft!« Aufatmend ließ er sich in seinen breiten Sitz fallen. Das war ja alles gut gegangen. Niemand hatte ihn erkannt. Er war schon so gut wie auf dem Weg hinaus aus Deutschland. Nach China. Er musste innerlich lachen: Das war wirklich weit weg. So weit reichte Anuschkas Arm nicht.

»Also, dann heraus damit: Vor wem sind Sie auf der Flucht, wenn nicht vor der Polizei?«

»Franziska, deine Neugier wird dir noch einmal zum Verhängnis werden.« Mutters Stimme meldete sich in ihrem Kopf, kaum hatte sie diese Frage gestellt. Doch Sieglinde Maria Querulin war weit weg. Hier saß ein ungewöhnlicher Mann, den sie in ihrem Leben nie wieder sehen würde. Daher war es egal, was er von ihr hielt. Und sie war tatsächlich neugierig. Warum sollte sie sich nicht die zehn Stunden Flugzeit mit einem spannenden Gespräch vertreiben?

»Ich möchte einfach Abstand gewinnen, das ist alles«, sagte Harry vage. Nie und nimmer würde er die fremde Frau in die wahren Hintergründe einweihen. Es tat zu gut, sich wieder einmal mit einem Menschen zu unterhalten, der nicht den Star in ihm anhimmelte.

»Eine Frau! Eine Frau ist der Grund, habe ich Recht?« Ihre Stimme klang triumphierend.

»*Eine* Frau? Viele Frauen«, Harry grinste wieder. Diesmal war es ein Lächeln, das schon so manchem weiblichen Fan das Herz gebrochen hatte.

Franziska stutzte: »Nun erinnern Sie mich doch an jemanden. Kann es sein, dass wir uns schon einmal über den Weg gelaufen sind?« Bis vor wenigen Sekunden hatte sie noch nicht das Gefühl gehabt, diesen Mann zu kennen. Doch dieses Lächeln ... dieses Lächeln, das war irgendwie vertraut. So als hätte sie es schon einmal gesehen.

Das Lächeln verschwand so schnell, wie es gekommen war, und machte einem Ausdruck Platz, den Franziska nicht zu deuten wusste.

»Das erscheint mir ausgeschlossen«, sagte der Mann neben ihr, »es sei denn, Sie besuchen Veranstaltungen für Werbefachleute.«

»Sie arbeiten in der Werbung?«

Harry nickte und wurde nicht einmal rot dabei. Er sah sich um: Das Flugzeug füllte sich zusehends. Die Business-Class war bis zum letzten Platz gefüllt. Jetzt würde es endlich, endlich losgehen. Aha, schon kam die Stimme aus dem Cockpit. Sicher verkündete sie den ersehnten Abflug.

»Meine Damen und Herren, hier spricht Ihr Kapitän. Unser Start verzögert sich um einige Minuten. Wir sind aufgefordert worden, eine Sicherheitskontrolle durchzuführen. Es befindet sich ein Gepäckstück an Bord, das nicht zu einem der mitreisenden Passagiere gehört. Wir bitten Sie alle auszusteigen, um Ihr Gepäck zu identifizieren. Ihre Koffer sind vor dem Flugzeug aufgestellt worden. Bitte folgen Sie den Anweisungen des Bordpersonals. Wir danken für Ihr Verständnis.«

Harry rollte die Augen zur Flugzeugdecke: Auch das noch. Wieder aussteigen. Wieder von all den Leuten gesehen werden. Wieder das Risiko, erkannt zu werden. Gut, es war fast dunkel. Aber der Teufel schläft bekanntlich nicht.

Es dauerte geraume Zeit, bis sich die Schlange der Passagiere aus dem Flugzeug und zu den bereitgestellten Koffern begeben hatte. Harry musste nicht lange suchen, er entdeckte den türkisblauen Koffer seines Bruders am Ende der mittleren Kofferreihe. Zufällig stand Franziskas Gepäck genau daneben. Sie machten dem Mann im blauen Overall ein Zeichen, er schnappte die Koffer und Taschen und stellte sie wieder auf den Wagen. Das Ganze war eine Angelegenheit von wenigen Minuten. Harry atmete erleichtert auf: War gar nicht schlimm gewesen! Schon reihten sie sich wieder in die Schlange der Menschen ein, die in das Flugzeug zurückdrängten.

Und in diesem Augenblick fiel Harrys Blick auf Werner Schlanz.

Werner Schlanz, der Sensationsreporter der Zeitung »Bald«. Er stand auf der Terrasse des Flughafenrestaurants, in seinem bekannten braunen Lederblouson. Fast zwei Meter groß, nicht zu übersehen. Unverwechselbar.

Seine große Kamera mit dem überdimensionalen Teleobjektiv vor der Brust. Harry zuckte erschrocken zusammen. Noch hatte Schlanz ihn nicht entdeckt. Doch das war nur eine Frage von Sekunden, Schlanz war wegen seiner Adleraugen gefürchtet. Und alle Eingänge zum Flugzeug verstopft!

Wenn er jetzt davonlief, würde er sich erst recht verdächtig machen. Nicht nur für den Fotografen, auch für das Flughafenpersonal, das hektisch den Eigentümer eines roten Koffers suchte, der noch immer verlassen auf dem Platz stand. Er musste sich verstecken. Er musste für diesen verflixten Fotografen unsichtbar werden. Wie war der bloß hierher gekommen? Wer hatte ihn auf seine Fährte geschickt? Wie sollte es ihm hier auf dem nackten Rollfeld gelingen, unentdeckt zu bleiben? Es war zum Verzweifeln.

Mit einer schnellen Handbewegung schob Harry Franziska zwischen sich und das gefürchtete Teleobjektiv. Kein wirklich aussichtsreiches Unterfangen: Wie sollte sich ein Mann von 1,85 hinter einer Frau von 1,65 verstecken können? Er beugte sich zu ihr hinunter. Er musste so klein sein wie sie, dann gelang es vielleicht. Schon war sein Kopf auf der Höhe ihres Gesichtes. Er sah ihr Erstaunen, den überraschten Ausdruck in ihren graublauen Augen. Ihr Mund war leicht geöffnet und … da küsste er sie.

Leicht geöffnete Lippen zu küssen war wohl ein in den letzten Jahren wie von selbst entstandener Reflex. Und wäre es so weitergegangen, wie Harry es in den letzten Jahren gewohnt war, so würden die Lippen, die er jetzt küsste, weich, und seine Zunge könnte in den Mund eindringen, um ihre Zunge zu begrüßen. Dann würde er sie kurz loslassen und sie würde »Oh, Seeberstein!« hauchen. Und dann würde er sie noch einmal an sich ziehen.

Doch heute war es anders.

Ihre schmale Hand stemmte sich energisch gegen seine Brust, und ihre Stimme sagte: »Geht es Ihnen noch gut?«

Und eine riesige Pranke legte sich auf seine Schulter, und eine tiefe Männerstimme in bayrischem Dialekt ertönte befehlend: »Küssen könnt's im Flugzeug auch. Jetzt verstellt's nicht länger den Eingang.«

Und dann wurde er mit einem energischen Stoß zur Gangway geschoben.

Harry warf einen verstohlenen Blick auf die Restaurantterrasse. Der Reporter war verschwunden. Er atmete hörbar auf. Vielleicht war die ganze Aktion umsonst gewesen. Es war wirklich zu blöd, dass er die Nerven verloren hatte. Wie sollte ihn denn Werner Schlanz erkannt haben? Er sah jetzt aus wie sein Bruder. Er war Matthias Gerstenberg.

Die Flugbegleiterin kam mit dem Getränkewagen durch den engen Mittelgang. »Was darf ich Ihnen als Aperitif servieren?«

»Champagner«, bestellte Harry gewohnheitsmäßig.

»Für mich einen Tomatensaft mit Salz und Pfeffer.«

Harry sah Franziska erstaunt von der Seite an: »Tomatensaft?« Er wandte sich an die Stewardess. »Für mich auch Tomatensaft. Streichen Sie den Champagner.«

Dann verrührten sie in stillem Einvernehmen Pfeffer in der roten Flüssigkeit.

»Wissen Sie, dass ich noch nie in einem Flugzeug Tomatensaft getrunken habe? Ich bin es so gewohnt, Champagner zu trinken, dass ich gar nicht auf die Idee gekommen wäre, etwas anderes zu bestellen.«

Franziska lachte auf: »Na sicher. Wer von uns ist es nicht gewohnt, ständig Champagner zu trinken?« Ihre Stimme klang unverhohlen spöttisch. »Ich habe eher den Verdacht, dass Sie überhaupt noch nie geflogen sind. Jeder Fluganfänger bestellt Champagner. Das ist aber nicht unbedingt empfehlenswert. Er ist zwar gratis, steigt einem aber ganz schön in den Kopf.«

»Ich mache Anfängerfehler? Ich? Welche?«

»Sie wissen nicht, wie man ein Gepäckstück aufgibt, erwarten einen privaten Butler für das Handgepäck, küssen vor lauter Aufregung wildfremde Frauen ...«

»Wo? Wann? Ich habe keine einzige wildfremde Frau geküsst, seitdem ich hier im Flugzeug sitze.« In seinen Augen blitzte es amüsiert.

Und wie er es erwartet hatte, kam umgehend der Protest: »Sie haben MICH geküsst!«

Harry grinste: » Ja, ja, Sie. Aber Sie sind doch nicht wildfremd. Sie haben mir ein Ticket verkauft. Wir haben schon eine Stunde lang miteinander gesprochen. Glauben Sie mir, ich habe schon Frauen geküsst, die kannte ich nicht einmal fünf Minuten.«

Franziska musste wider Willen grinsen: »Oh, was für ein Weiberheld!«

Jetzt lachten sie beide.

»Wie kamen Sie überhaupt dazu, mich zu küssen? Schließlich kennen wir uns kaum. Und außerdem bin ich verlobt.« Sie wunderte sich selbst darüber, wie wichtig es ihr war, ihn von diesem Umstand in Kenntnis zu setzen.

Harry war alles andere als beeindruckt: »Na und? Ich bin verheiratet. Hat es mich davon abgehalten?«

»Seltsame Vorstellung von Moral. Aber für einen Mann, der es gewohnt ist, ausschließlich Champagner zu trinken, wahrscheinlich durchaus angebracht.«

Harry fand zunehmend Gefallen an ihren spöttischen Bemerkungen: »Natürlich, da haben Sie völlig Recht. Apropos verlobt: Wo ist denn der glückliche Verlobte? Er lässt Sie so ganz allein ans andere Ende der Welt fliegen? Na ja, wahrscheinlich reisen Sie in wenigen Tagen wieder zurück, da lässt sich die Trennung schon aushalten.«

»Ich bleibe mehrere Wochen«, erklärte Franziska kühl.

Harry nippte an seinem Tomatensaft: »Mehrere Wochen? Ohne den Herrn Verlobten? Wie viele Frauen wird der wohl in der Zwischenzeit küssen, wenn Sie nicht bei ihm sind?«

»Keine.« Franziska versuchte sich Bertrand beim Fremdgehen vorzustellen. Es gelang ihr nicht.

»Was ist er? Hässlich? Langweilig? Ein Ausbund an Tugend?«

»Sind Sie immer so neugierig und unverschämt?«

»Nur bei passender Gelegenheit.« Harry grinste, um gleich noch eins draufzusetzen: »Und, was die Neugierde betrifft, ich denke, da sind wir zwei uns ziemlich ähnlich.«

Wie hätte ihm Franziska da widersprechen können?

»Haben Sie noch nie etwas von Treue gehört?«, fragte sie stattdessen.

»Treue?« Harry tat, als müsste er überlegen, ob er dieses Wort schon einmal gehört hatte. »Treue? Ja richtig, die gibt es ja auch noch. Dieses Wort ist mir schon seit Jahren nicht mehr untergekommen.«

Franziska blickte ihn mit großen Augen an. So wie er es sagte, hatte es den Anschein, als würde ihr Sitznachbar seine Worte tatsächlich ernst meinen.

»Also, wenn ich je einen so seltsamen Mann wie Sie kennen gelernt habe, dann fresse ich einen Koffer.«

Harry verschluckte sich an seinem Tomatensaft: »Das heißt ›einen Besen‹«, sagte er bestimmt. »›Dann fresse ich einen Besen.‹ Kein Mensch frisst einen Koffer.«

Franziska lachte ihn an: »Ich habe auch noch nie jemanden einen Besen fressen sehen. In unserer Familie heißt es jedenfalls ›Koffer‹.«

»Und da sage noch einmal jemand, ich sei ein seltsamer Mensch! Warum heißt es in Ihrer Familie ›Koffer‹?«

»Meine Eltern haben ein Koffer- und Taschengeschäft. Ich bin sozusagen mit Koffern aufgewachsen.«

Harry lachte schallend: »Wissen Sie, dass man in Österreich das Wort ›Koffer‹ auch als Bezeichnung für einen dummen Menschen verwendet? Und so gesehen bin ich auch mit allerhand Koffern aufgewachsen. Vor allem bin ich derzeit von allerhand Koffern umgeben.«

»Vielen Dank.«

Harry wandte sich mit einem Ruck seiner Begleiterin zu. »Aber ich meine doch nicht Sie! Ich meine all die Leute, mit denen ich zusammenarbeite.«

Franziska war sofort wieder versöhnt. »Was sind das für Leute?«

Die Stewardess teilte die Speisekarten aus.

»Ich werde den Fisch nehmen, was meinen Sie?« Harry tat, als seien seine Gedanken ganz von der Menüfolge gefesselt. Eine gute Gelegenheit, nicht antworten zu müssen. Er hatte nicht vor, ihr von Anuschka zu erzählen. Er wollte aber auch nicht lügen. Denn, wenn er eines noch aus seiner Kindheit wusste, dann war das, dass jede Lüge eine weitere nach sich ziehen würde. Und er hatte nicht vor, sich noch weiter im Lügennetz zu verstricken. »Das klingt doch besser als das Zwischenrippensteak. Und asiatische Pfannen bekommen wir in China noch sicherlich genug.«

Franziska fand seine Auswahl vernünftig.

Sie bestellten das Essen.

Dann überraschte Harry Franziska und sich selbst mit der nächsten Frage: »Haben Sie etwas dagegen, wenn wir uns duzen? Also, ...« Er streckte ihr mit seinem charmantesten Lächeln die Hand entgegen. Und überlegte dabei fieberhaft, wie er sich nun nennen sollte. Harry kam nicht in Frage. Und er hatte keine Lust, ständig mit Matthias angesprochen zu werden. »Meine Freunde nennen mich ›Kleiner‹.«

»Ich bin Franziska«, sie ergriff seine Hand, »und ich werde wohl Matthias sagen. Denn Freunde sind wir ja nicht wirklich.«

»Aber sicher sind wir das«, widersprach er vehement, »wir essen das Gleiche. Wir verbringen zehn Stunden gemeinsam im Flieger, wir wohnen im gleichen Hotel ...« Er schenkte ihr sein strahlendstes Lächeln, um sie zu überzeugen.

Franziska sah dieses Lächeln und schnappte nach Luft. Himmel, was für ein Blick! Sie hätte ihn am liebsten auf der Stelle umarmt und diesen lächelnden Mund geküsst!

War sie verrückt geworden? Energisch entzog sie ihm ihre Hand, so als könne sie dadurch dieses gefährliche Lächeln vertreiben und wieder zu klarem Verstand kommen. Ihre nächsten Worte klangen schroffer als geplant: »Wieso heißt du ›Kleiner‹? So klein bist du doch gar nicht.«

»Ich habe einen Bruder, der etwas älter ist als ich, der ist der ›Große‹, ich bin daher der ›Kleine‹. Schon solange ich zurückdenken kann.«

»Du nimmst mich auf den Arm.«

»Warum sollte ich?«

»Ich habe noch nie von zwei erwachsenen Männern gehört, die sich ›Großer‹ und ›Kleiner‹ nennen. Aber einmal ist immer das erste Mal.«

Da war es wieder, sein Lächeln.

Harry Schlamm war nicht ohne Grund Deutschlands »Sexiest Singer«. Er hatte das immer auf seinen durchtrainierten Körper zurückgeführt. Auf seine wohlgeformten Arme im ärmellosen T-Shirt. Doch diese hatten vielleicht die männlichen Anhänger beeindruckt. Die weiblichen Fans bewerteten vor allem Harrys Gesicht. Und keiner von ihnen war sein Lächeln entgangen. Dieses Lächeln, das oft ganz unerwartet auftrat und nicht nur den Mund, sondern auch seine Augen erfasste. Dieses Lächeln war Harrys Türöffner. Dieses Lächeln hatte ihm so manche Liebesnacht beschert, ohne dass er große Worte brauchte. Nun bemerkte er, dass Franziska errötete, und auch das war eine Reaktion, die er als selbstverständlich hinnahm. Er nahm das Erröten als Zeichen ihres Interesses an ihm.

»Für alles gibt es ein erstes Mal?« Seine Stimme war tief, kaum mehr als ein Flüstern.

Franziska hielt es für besser, ihm nicht zu zeigen, wie anziehend sie ihn fand: »Du hältst dich für unwiderstehlich?« Das war eine mit höflichem Interesse und mit wohlwollendem Lächeln vorgebrachte Frage.

Harry war irritiert. »Ich *bin* unwiderstehlich«, brachte er in kindlich-trotzigem Tonfall hervor.

»Ja sicher«, sagte sie, und es schien Harry, als würde nicht viel fehlen und sie hätte ihm die Wange getätschelt, »da hat deine Frau ja großes Glück gehabt, dich zu bekommen.«

Die Flugbegleiterin servierte das Essen.

»Meine Frau hat einen Liebhaber.« Harry wusste selbst nicht genau, warum er das sagte.

Franziska sah ihn von der Seite an, um herauszufinden, ob das ein seltsamer Scherz war. Doch Harrys Gesicht war ernst. Sie überlegte, was sie darauf erwidern sollte, blieb aber stumm. Was hätte sie auch sagen sollen?

Schweigend widmeten sie sich ihrem Essen.

Harry konnte es nicht glauben. Was war bloß in ihn gefahren? Das war eben keine Frau, die er mit seinem Charme im Sturm eroberte. Sie war verlobt. Und sie hielt noch etwas auf Treue. Er hatte sich wie ein Idiot benommen. Wenn ihm nicht sofort etwas Unverfängliches einfiel, dann würden sie die nächsten neun Stunden schweigend verbringen. »Welche Art von Musik hörst du gerne?«

Franziska überraschte die Frage. Doch sie war froh, dass er das Gespräch wieder in harmlosere Bahnen gelenkt hatte. Und bemerkte nicht, dass Harry den Atem anhielt.

Gar so harmlos war die Frage nicht. Es wunderte ihn zunehmend, dass sie schon mehr als zwei Stunden in seiner Gesellschaft war und noch keinen Zusammenhang zwischen ihm und Seeberstein hergestellt hatte.

Franziska überlegte nicht lange: »Robbie Williams höre ich gerne. Sting. Brian Adams. In den letzten Jahren vor allem französische Musik. Die alten Sachen von Jaques Brel, Chansons von Patricia Kaas ...«

Harry war erstaunt: »Woher kommt diese Vorliebe?«

»Wahrscheinlich daher, dass ich in den letzten Jahren in Frankreich gelebt habe. Ich bin erst vor zwei Monaten wieder nach Deutschland zurückgezogen.«

Harry nickte: »Das erklärt natürlich so manches.« Es war ihm nie gelungen, mit seinen Liedern in Frankreich wirklich Fuß zu fassen.

Franziska riss die Augen auf. »Erklärt was?«

»Na, deine Vorliebe für französische Chansons. Was denn sonst?«

Franziska schickte ihm einen zweifelnden Blick.

»Und du hörst gar keine deutschsprachige Musik?«

»Du meinst Volksmusik? So etwas wie den Musikantenstadl? Oder denkst du an Schlager?«

Harry hob abwehrend die Arme: »Nein, Gott bewahre! Ich denke eher an Westernhagen, Grönemeyer.« Er machte eine kurze Pause, so als müsste er Anlauf nehmen: »An Seeberstein.« Er hielt die Luft an. War er zu weit gegangen? Würde sie ihm nun mit einem Auflachen zu verstehen geben, dass sie ihn erkannt hatte? Sofort bereute er seine Frage. Er wollte weiter eine zufällige Flugzeugbekanntschaft für sie bleiben. Nicht der Star. Einfach ein Mann. Harry runzelte irritiert die Stirn. Es ging doch nicht darum, dass diese Franziska ihn als Mann wahrnahm! Er nahm sie schließlich auch nicht als Frau wahr. Sie war ein ganz anderer Typ als Giselle. Glich weder den Freundinnen, die er vor der Ehe gehabt hatte, noch den vielen Mädchen, mit denen er seither eine Nacht verbracht hatte. Diese Franziska war viel kleiner. Natürlich war ihr Gesicht hübsch, doch es fehlte ihr die Ausstrahlung eines Models. Das Make-up war viel zu dezent, sie wirkte fast ungeschminkt. Wer trug das so heutzutage? Die Frauen in seiner Umgebung sicherlich nicht. Und, diese Franziska hatte einen Busen. Mindestens Körbchengröße C. Er hatte noch nie etwas mit einer Frau mit großem Busen gehabt. Er wusste gar nicht, wie sich so etwas anfühlte.

»Was um Himmels willen hat dich an meiner Antwort dazu gebracht, mir auf den Busen zu starren?«, unterbrach Franziska seine Gedanken.

Harry fuhr auf: »Äh, äh, du hast mir geantwortet?«

Sie hob mit der Spitze ihres Zeigefingers sein Kinn, sodass er ihr in die Augen schauen musste: »Das habe ich tatsächlich. Wärst du nicht so beschäftigt gewesen, auf meinen Busen zu starren, hättest du mich sogar gehört.«

Harry grinste reumütig: »Ich war in meinen Gedanken woanders. Entschuldige. Ich war bei einer … Werbekampagne. Für BHs. Aber jetzt bin ich ganz Ohr. Hörst du jetzt deutschsprachige Musik oder nicht?«

»Ja, ich höre alle drei, die du genannt hast. Grönemeyer am liebsten. Seeberstein mochte ich auch eine Zeit lang, aber ich finde seine letzte Single, na ja, gelinde gesagt, schwach.«

»Schwach?«

Franziska nickte: »Natürlich, wenn man sie mit seinen früheren CDs vergleicht. Da fehlt die Power, da fehlt das Engagement. Wo bleibt die Aussage? Im Herbst soll ja eine neue CD herauskommen, da kann man nur hoffen, dass sie besser ist.«

Was hätte Harry darauf sagen sollen? Außer »Du hast Recht«?

»Weißt du, wie Seeberstein aussieht?«, fragte er.

»Nicht genau. Obwohl man seine CDs sogar in Frankreich in manchen Läden kaufen kann. Ist das nicht so ein Johnny-Depp-Verschnitt mit Ziegenbart?«

Harry schluckte.

Der Kapitän meldete sich über den Bordlautsprecher, um die derzeitige Höhe des Flugzeugs und Details zur Strecke bekannt zu geben. Dann startete in der Economy-Class der Film, in der Business- und der ersten Klasse wurde das Inseat-Video-System aktiviert.

In den nächsten zwei Stunden starrten sie auf die beiden kleinen Bildschirme vor sich, um sich eine romantische Komödie anzuschauen. Sie lachten an denselben Stellen. Manchmal blickten sie sich an, wenn etwas besonders komisch war, um sich gemeinsam daran zu erfreuen.

Für Harry war es ein langer Tag gewesen. Und als die Stewardess jetzt Decken austeilte, kuschelte er seine Wange in das vorbereitete Kissen und deckte sich bis zum Hals zu. Er murmelte »Gute Nacht« und schlief binnen weniger Minuten ein. Das hatte er sich auf seinen langen Reisen angewöhnt. Am Anfang war es ihm schwer gefallen einzuschlafen. Doch von dem Tag an, an dem er sich die erste Klasse leisten konnte, ging es leichter. Hier in der Business-Class konnte er zwar die

Füße nicht so ausstrecken, wie er es gerne getan hätte, dennoch fielen ihm sofort die Augen zu.

Franziska schaute ihn von der Seite an. Er sah viel jünger aus, wenn er schlief. Entspannt, die Mundwinkel locker, nicht so verkniffen. Was mochte wohl der tatsächliche Grund dafür sein, dass dieser Mann so überstürzt nach China flog?

Noch drei Stunden bis Peking. Dann würde sie ihr Agent am Flughafen erwarten. Mit großem Erstaunen würde er sie nach dem Rechtsanwalt fragen. Dieser war den chinesischen Partnern durch ihren langen Schriftwechsel bereits bekannt. Und sein Kommen war angekündigt worden. Es war nicht gut, nun alleine zu erscheinen. Nicht, dass seine Anwesenheit aus rechtlicher Sicht unbedingt notwendig gewesen wäre. Es ging beim jetzigen Treffen nur noch um einen formalen Akt. Doch weil sie ihren chinesischen Partnern zeigen wollte, wie wichtig ihr dieses Projekt war, war es schlecht, dass jetzt nur sie auftauchte. Sie brauchte sich nichts vorzumachen. Emanzipation in Deutschland hin oder her: Ein männlicher Begleiter hätte der ganzen Angelegenheit mehr Würde verliehen, mehr Gewicht, mehr … Franziska setzte sich mit einem Ruck kerzengerade in ihrem Sitz auf und blickte zu Harry hinüber. Richtig, sie brauchte einen Mann an ihrer Seite. Aber musste das unbedingt ein Rechtsanwalt sein?

So als hätte Harry diesen Blick gespürt, begannen seine Augen zu blinzeln. Er erkannte Franziska, die sich mit freundlichem Lächeln zu ihm hinüberbeugte. »Ah, guten Morgen. Starrst du mich schon lange an? Ist es dein Hobby, Männer im Schlaf zu beobachten?«

Franziska lächelte: »Nein, im Allgemeinen nicht. Im Allgemeinen schlafen Männer auch nicht ein in meiner Gegenwart.«

Harry rappelte sich hoch. »Armer Verlobter«, sagte er spöttisch. »Armer … wie heißt der Mann überhaupt?«

»Bertrand.«

»Bertrand? Ein Mitbringsel aus Frankreich also. Wie sieht er aus? Groß, schlank, schwarzes kurz geschnittenes Haar, vielleicht Löckchen? Ein klassischer Latin Lover?«

»Groß stimmt. Aber sonst: Bertrand ist blond, hat braune Augen und ein sehr markantes Kinn. Mit einer kleinen Narbe. Die hat er sich als Kind bei einem Sturz vom Fahrrad zugezogen.«

Sie öffnete ihre Tasche und fand mit zwei Griffen, was sie gesucht hatte: »Hier, so sieht er aus.«

Harry nahm das Foto und studierte es interessiert. »Sieht gut aus, der Knabe. So in gewisser Weise ein Dolph-Lundgren-Verschnitt.« Dass Franziska Seeberstein einen ›Johnny-Depp-Verschnitt‹ genannt hatte, wurmte ihn immer noch.

Franziska hatte an dieser Beschreibung nichts auszusetzen. Als sie das Foto wieder einsteckte, erinnerte sie sich an ihre Idee: »Hast du heute schon etwas vor? Und in den nächsten Tagen, wie sieht es da aus? Hättest du da einige Stunden Zeit für mich?«

Harry war fassungslos. So unverblümt hatte ihn noch nie eine Frau um ein Rendezvous gebeten.

Er wollte gerade antworten, da fuhr sie schon fort: »Ich bezahle dir natürlich auch etwas.« Franziska hatte seinen Blick völlig falsch gedeutet.

Harry schnappte nach Luft. Hatte er sich da eben verhört? Hatte sie ihm tatsächlich Geld angeboten? Damit er mit ihr ausging? Oder wofür? Um Himmels willen, wofür hielt sie ihn? »Wofür hältst du mich?«, fragte er also. Er grinste, aber schüttelte gleichzeitig fassungslos den Kopf. »Was ist denn in dich gefahren? Schau ich aus wie ein … Callboy, oder was?«

Franziska starrte ihn mit weit geöffneten Augen an und langsam überzog eine tiefe Röte ihr gesamtes Gesicht. »Honni soit, qui mal y pense!«

»Oh, Madame flüchtet ins Französische?«

Harrys Stimme klang spöttisch und ungeduldig. Schließlich war er zutiefst neugierig auf ihre Erklärung.

»Das heißt so viel wie ›Ein Schelm, der Schlechtes dabei denkt‹. Aber darum geht es nicht.« Sie holte tief Luft: »Kleiner …« Sie unterbrach sich: »Nein, ich kann nicht ernst mit dir sprechen, wenn ich dich ›Kleiner‹ nennen soll. Das ist kein Name.«

Harry grinste frech: »Willst du mich nur buchen, wenn ich mir einen neuen Namen zulege?«

»Ich will dich nicht buchen, ich will dich engagieren. Und nicht fürs Bett, sondern als meinen Rechtsanwalt.«

Die Stewardess verteilte heiße Tücher, mit denen sich die Fluggäste nach einer mehr oder weniger angenehmen Nacht erfrischen konnten.

Harry verbrannte sich prompt die Finger. Er warf das eingerollte Tuch von einer Hand in die andere und wieder zurück, um es etwas abzukühlen: »Als dein waaas?

Wie kommst du dazu, mich als Rechtsanwalt engagieren zu wollen? Ich bin in der Werbung, schon vergessen?«

Franziska legte sich kurz das heiße Tuch über das Gesicht:

»Zuerst ein anderer Name, dann meine Erklärung.«

»Na gut, dann nenne mich eben Mat«, seufzte Harry, zermürbt von so viel Hartnäckigkeit. Kein Mensch nannte Matthias Mat. Also würde er auch nicht ständig denken, sein Bruder sei gemeint, wenn Franziska ihn so ansprach.

»Also, Mat, die Sache ist folgende ...« Und dann erzählte sie ihm von ihrer Kofferproduktion. Von dem Traum, den sie schon als junges Mädchen hatte, von der Konstruktion des ersten Koffers, von den Kontakten zu ihrem Agenten, von ihren ersten China-Reisen, von ihrem großen Ziel, den Querulin-Koffer in ganz Deutschland zu vermarkten, von ihrem großen Traum, *den* Koffer für die moderne Businessfrau zu schaffen. Sie erzählte von ihrer Erbschaft, sie erzählte, wie ihr der Rechtsanwalt zu Beginn ihrer Reise abhanden gekommen war, und dann fragte sie Harry, ob er sie nicht begleiten wolle.

VIII

Harry wusste nicht, ob er sich in seinem Leben schon jemals so gefürchtet hatte wie in dem Augenblick, als er dem chinesischen Grenzbeamten gegenüberstand. Dieser saß in einer kleinen, quadratischen Kabine, hielt den Pass in der Hand und musterte ihn eindringlich mit unbeweglicher Miene. Dann schob er das Dokument durch ein Prüfgerät, musterte Harry wieder und rief nach einem anderen Uniformierten, der soeben an der langen Kabinenreihe der Zollbeamten vorbeiging, hinter denen sich durch mehrere ankommende Flugzeuge lange Schlangen von Einreisewilligen gebildet hatten. Die beiden unterhielten sich in einer Sprache, die Harry wie ein bedrohlicher Singsang vorkam. Dann zogen sie den Pass noch einmal durch das Gerät.

Vier Augen musterten ihn von oben bis unten. Sicher hatten sie Verdacht geschöpft! Harry bemühte sich, gelassen zu bleiben. Keine Panik! Jetzt nur nicht die Luft anhalten, blau anlaufen und ohnmächtig zu Boden stürzen. Ruhig weiteratmen.

Der Beamte beugte sich bedrohlich nach vorne … und dann schob er den Pass über das Pult und winkte Harry durch.

Was für ein Stein fiel ihm von Herzen! War er denn wahnsinnig, mit einem fremden Pass über eine Grenze in ein Land wie China einzureisen? Was hätte er getan, hätte man den Schwindel durchschaut? Hätte man ihn gefoltert, in einen fensterlosen Kerker gesperrt?

Wie in Trance folgte er Franziska zu den Kofferbändern. Es dauerte geraume Zeit, bis die Gepäckstücke über das Laufband holperten.

»Na, wo ist denn jetzt dein Agent?«, erkundigte sich Harry, als er seine Sprache wieder gefunden hatte. »Ich dachte, er holt uns ab? Ich hoffe, er hat jemanden mit, der sich um die Koffer kümmert.«

Franziska warf ihm einen überraschten Blick zu und lachte kurz auf: »Also, manchmal frag ich mich, Mat, aus welcher Umgebung du kommst. Deine Eltern haben dich wohl sehr verwöhnt? Natürlich gibt's hier jemanden, der sich um das Gepäck kümmert. Du!«

Um sicher zu gehen, dass er sie richtig verstanden hatte, wies Harry mit seinem Zeigefinger gegen die eigene Brust: »Ich, du meinst, *ich* soll die Koffer tragen?«

»Während ich hier stehen bleibe, um den guten Platz am Band nicht zu verlieren, kannst du ja schon einmal hinübergehen und einen Trolley besorgen.« Sie wies mit der Hand zu der langen Schlange Kofferwagen, die durch Passagiere, die dorthin geeilt waren, immer kürzer wurde.

Harry beeilte sich, einen der Wagen zu ergattern. Er musste lachen. Wann hatte er das das letzte Mal getan? Es war mindestens zehn Jahre her.

»Wie sieht der Agent aus?«, erkundigte er sich, als er neben Franziska auf die Koffer wartete.

»Das ist ein kleiner, rotwangiger Mann, untersetzt, mit schütterem graublond meliertem Haar. Obwohl er relativ klein ist, ist er nicht zu übersehen. Schon dadurch, dass er immer mit beiden Händen in der Luft herumfuchtelt.«

»Wie oft warst du schon in Peking?«

»Zweimal.«

»Hast du dabei die Gelegenheit genutzt, dich etwas umzusehen? Hast du die große Mauer besichtigt?«

»Nein«, Franziska schüttelte den Kopf, »dafür war nie Zeit.«

»Das werden wir jetzt nachholen«, erklärte Harry bestimmt, und dann griff er rasch nach seinem türkisblauen Koffer, der schon dabei war, an ihm vorbeizurattern.

Hinter der Sperre war weit und breit nichts von einem kleinen Mann mit graublond meliertem Haar und in der Luft herumfuchtelnden Armen zu sehen. Es waren jede Menge Chinesen gekommen, um ausländische Gäste abzuholen. Sie reckten ihre Tafeln mit einer mehr oder weniger lesbaren Aufschrift in die Höhe.

Franziska und Harry waren sofort von einer Schar dunkelhaariger Männer umringt. »Taxi, Sir, Taxi?«

Franziska schüttelte sie ab wie lästige Fliegen. »Wo Kaufmann nur bleibt?« Sie blickte sich nach allen Richtungen um. »Seltsam, er hat sich doch noch nie verspätet.«

Harry fühlte sich reichlich hilflos. Da stand er nun mit seinem Trolley, auf den er zwei große Koffer und eine Reisetasche geladen hatte. Obenauf lag der Aktenkoffer des Rechtsanwalts, mit dem er nun so tun sollte, als sei es sein eigener. Die Halle war überfüllt von Menschen, und pausenlos drangen Durchsagen an sein Ohr, die er nicht verstand. Und jetzt war auch der Agent nicht gekommen. Na, das begann ja abenteuerlicher zu werden, als er sich das vorgestellt hatte.

»Taxi, Sir? Cheap, good price.«

Er war schon geneigt, einem der Chinesen zu folgen.

Doch Franziska hielt ihn zurück. »Nein, Mat, wir werden nicht mit einem dieser Männer mitfahren. Die verlangen locker das Doppelte des normalen Tarifs. Ich weiß zwar auch nicht, wo Kaufmann steckt, aber sicher verspätet er sich nur. Vielleicht war ein Stau auf der Autobahn. Bist du immer so ungeduldig?«

Harry lachte auf, er und ungeduldig. Gut, dass Franziska Anuschka nicht kannte. Dann wüsste sie, was wahre Ungeduld ist. Das Lächeln ging nahtlos in ein unterdrücktes Gähnen über. Mann, war er müde. Es war höchste Zeit, dass er ins Bett kam.

»Attention, please. Mister Sommer is kindly requested to proceed to the information desk.«

»Wenn der Agent nicht kommt, müssen wir …«

Franziska bedeutete ihm mit einer raschen Handbewegung zu schweigen. »Entschuldige, Mat, aber hast du gehört, was eben durch den Lautsprecher mitgeteilt wurde?«

In diesem Augenblick wurde die Ansage wiederholt.

»Sie suchen Mister Sommer, das ist mein Anwalt. Wir werden ausgerufen! Komm, Mat! Wo ist denn hier der Informationsschalter?«

Sie erreichten ihn nach kurzem Suchen.

Da stand ein Mann Mitte dreißig, groß gewachsen, sicher einen halben Kopf größer als Harry. Sein muskulöser Oberkörper war ein beeindruckender Beweis für sein konsequentes Training im Fitnessstudio. Ein Bein vor das andere gestellt, die rechte Hand lässig in der Hosentasche. Die blonden Haare nicht ganz so kurz geschnitten, wie Harry es neuerdings trug.

Harry glaubte, noch nie einen so gut aussehenden Mann gesehen zu haben. Er würde sich nicht wundern, wenn Franziska diesen Mann als »Brad-Pitt-Verschnitt« bezeichnete. Außerdem war er blond und damit Franziskas Verlobtem nicht ganz unähnlich. Harry blickte zu seiner Begleiterin hinüber.

Sie war stehen geblieben, und ein Strahlen war in ihr Gesicht getreten. So hatte sie ihn, Harry, noch nie angesehen. Obwohl er nicht das geringste Interesse an seiner Reisebegleiterin hatte, störte ihn dieses Strahlen gewaltig. Der Mann war einfach unsympathisch, affig. Von sich eingenommen. Wer war er denn? Glaubte er, jede Frau werfe sich ihm an den Hals? Harry blieb wie angewurzelt stehen, und seine Kinnlade klappte hinunter. Franziska tat gerade genau eben das.

»Luke!« Sie stürzte sich mit einem kleinen Aufschrei dem blonden Mann in die weit ausgebreiteten Arme. Die beiden gaben sich einen kleinen Kuss auf den Mund, bevor sie sich lange und innig umarmten.

»Franzi, meine Süße!« Luke schob sie einige Zentimeter weit weg, um sie besser betrachten zu können. »Gut siehst du aus, du bist noch hübscher geworden. Aber sag, was machst du in Peking? Ich dachte, du seist in Frankreich?«

Franziska schüttelte energisch den Kopf: »Aber nein, Luke, schon seit zwei Monaten nicht mehr. Ich bin nach Deutschland zurückgekehrt, um endlich das zu machen, wovon ich immer geträumt habe. Aber nun sag du, du bist nicht mehr in Hongkong, wie ich sehe?«

Luke lachte. »Schon seit vier Jahren nicht mehr. Ich lebe jetzt in Tianjin, das ist nur knappe zwei Autostunden von Peking entfernt. Allerdings bin ich beruflich oft in der Hauptstadt. Ach, du ahnst nicht, wie ich mich freue, dich zu sehen!«

Franziska gab ihm einen weiteren kleinen Kuss mitten auf die Lippen. »Und ich erst!«

Harry stand da und beobachtete die beiden. Es schien, als hätte Franziska ihn völlig vergessen. Der Brad-Pitt-Verschnitt würdigte ihn keines Blickes. Harry war es seit Jahren nicht mehr gewohnt, dass man ihn nicht beachtete. Das war eine Rolle, die ihm nicht gefiel. Er hielt es für angebracht einzugreifen. Also machte er einen Schritt vorwärts, streckte dem blonden Mann die Hand entgegen und verkündete mit energischer Stimme: »Matthias Gerstenberg.«

Der blonde Mann war etwas überrascht, doch sein Lächeln blieb gleichbleibend freundlich, als er die Hand ergriff und in ebenso kühlem sachlichen Ton »Lukas Bares« antwortete. Dann erkundigte er sich, an Franziska gewandt: »Das ist also dein Verlobter?«

»Aber nein!«, rief Franziska aus, so als sei diese Vorstellung absurd.

Harry gefiel dieser Tonfall nicht, er konnte sich nicht erklären, warum. Wahrscheinlich lag es bloß an seiner unendlichen Müdigkeit. Die machte ihn immer leicht verletzlich. »Ich bin ihr Rechtsanwalt«, sagte er daher steif. Er hätte gerne gesagt, ich bin Frau …'s Rechtsanwalt, aber er hatte ihren Nachnamen vergessen. Irgendetwas mit Q. Wer bitte hatte auch einen Nachnamen, der mit Q beginnt?

»Wenn ihr einen Augenblick wartet, wir können uns sofort weiterunterhalten. Ich sage nur schnell der Dame hinter dem Schalter Bescheid, noch einmal diesen Herrn Sommer auszurufen.«

»Du holst Herrn Sommer ab? Das ist ja ein toller Zufall!«, rief Franziska aus. »Du brauchst nicht länger zu warten. Herr Sommer ist nicht hier. Er wäre mit mir gekommen, denn er ist mein Anwalt. Doch er hat …«, Franziska zögerte kurz, »er hat Herrn Gerstenberg geschickt. Herr Sommer musste ins Krankenhaus zu seiner schwangeren Frau. Das Baby hatte sich verfrüht gemeldet. Aber sag, wie kommt es, dass du uns abholst? Wo ist Herr Kaufmann?«

»Sag bloß, Joe Kaufmann ist dein Agent?«

Franziska nickte.

»Und du bist mit ihm in gutem Einvernehmen, Franziska?«

Franziska nickte abermals und blickte ihn erstaunt an: »Was soll diese Frage? Hat er gesagt, wir sind es nicht?«

Lukas Bares schüttelte rasch den Kopf.

Zu rasch, als dass er Harry hätte täuschen können. Da war irgendetwas, was Franziska nicht wissen sollte.

»Nein, nein, ich dachte nur, äh … weil er dich nicht selbst abholt. Aber das hat natürlich gar nichts mit eurem Verhältnis zu tun. Ich kenne Kaufmann bereits mehrere Jahre. Er beauftragt mich in letzter Zeit öfter damit, Gäste für ihn abzuholen. Und jetzt freue ich mich, dass ich einmal ein bekanntes Gesicht abholen darf. Ach Franzi, es ist so schön, dich zu sehen. Wie lange ist es her, dass wir uns das letzte Mal getroffen haben?«

»Warum, sagten Sie, ist Herr Kaufmann nicht selbst gekommen?«, wollte Harry wissen.

Lukas Bares, der sich bereits bei Franziska eingehängt hatte, um mit ihr dem Ausgang zuzustreben, blickte sich um. »Herr Kaufmann hat überraschend Besuch von einer sehr wichtigen Delegation aus Russland bekommen. Er muss diese Leute heute und auch in den nächsten Tagen bei ihren Geschäftsgesprächen begleiten. Aber das erzähle ich euch alles im Hotel. Komm, Franzi, du musst ja hundemüde sein.«

Energisch strebte er mit seiner alten Freundin am Arm dem Ausgang zu, während es Harry überlassen blieb, ihnen mit dem voll bepackten Trolley zu folgen. Seine Sinne waren aufs Äußerste geschärft. Er würde die Rolle des Rechtsanwalts spielen. Er würde sie gut spielen. Und er würde Franziska vor dem bewahren, was hier im Gange war. Denn dass hier etwas im Gange war, das war für ihn sonnenklar. Das spürte er ohne Zweifel. Dass dieses Gefühl auch Eifersucht hätte sein können, das kam ihm nicht in den Sinn.

»Was soll das heißen, Herr Kaufmann kann sich in den nächsten Tagen nicht um meine Belange kümmern?«

Sie saßen zu dritt in der Lobby des Hotels. Der adrette Kellner in dunkelroter Uniform servierte den gewünschten Kaffee. Franziska, die diese Frage gestellt hatte, rührte Zucker in ihre Tasse und blickte etwas verständnislos auf ihren blonden Freund. Harry lehnte sich im Sessel zurück und beobachtete das lebhafte Treiben in der Hotelhalle, nicht ohne gespannt auf die Antwort von Herrn Bares zu warten.

»Ich sagte es schon, Franzi, er ist mit den Russen beschäftigt. Irgendein riesengroßes Projekt. Wasserkraft, soweit ich das mitbekommen habe.«

»Sie arbeiten mit Herrn Kaufmann zusammen?«, erkundigte sich Harry, noch immer lässig im Sessel lümmelnd. Gemächlich kaute er ein paar bereitgestellte Erdnüsse. »Sind Sie sein Assistent oder so etwas in der Richtung?« Es war kein Zufall, dass sein Ton leicht abfällig klang.

»Nein, mein lieber Herr Rechtsanwalt, ich bin nicht sein Assistent«, erwiderte Lukas Bares, der diesen Angriff sehr wohl verstanden hatte. »Ich habe meine eigene Firma. Ich unterstütze Menschen aus dem Westen, sich in Peking oder in Tianjin zurechtzufinden. Ich helfe ihnen bei der Anmietung von Wohnungen, knüpfe für sie Kontakte, kenne die richtigen Schulen. Meine Dienste werden sehr gerne von Europäern, Amerikanern und auch von Leuten aus Australien in Anspruch genommen.«

»Ach«, sagte Harry und nahm noch einen Schwung Erdnüsse, »darum haben Sie uns noch nicht verlassen. Sie sind wohl hier, um uns zu überreden, eine Wohnung zu mieten?«

»Nein, Herr Rechtsanwalt, Ihr Vorwurf geht ins Leere. Es ist nicht mein Stil, meine Kunden zu etwas zu überreden, was sie nicht brauchen können. Ich habe

Joe Kaufmann versprochen, mich um seine Klientin und den Rechtsanwalt zu kümmern. Er sagte, seine Klientin, also Franzi ...«, er schenkte ihr ein liebevolles Lächeln, »sei bisher vor lauter Verhandlungen noch nicht richtig zum Sightseeing gekommen. Und Sie ...«, das liebevolle Lächeln verschwand, als er sich umwandte, »Sie sind ja überhaupt das erste Mal in der Stadt. Ich habe ein Besichtigungsprogramm zusammengestellt. Wenn ihr wollt, kann ich sogar Karten für die Peking-Oper organisieren ...«

War da wieder diese Unsicherheit in der Stimme, die Harry schon einmal so stutzig gemacht hatte?

Franziska schien sie nicht zu bemerken. »Aber Luke, ich bin nicht hier, um die Peking-Oper zu besuchen. Ich bin hier, um meine Verhandlungen zu einem Abschluss zu bringen. Wir sind morgen Nachmittag bei der Firma Yu Yi angemeldet. Um ehrlich zu sein, ich finde es schon seltsam, dass Kaufmann nicht dabei sein soll. Aber natürlich werde ich den Termin auch ohne ihn wahrnehmen. Kannst du mir bitte einen Übersetzer zur Verfügung stellen, der Mat, ich meine, der Herrn Gerstenberg und mich begleiten kann?«

Harry blickte erstaunt auf. Franziskas Stimme klang plötzlich so anders. Sie war nun ganz in die Rolle der energischen Geschäftsfrau geschlüpft, und diese Rolle stand ihr gut. Vielleicht war diese Koffergeschichte doch kein reines Hirngespinst.

»Ich möchte mir diesen Koffer ansehen«, sagte er etwas unvermittelt. »Franziska, du hast doch gesagt, hier in Peking steht der Prototyp?«

»Natürlich«, Franziska nickte, »er steht in Kaufmanns Büro. Auch wenn Kaufmann nicht hier ist, er wird ja nichts dagegen haben, dass ich den Koffer abhole.«

Lukas hob abwehrend die Hand: »Nein, nein, ich halte das für keine gute Idee.«

Harry hob eine Augenbraue. »Und warum nicht?« Sein Tonfall klang schneidend.

»Kaufmann ist sehr eigenwillig. Er mag es nicht, wenn fremde Leute sich in seinem Büro herumtreiben, ohne dass er anwesend ist. Ich werde mit ihm telefonieren und sehen, wie wir das am besten arrangieren. So, aber nun zu euch. Ihr müsst ja hundemüde sein. Dennoch ist es besser, wenn ihr die restlichen Stunden des Tages noch wach bleibt, so ist der Jetlag am besten zu überstehen. Was haltet ihr davon, wenn wir heute am frühen Abend gemütlich essen gehen? Steht euch der Sinn nach etwas richtig Chinesischem? Oder wollt ihr lieber westliches Essen? Es gibt auch ein Hardrock-Café hier in Peking, wenn ihr Lust auf Hamburger und Pommes frites habt.«

Sie entschieden sich, im Hotel zu Abend zu essen. Da saßen sie dann an einem reich gedeckten Tisch, ein Klavierspieler bemühte sich, für die passende musikalische Untermalung zu sorgen. Harry sah das Klavier, und sein Herz zog sich vor Sehnsucht zusammen. Was machte er hier? Warum war er da? Was gingen ihn die Sorgen, Gedanken und Pläne dieser fremden Frau an? Warum saß er mit ihr und diesem dämlichen Brad-Pitt-Verschnitt in einem Lokal, achttausend Kilometer weg von zu Hause?

Warum saß er nicht am Klavier? Warum glitten seine Finger nicht über die Tasten anstelle der Finger des chinesischen Pianisten, der keine Ahnung von Takt und Tempo hatte?

Und plötzlich war sie da: die erste Melodie für seine neue CD. Er entschuldigte sich, fuhr mit dem Lift hinauf auf sein Zimmer und brachte im Eiltempo die Noten zu Papier. Er war wie ein Verdurstender, dem man endlich einen Krug Wasser gereicht hatte.

Als Harry am nächsten Tag zum Frühstück erschien, nippte Franziska bereits an ihrem Orangensaft. Ihr zur Seite Lukas Bares, der mit Genuss Rührei mit Speck vertilgte und Franziska irgendetwas erzählte. Es war anscheinend etwas Heiteres, denn sie lachte laut auf und winkte Harry gut gelaunt entgegen, als sie ihn suchend im Eingang stehen sah. Sie war allerbester Laune, was nur darauf zurückzuführen sein konnte, dass die beiden auch die Nacht miteinander verbracht hatten, wie Harry messerscharf schloss. Er hatte keine Lust, das fünfte Rad am Wagen eines Liebespaares zu sein. Er hatte schlecht geschlafen. Zuerst hatte er stundenlang keinen Schlaf finden können, dann hatte er so tief geschlafen wie ein Stein. Er hasste es, wie ein Stein zu schlafen, da er beim Aufwachen stets das Gefühl hatte, aus seinen Armen und Beinen wäre jegliche Kraft gewichen. Das fehlte ihm gerade noch, dass er, wo er ging und stand, diesen blonden Lackaffen zu sehen bekam. Und Franziska, die diesem ungeniert sexy Blicke zuwarf.

Harry straffte die Schultern und bemühte sich, einen halbwegs freundlichen Eindruck zu machen. Das Hotelzimmer des Anwalts war für zwei Wochen reserviert. Er würde diese zwei Wochen bleiben. Aber keinen Tag länger. Missmutig ging er zum Buffet, um sich einen Teller voll zu laden. Natürlich hatten die hier kein Schwarzbrot. Nur pappigen Toast und das, was sie »Danish Pastry« nannten. Blätterteiggebäck mit viel klebrigem Zuckerguss. Also aß auch er Rührei mit Speck und hasste es, es Lukas gleichzutun.

Franziska bemerkte Harrys schlechte Laune nicht, oder zumindest tat sie so, als würde sie es nicht bemerken. »Lukas meint, heute wäre der richtige Tag, um zur großen Mauer hinauszufahren«, erzählte sie ihm, als er Platz genommen und seine Serviette auf dem Schoß ausgebreitet hatte. »Was hältst du von der Idee?«

»Nichts«, sagte Harry düster.

»Aber warum nicht, Mat? Du hast doch gestern selbst gesagt …«

Harry hob eine Augenbraue: »Ich weiß, was ich gesagt habe. Doch ich dachte, wir würden uns heute den Koffer ansehen. Ich dachte, heute sei das erste Gespräch mit deinem chinesischen Vertragspartner?«

»Ja, am Nachmittag«, erklärte Franziska, »da können wir doch den Vormittag gut nutzen, nicht wahr? Die Mauer ist hier gleich um die Ecke. Lukas ist der Meinung, dass uns ein bisschen Sightseeing gut täte, um uns besser einzugewöhnen. Und wir sind rechtzeitig zum Nachmittagstermin zurück. Lukas meint …«

»Na ja, wenn Lukas meint …«, äffte Harry ihren Tonfall nach und biss missmutig in seinen nur hellbraun gerösteten Toast.

Lukas schenkte ihm ein spöttisches Lächeln: »Sie brauchen sich keine Sorgen zu machen, mein lieber Herr Rechtsanwalt. Sie können heute noch den ganzen Nachmittag Ihres Amtes walten. Aber Sie werden doch nicht nach Deutschland zurückfliegen wollen, ohne die Große Mauer gesehen zu haben? Ich habe bereits einen Kleinbus bestellt. Er bringt uns nach Mutianyu.«

»Mutianyu?«, erkundigte sich Harry, froh, dass er mit seinem Sachwissen auftrumpfen konnte. »Ich dachte, Badaling sei der beste Ausgangspunkt, um die Mauer zu besichtigen?« Er hatte gestern, als er nicht einschlafen konnte, den Reiseführer studiert, der im Hotelzimmer für ihn bereitlag.

Das spöttische Lächeln auf Lukas Bares' Gesicht verstärkte sich: »Ja, mein lieber Herr Rechtsanwalt, wenn Sie unbedingt mitten im größten Touristenrummel die Mauer besichtigen wollen, dann bitte schön. Wir machen gern den Umweg und lassen Sie dort aussteigen. Franzi und ich werden nach Mutianyu weiterfahren, denn dort bekommt man noch einen viel ursprünglicheren Eindruck. Glauben Sie mir, ich bin jetzt vier Jahre im Norden Chinas. Ich habe diesen Teil des Landes in allen Einzelheiten kennen gelernt. Sie können mir getrost vertrauen …«

»Den Teufel werde ich tun«, sagte Harry, bemühte sich aber um ein Lächeln, »mir ist es in Wirklichkeit egal, wo wir die Mauer sehen.«

Es stellte sich heraus, dass Mutianyu tatsächlich eine sehr gelungene Idee war. Zuerst jedoch hatten sie eine Fahrt von einer guten Stunde im Kleinbus zurückzulegen. Der Bus war klimatisiert, wie Franziska aufatmend feststellte. Als sie das kühle Hotel verlassen hatten, war ihr eine Woge von heißer, feuchter Luft entgegengeschlagen. Sie hatte das Gefühl, als würde sich ein seltsam klebriger Belag auf Haut und Haare legen und ihr bis in die Nase dringen.

Lukas lachte: »Hier ist es feucht? Franzi, man merkt, du bist noch nie in Hongkong gewesen. Dann wüsstest du, was wirklich feucht ist. Natürlich ist die Luft in Peking nicht so trocken wie bei uns zu Hause. Aber die Temperaturen sind nicht viel höher. Peking liegt zwar auf demselben Breitengrad wie Rom, aber die Jahreszeiten sind ähnlich wie bei uns.«

Obwohl Lukas selbst gut Mandarin-Chinesisch sprach, hatte er auch einen Übersetzer mitgebracht. Dieser begrüßte die Gäste mit einer höflichen Verbeugung, gab dem Fahrer, der erwartungsvoll grinsend hinter dem Lenkrad saß, genaue Anweisungen, und dann ging die Fahrt los.

Peking war eine Stadt mit mehr als zwölf Millionen Einwohnern, mit breiten Ringstraßen, die sich wie Autobahnen durch und um die Stadt wandern, teilweise am fünften Stock von Wohnhäusern vorbei. Man sah fast ausschließlich Hochhäuser. Prunkvolle, mit Marmor und goldenen Aufschriften verzierte für Büros. Schlichte Wohntürme für die Bevölkerung. Doch trotz der Einfachheit befand sich an fast jeder Wohnung eine außen angebrachte Klimaanlage.

Die Fahrt ging aus der Stadt hinaus im schnellen Tempo über eine Landesstraße, an weiß getünchten kleinen Häusern vorbei. Alles sah sauberer aus, als Franziska es sich vorgestellt hatte.

»Ja, die Regierung hat erst vor kurzem beschlossen, dass die Häuser weiß zu streichen sind. Denn hier führte man die maßgeblichen Leute vom olympischen Komitee vorbei, um ihnen die Mauer zu zeigen. Da war den Politikern viel daran gelegen, einen guten Eindruck zu machen. Allerdings, Franzi, es sind nur die Hausfassaden gestrichen worden, und auch die nur, soweit man sie von der Straße aus sehen kann. Ich möchte nicht wissen, wie die Häuser von innen ausschauen.«

Wider Willen war Harry nun doch interessiert. Wann hatte er schon die Gelegenheit, sich in Ruhe ein Land anzusehen? Wann hatte er schon so einen fachkundigen Führer? Wenn er zu einem Auftritt flog, dann lernte er von einer Stadt den Flughafen kennen und das, was man auf der Fahrt vom Flughafen zum Hotel hinter getönten Scheiben wahrnehmen konnte. Er kannte eine Vielzahl von Hotels, die sich alle wie ein Ei dem anderen glichen. Er kannte die dunkle Atmosphäre hinter einer Bühne, er kannte die mit vielen Lämpchen verzierten Maskenspiegel, und er kannte das gleißende Scheinwerferlicht auf der Bühne. Doch von den Städten, in denen er auftrat, sah er kaum etwas. Manchmal war ein offizielles Besichtigungsprogramm vorgesehen, doch nicht immer hatte er daran teilgenommen. Wie hätte er auch den Wiener Stephansdom oder das Brandenburger Tor in Ruhe besichtigen können, mit Hunderten von Jugendlichen, die ihn kreischend umringten? Und auch wenn ihm zehn Bodyguards die schreienden Teenie-Fans vom Leib hielten, so war doch dabei kein wirklicher Kulturgenuss zu verspüren. Doch hier war er allein, hier war er unbekannt, hier saß er auf der Rückbank eines weißen Kleinbusses und beobachtete mit stiller Muße die Landschaft, die an ihm vorbeizog. Langsam kehrte Ruhe in ihm ein.

»Sagen Sie einmal, Herr Rechtsanwalt, waren Sie nicht doch schon einmal in China?« Lukas Bares schreckte ihn aus den Gedanken. Er hatte sich zu ihm umgedreht und, lässig den Ellbogen auf die Lehne stützend, betrachtete er eindringlich Harrys Gesicht: »Sie kommen mir so bekannt vor.«

Harry schüttelte den Kopf und beeilte sich, seine nachdenkliche Miene aufzuhellen. Das fehlte ihm noch, dass dieser Lackaffe ihn erkannte.

Auch Franziska wandte sich jetzt lachend zu ihm um: »Das ist witzig, dass du das sagst, Luke! Ich hab auch gedacht, ich kenne Herrn Gerstenberg schon von irgendwoher, als ich ihn gestern das erste Mal sah.«

Lukas war sichtlich erstaunt: »Ihr habt euch gestern zum ersten Mal gesehen?« Sein Tonfall klang leicht misstrauisch: »Dafür steht ihr aber auf gutem Fuß, wenn ich das so sagen darf.«

»Sie dürfen gar nichts sagen«, erwiderte Harry patzig.

Lukas bedachte ihn mit einem Blick, mit dem man einen Vierzehnjährigen bedenken würde, über dessen freche Bemerkung man besser hinwegsah. Er drehte sich wieder nach vorne und wandte sich Franzi zu: »Was glaubst du, wie lang die Mauer ist?«

»Sechstausend Kilometer«, bemerkte Harry von hinten. Wozu hatte er den Reiseführer gelesen? »Sie ist durchschnittlich acht Meter hoch und fünf bis sechs Meter breit.«

Franziska drehte sich ihm zu, und ihr Blick war voller Bewunderung. »Mat, du überrascht mich. Woher weißt du das alles?«

Harry zuckte grinsend mit den Schultern und schwieg. Es wäre doch gelacht, wenn es ihm nicht gelänge, Franziskas Interesse von Lukas Bares wegzulenken und wieder auf ihn zu ziehen.

»Gut auswendig gelernt, Herr Musterschüler.« Lukas war weit weniger beeindruckt. »Und sogar richtig. Die Mauer wurde zum Schutz gegen die Reitervölker aus dem Norden errichtet. Natürlich ist sie in der Zwischenzeit an vielen Stellen verfallen oder überwachsen. In Mutianyu hat man ein Teilstück mit zweiundzwanzig Wachtürmen restauriert.«

Du bist der Wachturm meiner Seele.
Du bist die Stelle, an der Licht
durch meine Mauer dringt.
Du bist der Regen in der Dürre,
ein Lichtstrahl nur im dunklen Raum.
Für dich zählen keine Schwüre,
für dich zählt Wirklichkeit,
nicht Traum.

Harry schnappte sich sein Notizbuch aus dem Rucksack und versank in einem neuen Text.

IX

Als sie Mutianyu erreichten, erwartete sie die nächste Überraschung:

»Das ist ja ein Sessellift!« Franziska konnte ihren Augen nicht trauen. Vor ihnen ragte die Mauer imposant und mächtig in den strahlend blauen Sommerhimmel. Und ein Sessellift, wie er bei uns wohl in den 70er-Jahren des vergangenen Jahrhunderts modern gewesen sein mochte, führte die Touristen zur Mauer hinauf.

Sie fühlte sich mit einem Mal so jung, so unbeschwert! Aber war das verwunderlich? Es war ein wunderschöner Sommertag, sie war in einem fremden, exotischen Land. In Gesellschaft von zwei gut aussehenden Männern. Dass Mat sich seltsam verhielt, störte sie nicht im Geringsten. Im Gegenteil: War es nicht amüsant? Er war sichtlich eifersüchtig auf Luke! Nicht, dass er dazu auch nur das geringste Recht gehabt hätte. Und nicht, dass er dazu auch nur den geringsten Grund gehabt hätte. Nicht einmal Bertrand könnte einen Grund zur Eifersucht finden, wäre er hier. Lukas Bares war ihre Jugendliebe. Sie kannte ihn, seitdem sie elf Jahre alt war und mit Pferdeschwanz und kurzen Röcken die erste Klasse des Gymnasiums besuchte. Was war sie verliebt in ihn gewesen! Als sie fünfzehn waren, tauschten sie die ersten Küsse, zuerst heimlich hinter einem Fliederbusch im Park. Später dann ganz offen auf dem

Schulhof. Sollten doch alle sehen, wie glücklich sie miteinander waren. Und neidisch werden auf die große Liebe, die sie verband. Und die ewig, ewig, ewig halten würde. Franziska musste über diese Erinnerung lachen. Dieses »ewig« hatte genau zwei Jahre gedauert. Dann hatte Lukas, kurz vor dem Abitur, auf eine andere Schule gewechselt, und bald darauf war Schluss gewesen mit der ewigen Liebe.

Während des Studiums hatten sie sich durch Zufall wiedergetroffen. Franziska war in dieser Zeit mit seinem damals besten Freund Paul liiert. Eine Liebe, die das Studium nicht überdauerte. Die Freundschaft zu Luke war jedoch geblieben. Auch wenn sie sich nicht oft sahen, hatten sie sich doch bemüht, sich gegenseitig über das Wichtigste in ihrem Leben auf dem Laufenden zu halten. Bis der Kontakt in den letzten Jahren wieder eingeschlafen war. Es war so schön, ihn wiederzusehen! Spontan ergriff Franziska seine Hand, lachend liefen sie zum Sessellift.

Harry saß im Sessel hinter Lukas Bares und begnügte sich zunächst damit, wütend Löcher in dessen Rücken zu starren.

Einmal drehte sich Franziska kurz zu ihm um. Sie hatte ihm fröhlich zuwinken wollen, doch sein mürrischer Blick nahm ihr dazu die Lust. Rasch wandte sie sich ab. Das fehlte noch, dass sie sich von seiner schlechten Laune anstecken ließ! So gut ihr Reisebegleiter aussah, so witzig und charmant er sein konnte, so seltsam verhielt er sich manchmal. Warum hatte er sie gestern nach dem Abendessen geradezu fluchtartig verlassen? Nicht, dass ihr das etwas ausgemacht hätte. So konnte sie mit Luke einen gemütlichen Abend an der

Hotelbar verbringen und in Erinnerungen schwelgen. Und was schrieb er immer wieder in sein Notizbuch, das er ständig bei sich trug?

Doch die Mauer war einfach viel zu beeindruckend, um sich weiter ablenken zu lassen. Franziska kam aus dem Staunen nicht heraus, während die Bahn sie immer näher an das Ziel brachte. Sie wandte ihren Blick auf die Welt unter dem Sessellift und konnte ihren Augen kaum trauen: »Schaut nur: Da ist eine Sommerrodelbahn!«

Unter ihnen glitt ein Chinese nach dem anderen im Zeitlupentempo ins Tal hinab. Sie fuhren mit geringem Abstand, und an ihren verspannten Gesichtern erkannte Franziska, wie sie sich bemühten, das Tempo zu drosseln, um nicht ihrem Vordermann in den Schlitten zu fahren. Franziska lachte laut auf. Wenn ihr das zu Hause jemand erzählt hätte, sie hätte es nicht geglaubt! Dieses Land steckte voller Überraschungen.

Auch Harry wurde von diesem unerwarteten Anblick schlagartig fröhlicher. War er denn blöd, sich durch missmutige Gedanken eine so aufregende Reise verleiden zu lassen? Nein, er würde diese Tage genießen, und er würde auf dieser Sommerrodelbahn zu Tal fahren. Er war seit Jahren nicht mehr auf einer Sommerrodelbahn gewesen. Ja, früher einmal, als er noch unbekannt war und als er mit Matthias die Ferien in Österreich verbracht hatte. Da hatte er seinen Eltern so lange in den Ohren gelegen, bis sie ihren Söhnen den teuren Spaß erlaubten. Doch heute? Heute mied er solche Vergnügungen in der Öffentlichkeit. Er konnte sich nur zu gut ausmalen: sein Bild in einer Hochglanzillustrierten und die große Schlagzeile darüber: »Mit Seeberstein geht's bergab.« Nein danke, darauf konnte er gut verzichten! Aber hier, hier kannte ihn keiner, hier würde er sich das Vergnügen gönnen.

Der Sessellift war an der Mauer angekommen, er hüpfte aus dem Sessel und beeilte sich, dem Paar vor ihm zu folgen.

Franziska drehte sich zu ihm um: »Schau, Mat, das Schild da drüben! Die Rodelbahn ist in Deutschland gebaut worden. Ein Gruß aus unserer Heimat.«

Dann lachten alle drei, und als sie sich an den kurzen Aufstieg machten, der sie zur Mauer führte, war die Stimmung schon bei weitem besser.

Da plötzlich ein lauter Schrei!

Franziska schreckte zusammen. Harry legte ihr instinktiv die Hand beruhigend auf die Schulter. Eine beschützende Geste, die Lukas mit Stirnrunzeln wahrnahm.

Eine dicke Frau in buntem Gewand und mit einem langen schwarzen Zopf sprang aus einer Mauernische. Sie hielt ihnen einen gefährlich aussehenden Säbel entgegen und rief mit erzürnter Stimme einige völlig unverständliche Worte.

Als die drei zurückzuckten und sich fragten, was dieser Angriff wohl zu bedeuten hatte, überzog ein breites Grinsen das Gesicht der Frau, und sie fragte in leicht gebrochenem Englisch: »Want to make a photo?«

Der Übersetzer, der ihnen diskret gefolgt war, erholte sich als Erster von dem Schrecken und wechselte mit der Frau ein paar Worte. Dann erläuterte er: »Das ist eine Mongolin. Sie ist hier an der Mauer eingesetzt, um nach ›dem Rechten‹ zu sehen. Sie trägt eine alte mongolische Tracht und fragt, ob Sie ein Foto mit ihr haben möchten?«

Ein anderer Chinese war ebenfalls hinter einem Mauervorsprung hervorgetreten und hatte schon die Kamera gezückt. Während Lukas abwinkte, stellten sich Harry und Franziska grinsend neben die Frau, die eindrucksvoll den Säbel hob. Die Kamera knipste. Der Mann überreichte Franziska das Polaroidfoto und nannte den Preis dafür. Der war ganz schön gesalzen.

Dereinst war die Mauer gebaut worden, um Schutz vor den mongolischen Reitervölkern zu bieten. Nun hatten die Mongolen die Mauer erobert. Und nahmen dort westliche Touristen aus.

Harry zückte die Geldtasche und winkte ab, als Franziska ihm das Foto geben wollte.

»Behalte es«, sagte er, »als Erinnerung an unsere gemeinsame Reise.«

Sie bummelten über die breite Mauer, vorbei an anderen Mongolen in farbenfrohen Gewändern, die versuchten, bunte Ansichtskarten an den Mann zu bringen. Sie besichtigten die Wachtürme. Angesichts der Tatsache, dass das Bauwerk bereits im 14. Jahrhundert errichtet worden war, staunten sie, wie solide es gebaut war. Wie hatten die Arbeiter das bloß geschafft?

Das alles geschah im ruhigen Einvernehmen. So als hätten sich die beiden Männer angesichts der mit dem Säbel bewaffneten Mongolin stillschweigend auf einen Waffenstillstand geeinigt.

Franziska blickte auf die Uhr: »Es ist Zeit zurückzufahren. Wenn wir unterwegs noch eine Kleinigkeit essen wollen, müssen wir uns beeilen. Um drei Uhr sollen wir in der Fabrik sein.«

»Der Tag ist so schön! Es wäre doch wirklich schade, wieder in die schmutzige Großstadt zurückzukehren.

Gib deinem Herzen einen Stoß, Franzi! Lass mich den Termin für dich verschieben. Ich würde euch so gerne noch die Ming-Gräber zeigen. Wir sind schon den weiten Weg zur Mauer gefahren, von hier ist es nicht mehr weit. Und die Gräber sind absolut sehenswert!«

Franziska schüttelte den Kopf: »Nein Luke, danke, es ist nett, dass du dich so um uns kümmerst. Und sicher sind die Gräber interessant. Doch ich möchte zuerst das Geschäftliche unter Dach und Fach bringen, sonst bin ich einfach zu unruhig. Es ist höchste Zeit, dass wir zurückfahren.«

Es hatte kurz den Anschein, als wolle ihr Freund protestieren, doch dann zuckte er nur mit den Schultern: »Na gut, dein Wunsch ist Befehl. Dann auf zur Sommerrodelbahn! Oder will der Herr Rechtsanwalt lieber mit dem Sessellift zu Tal gebracht werden?«

Harry würdigte diesen Spott mit keinem Wort, sondern half Franziska in einen Schlitten. Wie er es befürchtet hatte, war die Fahrt kein so großes Vergnügen, wie sie sich das ausgemalt hatten. Man ließ die Schlitten in viel zu schneller Folge abfahren. Harry musste ständig bremsen, um nicht auf Franziskas Schlitten aufzufahren. Wäre Lukas vor ihm gerodelt, es wäre ihm ein diebisches Vergnügen gewesen, ihn zu rammen.

Im Tal angekommen, wollte Franziska noch unbedingt die Waren an den vielen Ständen begutachten, die die chinesischen Händler entlang des Weges zum Parkplatz aufgestellt hatten. Da waren bestickte Tischtücher, Patchwork-Decken, Seidenblusen, Plastikspielzeug für Kinder sowie die unterschiedlichsten Sorten von Nüssen in bunter Mischung.

»Ich gehe schon vor«, erklärte Lukas, der es plötzlich eilig hatte. »Ich habe noch ein paar Telefonate zu führen. Mr. Cao, der Übersetzer, bleibt bei euch. Mit ihm findet ihr sicher zum Wagen zurück. Und lasst euch nicht übers Ohr hauen. Wenn der Händler einen Preis nennt, dann bietet ihm höchstens die Hälfte. Nur so könnt ihr ein gutes Geschäft machen. Wenn du dich für bestickte Tischdecken interessierst, Franzi, dann ist das hier eine gute Gelegenheit.« Er wartete ihre Antwort nicht ab, hob die Hand zum Gruß und verschwand in der Menge.

Harry sah ihm nachdenklich nach. Was führte der Mann wirklich im Schilde? In den letzten Stunden hatten sie sich so gut verstanden, dass sein Misstrauen auf ein Minimum gesunken war. Doch nun erwachte es wieder.

»Mat, sieh nur die kunstvolle Malerei!« Franziska zog ihn zum ersten Stand. Sie war ganz fasziniert von den schlichten Tonvasen. Auch die Tischdecken, weiße Stickerei auf weißem Stoff, erregten ihr Interesse. Mutter würde sich sicher über so eine Decke freuen. Doch zum Einkaufen würden sie in Peking noch genügend Gelegenheit haben. Jetzt war Franziska nicht in der richtigen Stimmung, etwas zu erstehen. Die Aufregung vor den bevorstehenden Verhandlungen in der Fabrik machte sich zunehmend bemerkbar.

Und auch Harry wurde immer nervöser: Wie sollte er glaubhaft einen Rechtsanwalt darstellen? Himmel, worauf hatte er sich da nur eingelassen!

Sie erreichten das Auto nur eine knappe Viertelstunde nach Lukas. Er telefonierte nicht, sondern war in ein Gespräch mit dem Fahrer vertieft. Er sprach mit erhobener Stimme und befehlendem Ton, der Fahrer argumentierte mit Händen und Füßen. Als Luke Franziska sah, brach er das Gespräch umgehend ab und hielt ihr mit großartiger Geste die Wagentür auf: »Madame, darf ich bitten?«

Sie erreichten Peking erst gegen siebzehn Uhr. Der Wagen hatte auf offener Landstraße eine Panne gehabt. Am Motor war ein Schaden aufgetreten, und es dauerte geraume Zeit, bis der Fahrer Hilfe holen konnte. Franziska, Harry, Lukas und der schweigsame Übersetzer verbrachten mehr als drei Stunden in einem Dorfwirtshaus an der Strecke. Es gab warme Coca Cola aus der Dose. Von einem Kühlschrank war weit und breit nichts zu sehen. Franziskas Hunger war aufgrund dieser Tatsache mit einem Schlag verschwunden, und auch Harry hatte wenig Lust auf Essen. Wer wusste schon, wie ein westlicher Magen eine Mahlzeit vertragen würde, deren Zutaten ohne Kühlung gelagert wurden?

Sie sprachen nicht viel. Lukas grinste ab und zu Verzeihung heischend in die Runde. Franziska war sichtlich nervös und klopfte mit dem Lippenstift Rhythmen auf die Tischplatte. Harry verzog sich an einen der hinteren Tische, um ein deprimiertes Lied zu schreiben.

Kurz vor vierzehn Uhr stand Lukas auf, um in der Firma Yu Yi anzurufen und Franziska und ihren Rechtsanwalt zu entschuldigen.

Der Übersetzer rückte beflissen an Franziskas Stuhl heran, um ihr das Telefonat simultan zu übersetzen. Sie machte Lukas ein Zeichen, dass sie noch etwas ergänzen wollte, doch der hatte bereits den roten Knopf auf seinem Handy betätigt.

»Warum hast du nicht gleich einen neuen Termin vereinbart?« Franziska konnte ihn nicht verstehen. »Du hättest doch für morgen Vormittag bereits ein neues Treffen arrangieren können! So viel Chinesisch kannst du doch, oder nicht?«

»Ich hätte es versucht«, erklärte Lukas sichtlich beleidigt, »aber die Dame am Telefon hatte bereits gesagt, dass die zuständigen Herren morgen keinen Termin mehr frei hätten. Glaubst du, mir ist es angenehm, hier in diesem Dorfwirtshaus zu sitzen? Es ist ja nicht meine Schuld, dass das Auto liegen geblieben ist.«

»Wir hätten überhaupt nicht zur Mauer hinausfahren sollen! Es war eine Schnapsidee, an einem Tag, an dem man ein wichtiges geschäftliches Meeting hat, so weit wegzufahren. Ich hatte angenommen, die Mauer sei direkt hinter der Stadtgrenze.«

»Es sind nur siebzig Kilometer!«

»Ha, nur siebzig Kilometer! Die kann ich jetzt auch nicht zu Fuß gehen. Ich könnte diesen Kaufmann erwürgen. Du kannst mir glauben, dass ich bei der Abrechnung seines Honorars nicht vergessen werde, dass er mich hat hängen lassen.«

Ihre Stimme war lauter geworden, und die chinesischen Kellnerinnen, die kichernd hinter dem Tresen standen und die fremden Gäste beobachteten, starrten sie mit offenem Mund an.

»Es besteht kein Grund zu brüllen«, sagte Lukas in ruhigem Tonfall, »brüllen ist hierzulande verpönt. Wer brüllt, verliert das Gesicht.«

»Spar dir deine weisen Sprüche«, entgegnete Franziska ungeduldig, aber sichtlich um einen ruhigeren Ton bemüht. Innerlich war sie weit weniger selbstsicher, als sie nach außen hin vorgab. Sie hatte schon so viel Geld in ihr Vorhaben gesteckt. Sie hatte ihre ganze Energie, ihre ganze Zeit, alle ihre Träume in das Koffergeschäft investiert. Vor ihrer Abreise hatte doch alles noch so gut ausgesehen. Was war nur los?

Kaufmann war doch sonst immer pünktlich gewesen. Und sie hatte ihm sein Honorar stets fristgerecht überwiesen. Was konnte das für eine wichtige Delegation sein, die ihn davon abhielt, den Vertrag mit ihr ordnungsgemäß zu erfüllen? Wie viel lieber hätte sie jetzt Kaufmann an ihrer Seite gehabt als Lukas, der nicht einmal im Stande war, eine Terminvereinbarung für sie zu treffen! Lukas Bares war ein lieber Kerl, keine Frage, und sie waren schon so lange befreundet. Lukas war der erste Mann in ihrem Leben gewesen, ihre erste große Liebe.

Sie blickte ihn von der Seite an. Er sah jetzt noch besser aus als früher. Liebte sie ihn noch? Könnte sie sich vorstellen, mit ihm wieder etwas anzufangen?

Harry blickte von seinen Noten auf, die er auf seinen Notizblock gekritzelt hatte, und sah Franziskas Blick. Dieser Blick ging ihm durch Mark und Bein. Franziska liebte diesen Mann, das erkannte er sofort. Er seufzte. Energisch riss er sich zusammen. Was ging es ihn denn an, wen diese Frau liebte? War er nun komplett verblödet?

Energisch riss sich auch Franziska zusammen. Wie kam sie denn dazu, so einen Gedanken überhaupt in Erwägung zu ziehen? Natürlich liebte sie Luke längst nicht mehr. Außerdem: sie hatte Bertrand, sie war verlobt! Sie war glücklich verlobt. Sie hätte bei ihrem Verlobten bleiben sollen, dann wäre ihr das ganze Desaster hier erspart geblieben.

Ihr Handy spielte die Anrufmelodie und hüpfte vibrierend über die glatte Tischplatte. Franziska fing es gerade noch auf, bevor es über die Tischkante fiel. »Querulin.«

Eine weibliche Stimme ertönte: »Rechtsanwälte Dr. Berlinger, Dr. Sommer & Partner, guten Morgen. Spreche ich mit Frau Franziska Querulin?«

Franziska beeilte sich, ihr dies zu versichern.

»Einen Moment bitte, ich verbinde.«

»Ja, Sommer hier, guten Morgen, Frau Querulin. Ist ›guten Morgen‹ noch angebracht? Wie spät ist es denn bei Ihnen? Ich störe Sie hoffentlich nicht gerade bei einer Verhandlung?«

Franziska blickte auf die Uhr: »Es ist kurz vor vier Uhr nachmittags. Guten Tag, Herr Dr. Sommer.«

»Herr Gerstenberg«, rief Lukas quer durch das Lokal, »da ist Ihr Chef am Apparat. Wollen Sie ihm etwas sagen?«

Harry sah ihn mit verständnislosem Blick an, erfasste dann aber die Bedeutung seiner Worte und winkte erschrocken ab.

»Es haben noch gar keine Verhandlungen stattgefunden, Herr Rechtsanwalt«, informierte Franziska Dr. Sommer, »mein Agent hat mich sitzen lassen. Joe Kaufmann, ja. Wie bitte? Die Verbindung ist so schlecht. Ich höre immer wieder mein eigenes Echo. Ja, bitte, schauen Sie sich den Vertrag mit Kaufmann noch einmal an. Ja, natürlich ist sein Verhalten eine große Unverschämtheit. Aber das zu wissen, hilft mir jetzt auch nicht weiter …«

Sie hielt ihr Handy einige Zentimeter von ihrem Ohr weg und warf einen genervten Blick in die Runde. Ihr Anwalt konnte das Verhalten des Agenten gar nicht oft und gar nicht laut genug tadeln. Und er zählte alle Paragrafen auf, nach denen er ihn belangen wollte.

Energisch drückte Franziska ihr Handy wieder ans Ohr: »Wie geht es denn Ihrer Frau?« Sie wusste, es war unhöflich, den Redeschwall zu unterbrechen. Sie wusste aber auch, dass dieser voll auf ihre Rechnung ging. Der Anwalt würde ihr verzeihen. Welcher junge Vater sprach nicht gern von seinem neugeborenen Kind? »Wie bitte? Das kann doch nicht wahr sein? Wo gibt es denn so etwas? … Aber man hat Sie doch aus dem Krankenhaus angerufen! … Und Ihre Frau? … Na, Gott sei Dank, wenigstens das. Ja, ich melde mich sofort, wenn die ersten Gespräche stattgefunden haben. Ganz verlässlich! Danke, dass Sie angerufen haben. Einen schönen Tag noch.«

Franziska drückte auf den roten Knopf und wandte sich dann Harry zu, ihre Stirn in tiefe Falten gelegt: »Herr Sommer ist noch gar nicht Vater geworden. Das Kind soll doch erst, wie errechnet, in einem Monat zur Welt kommen.«

Harry zuckte die Schultern: »Dann ist es natürlich doppelt blöd, dass er dich nicht begleitet hat. Aber das kann vorkommen. Das Krankenhaus wollte eben besonders vorsichtig sein und hat einen falschen Alarm ausgelöst …«

»Frau Sommer war gar nicht im Krankenhaus.«

In diesem Augenblick kam der Fahrer, um mitzuteilen, dass die Weiterfahrt nun möglich war.

Sie schwiegen während der gesamten weiteren Fahrt.

Lukas ließ sie bis vor den Eingang des Hotels fahren, und der Fahrer ignorierte den uniformierten Hotelangestellten, der ihm des einheimischen Autokennzeichens wegen befahl, von der Eingangstür wegzufahren. Der Angestellte schwieg sofort, als er die ausländischen Gäste erkannte, und nickte ihnen grüßend zu, bevor er ihnen mit weit ausholender Geste die Hoteltür aufhielt.

»Ich hole euch morgen um zehn Uhr ab, wenn es euch recht ist. Heute Abend habe ich leider schon etwas vor. Ihr kommt doch ohne mich zurecht? Das Restaurant im Hotel kennt ihr ja schon. Im Unterschied zu kleineren Lokalen gibt es dort auch Speisekarten in englischer Sprache.«

Harry spürte sofort, dass es dieser Mann eilig hatte, von ihnen wegzukommen. Warum sollten sie nicht ohne ihn zurechtkommen? Sie waren doch schließlich keine unmündigen Kinder mehr. Franziska tat ihm Leid. Er wagte ihr kaum ins Gesicht zu sehen, als sie Lukas nachsah. Er wollte weder diesen Blick voller Liebe noch einmal sehen, noch einen Blick voll wehmütiger Sehnsucht.

Doch Franziska war alles andere als in der Stimmung für Wehmut und Sehnsucht. Sie war ungehalten und dachte nicht daran, dies ihren alten Freund nicht auch spüren zu lassen: »Und, was werden wir morgen um zehn Uhr machen, wenn du uns abholst?«, erkundigte sie sich. »Ich habe keine Lust auf weiteres Sightseeing. Kannst du nicht doch noch einmal versuchen, einen Termin bei Yu Yi zu bekommen?«

»Ich werde mein Bestes tun, Franzi, glaube mir, aber ich kann auch nichts erzwingen.«

Er stieg wieder in den weißen Kleinbus und fuhr davon.

Franziska und Harry betraten die Hotelhalle.

»Also dann, es war ein langer Tag, und ich bin müde. Ich werde mir etwas zu essen aufs Zimmer bringen lassen …«

»Ich möchte den Koffer sehen«, erklärte Harry, ohne auf ihre Worte einzugehen.

Franziska starrte ihn mit großen Augen an: »Aber der steht bei Kaufmann. Und Kaufmann ist mit den Russen unterwegs.«

»Wie soll ich mir Gedanken um die Vermarktung des Koffers machen, wenn ich ihn noch nie gesehen habe? Ich kann mir gar nichts unter deinem Patent vorstellen.«

»Wer sagt denn, dass du dir Gedanken um die Vermarktung machen sollst?« Jetzt war Franziska ehrlich erstaunt.

»Bin ich nun ein Werbemensch oder nicht? Und wenn ich schon da bin und wenn ich schon versprochen habe, dir zur Seite zu stehen, dann möchte ich auch die Details kennen. Außerdem bin ich noch viel zu aufgewühlt, um schlafen zu gehen. Und ich denke nicht daran, mir irgendein Essen aufs Zimmer bringen zu lassen. Also, wo finden wir das Büro von diesem Kaufmann?«

»Gar nicht so weit weg, vielleicht zwanzig Minuten mit dem Taxi. Das kommt auf den Verkehr an.« Franziskas Müdigkeit war wie weggewischt. Mat hatte ja Recht, worauf sollten sie warten? Sie war da, Mat war da, was hielt sie ab, die Dinge selbst in die Hand zu nehmen? Lukas war schließlich nur irgendein Aushilfs-Fremdenführer. Sie brauchten ihn nicht. »Warte kurz.« Sie kramte in ihrer geräumigen Tasche und zog eine Visitenkarte heraus. »Da, sieh her, das ist Kaufmanns Visitenkarte, und hier ist die Adresse auch in chinesischen Schriftzeichen angegeben. Also, wenn du wirklich willst, dann fahren wir zu seinem Büro. Vielleicht ist ja noch jemand da.«

Sie machten kurz entschlossen kehrt und baten den Pagen, der ihnen eben erst beim Eintreten die Tür aufgehalten hatte, ein Taxi zu rufen. Der tat das mit einem lauten Pfiff und einem energischen Winken. Ein Wagen fuhr vor, sie hielten dem Fahrer die Visitenkarte mit den chinesischen Schriftzeichen unter die Nase, dieser nickte, und sie machten sich auf den Weg.

Bis zu Kaufmanns Büro brauchten sie, wie Franziska geschätzt hatte, ungefähr zwanzig Minuten. Harry schaute aus dem Wagen und betrachtete das lebhafte Treiben in den Straßen. Dass sich so viele Menschen auf den Gehsteigen drängten, hatte er noch nirgendwo gesehen. Und dann noch die unzähligen Fahrräder auf dem Fahrradstreifen! Fahrradstreifen konnte man das gar nicht nennen, der Streifen war so breit wie eine Fahrbahn. Sie kamen an großen Hotels vorbei, eines davon war das Hotel Kempinski.

»Sieh an, hier gibt es ein deutsches Hotel. Das ist ja interessant.« Und dann, einer plötzlichen Eingebung folgend, bat Harry: »Könntest du mir einen Gefallen tun, Franziska?«

»Aber sicher, Mat. Bei all den Gefallen, die du mir tust, bin ich dir so manches schuldig.«

»Würdest du in das Hotel hineingehen und für mich deutsche Zeitschriften und Zeitungen holen? Alles, was du auftreiben kannst?«

Franziska nickte: »Natürlich kann ich das. Aber, ehrlich gesagt, verstehe ich dich nicht ganz. Was hält dich ab, dir diese Zeitungen selbst zu holen? Dann kannst du aussuchen, welche genau du möchtest.«

Harry hatte keine Lust, ihr zu erklären, was er fürchtete. In einem deutschen Hotel waren sicher auch deutsche Touristen. Und unter diesen sicher jemand, der ihn erkannte. Ein Telefonat nach Deutschland genügte, und die gefräßige Meute hatte wieder etwas, um sich das Maul zu zerreißen.

»Frag nicht. Glaub mir, ich habe meine Gründe.«

Sie bedeuteten dem Taxifahrer mit Händen und Füßen, einen kurzen Zwischenstopp einzulegen, und Franziska stieg aus, um im Zeitungsgeschäft in der Halle des Kempinski die gewünschten Blätter zu besorgen. Harry drückte sich währenddessen in die hinterste Ecke des Rücksitzes und hoffte, von keinem deutschen Touristen gesehen zu werden.

Franziska kam zurück und legte ihm eine Ausgabe der Süddeutschen Zeitung und eine Ausgabe der Bild auf den Rücksitz. »Mehr war nicht aufzutreiben. Aber sie bekommen jeden Tag neue Lieferungen. Wenn du willst, können wir ja morgen noch einmal vorbeikommen.« Sie ließ sich neben ihm auf den Rücksitz fallen.

Harry beugte sich schnell zu ihr hinüber und gab ihr einen kleinen Kuss auf die Wange. »Danke«, sagte er schlicht.

Diese vertrauliche Geste freute Franziska. Sie zwinkerte Harry gut gelaunt zu, was ihm seinerseits den Atem verschlug.

Dann hatten sie ihr Ziel erreicht. Sie bezahlten den Taxifahrer und durchschritten zielsicher die Eingangshalle des Bürogebäudes. Da Franziska den Weg offensichtlich genau kannte, folgte ihr Harry im Eilschritt. Die Frau in der Portierloge hielt sie nicht auf.

Sie bestiegen den Lift, der wie die Halle vollständig mit frisch poliertem, spiegelndem Marmor ausgekleidet war. Auf dem Boden lag ein dicker Teppich mit dem Schriftzug des Wochentages. Er wurde offensichtlich jeden Tag ausgewechselt.

Harry blickte auf die Schilder über der sich schließenden Lifttür und brach in schallendes Gelächter aus. »Siehst du diese Plakette da? Sie soll wohl eine Art TÜV-Überprüfung belegen. Aber in Wirklichkeit ist das nur ein kopierter Zettel. Glaubst du, dass sie nur einen Lift in diesem Gebäudekomplex überprüft und die Prüfplakette dann für alle anderen Lifte kopiert haben?«

Franziska starrte ihn mit großen Augen an: »Na, hoffentlich nicht. Das fehlte mir noch, dass wir jetzt hier im Lift stecken bleiben. Aber es würde gut passen, denn diese Reise ist ja bisher ein einziges Fiasko.«

Harry sagte nichts darauf. Er wollte Franziska nicht beunruhigen.

Sie stiegen im siebten Stock aus, und vor ihnen erstreckte sich ein langer Gang mit schlichten braunen Türen. Neben einer dieser Türen befand sich, leicht zu übersehen, ein schlichtes weißes Schild: »Joe Kaufmann, Agent« stand darauf, sonst nichts.

Franziska klopfte an und trat ein.

Sie standen in einem Großraumbüro, in dem hinter diversen Raumteilern mindestens acht Schreibtische Platz fanden. Einer der Schreibtische war noch besetzt. Die übrigen Mitarbeiter waren anscheinend schon nach Hause gegangen. Die Frau, die hinter dem Schreibtisch saß, war Franziska nicht bekannt.

»Nihao«, grüßte Franziska. Es war das einzige chinesische Wort, das sie kannte, und es bedeutete so viel wie »Guten Tag«.

Die Chinesin hinter dem Schreibtisch stand auf und kam näher, um die Besucher zu begrüßen: »Nihao«, sagte auch sie, um dann mit einem Redeschwall in Chinesisch fortzufahren.

Franziska schüttelte den Kopf. »Can I speak to Mr. Kaufmann?«

Die Chinesin bedauerte mit einem weiteren Wortschwall, diesmal auf Englisch vorgebracht. Mister Kaufmann habe eben das Büro verlassen. Er sei hier gewesen mit einem fremden Herrn, doch nun seien beide zum Abendessen gegangen. Mister Kaufmann würde an diesem Tag nicht mehr ins Büro kommen. Nein, sie wisse auch nicht, wann er morgen wiederkäme, da er mit diesem Herrn noch einige wichtige geschäftliche Termine wahrzunehmen hätte.

Franziska seufzte. Sie hatte das nicht anders erwartet. Und wie würde sie nun an ihren Koffer kommen?

Tatsächlich erwies sich das aber als einfacher, als sie befürchtet hatte. Denn als sie sich im Büro umschaute, sah sie ihren Koffer dastehen, direkt neben dem Eingang, so als hätte ihn jemand achtlos dort abgestellt. Es war ohne Zweifel ihr Koffer. Schlicht und schwarz. Von außen war nicht zu erkennen, welches Wunderwerk der Technik sich in ihm verbarg.

Und dann folgte sie einem plötzlichen Geistesblitz. Sie verabschiedete sich freundlich von der Chinesin, dankte ihr für die Auskunft, und während sich die Frau bereits umwandte, um sich zu ihrem Schreibtisch zu begeben, schnappte Franziska ihren Koffer und trug ihn, so als sei es eine Selbstverständlichkeit, aus dem Büro hinaus. Dann eilte sie mit großen Schritten zum Lift.

Harry folgte ihr eilig und grinste über das ganze Gesicht: »Hast du gerade deinen eigenen Koffer gestohlen?«, erkundigte er sich lachend.

Franziska stimmte in sein Lachen ein. »Du wolltest ihn doch sehen.«

Der Lift öffnete lautlos seine Edelstahltüren, die beiden traten, noch immer lachend, ein. Und dann fielen sie sich vor Freude um den Hals und küssten sich. Es war nur ein kleiner Kuss, na ja, ein mittlerer Kuss. Ein enges Aneinanderdrücken, ein Öffnen der Lippen, ein kurzes Umkreisen der Zungen. Und dann ließen sie sich abrupt wieder los.

Sie hatten doch gar nicht vorgehabt, sich zu küssen! Sie hatten doch gar nicht vor, so viel Nähe zwischen sich zuzulassen! Wie war das bloß geschehen? Warum war es ihnen auf einmal als das Natürlichste auf der Welt erschienen, sich miteinander zu freuen, sich zu umarmen, sich zu küssen? Nun standen sie sich gegenüber und grinsten sich etwas verlegen an.

»Das ist er also, der Koffer«, sagte Harry, um die Stille zu füllen.

»Das ist er also.« Franziskas Verlegenheit verwandelte sich in Stolz. »Ich weiß, es ist kindisch, aber ich freue mich, dass ich ihn wiederhabe. Jetzt, wo er wieder in meinem Besitz ist, fühle ich mich sicherer. Brauchen wir wirklich Lukas, um die Gespräche mit meinem Produzenten zu führen? Es müsste uns doch auch ohne ihn gelingen, mit meinen Geschäftspartnern in Kontakt zu treten.«

»Lukas Bares braucht kein Mensch«, sagte Harry knapp.

Franziska stutzte: »Oh, oh, oh«, sagte sie, »nicht, dass es mir nicht schon aufgefallen wäre, wie wenig du ihn magst. Dabei ist er doch ein ausgesprochen netter Kerl, Mat.«

»So nett, dass du gestern gleich nach dem Wiedersehen mit ihm ins Bett steigen musstest?«

»Wie bitte???«

Harry hätte sich ohrfeigen können. Wie kam er dazu, so etwas zu sagen?

»Also hör mir mal gut zu: Ob ich mit Luke schlafe oder nicht, geht dich gar nichts an!«

»Ich weiß, entschuldige bitte.«

Harrys reumütiges Lächeln ließ ihren Ärger sofort verschwinden.

»Ich habe mit Luke geschlafen, als wir siebzehn waren. Denkst du im Ernst, ich hätte Lust, so lang vergangene Geschichten wieder aufzuwärmen?« Sie fragte sich, warum es ihr so wichtig war, dass er wusste, dass da nichts mehr war zwischen ihr und Lukas Bares.

Sein Strahlen zeigte ihr, dass es auch ihm wichtig war.

»Außerdem bin ich verlobt«, wollte sie hinzufügen. Ließ es dann aber sein. »Was stört dich an Luke?«, fragte sie stattdessen.

Harry zuckte die Schultern, froh, dass sie seinen unbedachten Ausbruch so schnell verziehen hatte. »Ich kann ja gar nicht sagen, dass ich ihn nicht mag. Wahrscheinlich ist er ein netter Kerl.« Er ließ den Satz in der Luft hängen, und sie traten auf die Straße hinaus, um ein Taxi anzuhalten.

Diesmal war es kein so elegantes Fahrzeug, wie man es bekam, wenn man vor dem Hotel ein Taxi bestieg. Nur die besten Taxis wurden von den Hotelportiers vorgelassen. Dieses Taxi war – wie alle anderen auch – im typischen Knallgelb lackiert. Aber es hatte eine durchgesessene Rückbank, und der Fahrer, der grünen Tee aus einem Marmeladenglas trank, war durch ein Gitter von den Fahrgästen getrennt.

»Hotel China World«, sagte Harry, als er sich vorsichtig auf die zerschlissenen Polster gleiten ließ.

Der Fahrer antwortete mit ein paar unverständlichen Worten. Es war offensichtlich, dass er keine Ahnung hatte, wohin er seine Fahrgäste bringen sollte.

Franziska lachte. »So ist es mir bei meinem ersten Aufenthalt hier in Peking auch ergangen. Aber ich habe schnell dazugelernt. Das Hotel heißt auf Chinesisch sicher ganz anders, und ohne Adresse in chinesischer Schrift kommst du nirgendwo hin.« Sie zog eine Visitenkarte des Hotels aus ihrer Tasche und reichte sie dem Taxifahrer.

Dieser nickte nun und ordnete sich mit ein paar riskanten Schlenkern und lautem Gehupe in den fließenden Verkehr ein.

Während der Fahrt zum Hotel zermarterte sich Franziska das Gehirn, wo sie Mat die Details des Koffers zeigen sollte. Sie konnte ihn ja wohl kaum mit auf ihr Zimmer nehmen, oder? Die Hotelhalle schien ihr allerdings auch nicht der geeignete Ort dafür zu sein.

Nach dem Kuss im Lift, nach dem Gespräch von eben kam aber ihr Zimmer wohl nicht in Frage. Vielleicht dachte er, sie hätte Interesse an ihm! Was natürlich nicht im Geringsten der Fall war! Sie erwartete Treue von ihrem Verlobten, und sie war bereit, ihm Treue dafür zu geben. Wenn sie sich allerdings vorstellte, was wäre, wenn es Bertrand nicht gäbe …

Aus! Schluss! Dieses »Was wäre, wenn …« war lächerlich. Schnell zog sie ihr Handy aus der Tasche, um ihrem Verlobten eine längst überfällige SMS zu schreiben.

X

Harry waren solche Überlegungen fremd. Er ging wie selbstverständlich mit auf ihr Zimmer. Daran fand er gar nichts Besonderes.

Sie legte ihren Koffer auf das Bett, öffnete das schlichte Vorhängeschloss, zog den Reißverschluss zurück und ließ ihn einen Blick in das Innere werfen.

»Ist das nicht alles ein bisschen zu schlicht?«, fragte er, noch bevor sie ihn mit der Technik vertraut machen konnte. »Es sieht so mausgrau aus, so unspektakulär.«

»Es geht ja nicht ums Optische«, entgegnete Franziska leicht gekränkt. Was sie wollte, war Bewunderung, was sie wollte, war, dass er ihre großartige Idee lobte. Wen interessierte da, ob das Äußere mausgrau war? Und außerdem war es nicht mausgrau, es war schwarz. Nur der Reißverschluss war grau. Das war eben ein Koffer. »Das ist ein Koffer, Mat. Das Innere ist spektakulär. Wen interessiert das Äußere?«

Harry konnte nicht glauben, was sie da sagte: »Entschuldige bitte, du bist eine Frau, Franziska. Frauen interessieren sich für das Äußere.«

»Nicht bei einem Koffer.«

»Bei allem.«

Franziska war beleidigt und nahe daran, den Kofferdeckel wieder zu schließen.

»Wenn dich das Innere, wenn dich die Technik nicht interessiert, bitte, du brauchst es nur zu sagen.«

Harry grinste: »Entschuldige bitte. Ich wollte dich nicht kränken. Kein Grund, eingeschnappt zu sein. Aber das Äußere müssen wir noch überdenken.«

Franziska, die vor dem Bett gekniet hatte, um ihm die technischen Details zu erklären, setzte sich ruckartig auf ihre Fersen. »So, müssen wir das?«, fragte sie, nun schon weit weniger aufgebracht.

»Sieht ganz so aus«, sagte Harry. »So, nun erklär mir aber endlich die Wunderdinge.«

Sie hob die Kosmetiktasche heraus, die in den Koffer integriert war, und hängte sie an die Türklinke. »Siehst du, Mat, so habe ich mir das vorgestellt. Hier kommen alle Kosmetikprodukte in Reisegröße hinein. Haarshampoo, Gesichtscreme, Bodylotion, nur die wichtigsten Kosmetika, die jede Businessfrau für ihre Geschäftsreise braucht.«

Harry nickte: »Und das ist eine ganze Menge.« Er dachte an Giselles überdimensional großes Beauty-Case und fragte sich, ob seine Frau wohl je all ihre Schönheitsmittel in dieser kleinen Kosmetiktasche unterbringen könnte. Na gut, Giselle war Model und keine Businessfrau. Aber die Kosmetikprodukte müssten schon in sehr kleinen Verpackungen stecken, wenn sie in diese Tasche passen sollten. Da kam ihm eine Idee: »Hast du schon mit einem Kosmetikkonzern gesprochen? Das wäre doch eine tolle Idee für eine Zusammenarbeit. Sie produzieren die Kosmetika, du integrierst sie automatisch in deinen Koffer.«

Franziska hielt den Kopf schräg und dachte nach: »Denkst du, man könnte das umsetzen? Wie bekomme ich Kontakte zur Kosmetikindustrie? Hast du an eine bestimmte Firma gedacht?«

»Nein, es ist nur so eine Idee«, sagte Harry, »aber wir müssten sie verwirklichen können. Ich werde mir das einmal durch den Kopf gehen lassen.« Spontan fiel ihm Giselle ein und ihre Arbeit für Kashido. Gisi konnte doch einmal mit den verantwortlichen Leuten dort sprechen. Sie wollte ohnehin eine neue Aufgabe! Diese Gedanken behielt Harry für sich. Es brachte nichts, bei Franziska Hoffnungen zu wecken, die er dann vielleicht nicht erfüllen konnte. »Bevor wir hier in die Details gehen, erzähl mir weiter, was dein Koffer kann.«

Franziska stand auf, holte zwei T-Shirts aus dem Schrank und steckte sie in einen unscheinbaren Plastikbeutel im Koffer. Dann drückte sie auf einen grünen Knopf, und mit einem kaum hörbaren Geräusch wurde die Luft aus dem Beutel gesogen, so, dass die T-Shirts nun kaum noch Platz einnahmen.

Das beeindruckte ihn tatsächlich. »Wow, da bekommt man ja jetzt viel mehr T-Shirts im Koffer unter als bisher.«

Sie strahlte über dieses Kompliment. »Ja, nicht wahr? Das ist doch genial! Natürlich kann man den Beutel auch sehr gut für die Unterwäsche verwenden. Oder für Schmutzwäsche auf der Rückreise. Und hier, Mat, schau her, hier ist die Vorrichtung, mit der man die Kleider aufrollen kann. Die Idee ist mir gekommen, als ich einen Fernsehbericht über eine englische Butlerschule gesehen habe. Hast du gewusst, dass jeder stilechte englische Butler die Kleidung seiner Herrschaft immer nur in aufgerolltem Zustand transportiert?«

Das hatte Harry nicht gewusst. Herwig jedenfalls hatte ihm noch nie seine Bühnenoutfits aufgerollt. Aber der war ja auch kein Engländer.

»Mit einer Lage Seidenpapier dazwischen, um Knicke zu vermeiden. Und da hatte ich die Idee, diese Aufrollvorrichtung zu konstruieren.« Franziska holte eine Hose und einen Blazer aus dem Kleiderschrank und führte vor, wie der Mechanismus funktionierte.

»Wahnsinn«, Harry war sichtlich begeistert, »und was verbirgt sich hinter diesem Reißverschluss?«

»Das ist ein Extrafach für Schuhe.« Franziska strich sich die Haare von den vor Aufregung geröteten Wangen. »Das ist doch genial, nicht wahr? Jede Businessfrau braucht mindestens noch ein paar Schuhe zu dem, das sie auf der Reise trägt. In dieser Ausführung des Koffers, der noch immer Kabinengröße hat, den man also spielend in jedes Flugzeug mitnehmen kann, ist das Schuhfach gedacht für ein Paar Schuhe. Doch es gibt auch eine größere Variante des Koffers, in dem man leicht zwei Paar Schuhe unterbringt.«

»Was für ein Wunderwerk der Technik! Und wie schlau durchdacht. Hast du auch schon an eine Variante für den Businessmann gedacht? Der Manager von heute braucht ja schließlich auch einen Koffer.«

Franziska schüttelte den Kopf. »Glaubst du, Männer wären bereit, für derartige technische Spielereien Geld auszugeben?«

Darüber konnte Harry nur schallend lachen: »Und ob Männer dazu bereit sind! Gerade Männer! Was denkst du, wer kauft Autos mit den besseren, mit den größeren, mit den aufwändigeren Extras? Du solltest wirklich die Männer als Zielgruppe nicht außer Acht lassen,

Franziska. Denn noch, und da verrate ich dir sicher kein Geheimnis, gibt es bei weitem mehr Männer als Frauen, die im Management tätig sind und berufliche Reisen unternehmen müssen. Kurzreisen, für die dein Koffer ideal ist. Also ich denke, wir machen auch einen Koffer für Männer.«

Franziska hätte ihn am liebsten umarmt. Außer ihrem Vater war er der erste Mensch, der sich wirklich für ihre Idee begeistern konnte. Doch sie wagte es nicht, ihn anzurühren. Bereits der Kuss im Lift war ihm sichtlich peinlich gewesen. Und sie wollte sich nicht aufdrängen. Was würde er sonst von ihr denken? Sie war keine Frau, die sich einem fremden Mann an den Hals warf. Außerdem war sie mit Bertrand verlobt. Ein kleiner Seufzer entrang sich ihrer Kehle. Ach Bertrand, wenn er nur annähernd so wäre wie Mat. Wenn er nur ein bisschen Verständnis hätte für ihre Idee!

»Habe ich irgendetwas gesagt, das dich ärgert?«, fragte Harry.

Franziska schüttelte den Kopf: »Nein, ich habe nur gerade an etwas gedacht. An meinen Verlobten, um genau zu sein. Der hat nicht das geringste Interesse an diesem Koffer.«

Harry zuckte mit den Schultern. »Und, warum ist das schlimm? Das ist dein Ding. Er macht seins. Man muss ja nicht immer an allem Interesse haben, was den anderen betrifft, oder? Meine Frau und ich, wir haben schon lange nicht mehr dieselben Interessen.«

»Und, Mat, würdest du deine Ehe als ideal bezeichnen?«

Harry lachte kurz auf: »Nein, sie ist alles andere als ideal.«

»Na also, vielleicht ist es doch nicht so gut, wenn jeder sein eigenes Ding macht. Das heißt, nein, ich bin dafür, dass jeder sein eigenes Ding macht«, verbesserte sich Franziska, »ich finde nur, wenn man zusammengehört, dann soll man auch Interesse an dem haben, was der andere tut. Und seine Ideen nicht als dumm und überflüssig abtun.«

»Da hast du sicher Recht«, gab Harry zu, um sofort vom Thema abzulenken. Er hatte keine Lust, über das theoretische Ideal der Ehe zu diskutieren. Aber er hatte große Lust, Franziska in all die Gedanken einzuweihen, die ihm spontan zu ihrem Koffer einfielen.

Und so setzten sie sich an den kleinen Tisch des Hotelzimmers, und Franziska hörte sich die Ideen an, die aus Harry nur so heraussprudelten. Er hatte sich das Briefpapier und einen Bleistift aus der Schreibmappe für Gäste geschnappt und schrieb nun auf, was er am Äußeren des Koffers alles verbessern würde. Es musste den Koffer unbedingt in knalligen Farben geben. Und er musste ein unverkennbares Logo tragen, etwas, was ihn von allen anderen Koffern dieser Welt abhob.

»Denkst du denn, die Koffer von Louis Vuitton, die Taschen von Mandarina Duck und all die anderen hochwertigen Produkte wären so bekannt, wenn man das Logo nicht bereits von weitem sähe? Nein, das ist quasi das Adelsprädikat eines Koffers. Jede Businessfrau möchte, dass die anderen erkennen, was für einen tollen Koffer sie da trägt, wenn sie sich schon einmal so einen leistet.«

Franziska nickte begeistert und auch etwas benommen. »Du meinst, die Businessfrauen werden stolz sein, einen Koffer von Querulin zu tragen?«

Harry nickte. »Q! Das ist es. Das ist außergewöhnlich! Was beginnt schon mit Q, frage ich dich?«

»Qualle, Quark, Querulant, Querverbindung ...«, warf Franziska ein. Doch natürlich hatte Mat Recht. Sie war in ihrer gesamten Schul- und Studienzeit stets die Einzige gewesen, die einen Namen trug, der mit dem Buchstaben Q begann.

»Wir müssen dieses Q auf den Koffer bringen. Viele kleine Qs über den gesamten Koffer verstreut. Nein, warte, viele kleine Buchstaben, das haben andere auch. Ein großes Q. Wir machen ein großes Q in derselben Farbe, nur einen Ton dunkler, über die gesamte Fläche. Eingewebt in den Stoff. Denkst du, dein Produzent kann das?«

Franziska nickte: »Der kann alles in die Stoffe hineinweben, was ich ihm vorgebe. Es sind Wasser abweisende Stoffe, so wie man sie für einen Koffer braucht.«

»Das finde ich klug. Und wenn er alles kann, dann kann er sicher auch das große Q hineinweben.«

»Gegen Aufpreis«, gab Franziska zu bedenken.

»Na gut, gegen Aufpreis, aber das ist es wert. Dieser Koffer ist etwas Besonderes. Wenn man das am Äußeren erkennt, dann werden sie dir diesen Koffer aus der Hand reißen. Welche Stückzahl hast du geplant?«

»Dreitausend.« Diese Anzahl kam ihr mit einem Mal ungeheuer groß vor. »In kleineren Einheiten würde es gar keinen Sinn machen, mit der Produktion zu beginnen.«

»Dreitausend? Na ja gut, für den Beginn sicher richtig. Doch wenn das Geschäft einmal so läuft, wie ich mir das vorstelle, dann sind dreitausend höchstens ein kleiner Anfang.«

Franziska blieb der Mund offen stehen. »Ist das dein Ernst? Mat, du bist großartig! Ich habe zwar keine Ahnung, wie ich die nächsten Koffer finanzieren soll, aber wenn du es sagst, dann stelle ich mich darauf ein, dass es viel, viel mehr werden als dreitausend.«

Harry stimmte in ihr Lachen ein. »Die neuen Koffer finanzierst du durch den Verkauf der ersten Kofferlieferung. Außerdem wird dir doch deine Bank einen Kredit gewähren?«

Franziska nickte: »Ja, das tut sie bereits, aber ich will auch kein übermäßiges Risiko eingehen. Wenn mir nicht eine entfernte Tante ein kleines Vermögen vererbt hätte, wäre ich überhaupt nicht in der Lage gewesen, die Produktion zu planen.«

Harry hörte ihr nur noch mit halbem Ohr zu und begutachtete den Reißverschluss und das Vorhängeschloss. »Also, das gefällt mir alles überhaupt nicht. Das ist gar nicht edel. Das passt eher an die Tür eines Kellerverschlags.«

Franziska folgte seinem Blick: »Es war das einzige Modell, das der Lieferant zur Verfügung hatte. Nicht, dass es mir so gut gefällt, aber es erfüllt seinen Zweck. Der Reißverschluss ist stabil …«

»Stabil ist wichtig. Keine Frage. Aber stabil ist nicht alles. Ich denke, dieser Reißverschluss muss strahlen, wie Gold. Und erst das Vorhängeschloss, das muss ein richtig schönes, schweres, goldfarbenes Schloss sein.«

»Schwer? Welche Businessfrau will schwer schleppen?«

»Eine Businessfrau schleppt genug Dinge durch die Welt, da kommt es auf das Gewicht des Kofferschlosses nicht an. Und, es muss ja nicht wirklich schwer sein. Es muss nur so wirken. Denn das ist attraktiv. Ein Schmuckstück am Koffer.«

»Aber so etwas stellt mein Produzent nicht her«, wandte Franziska ein, nur halb überzeugt von seinen Worten.

»Dann suchen wir eben einen anderen Produzenten, der das liefern kann«, erklärte Harry, als sei das das Selbstverständlichste auf der Welt.

Franziska konnte ihn nur immer wieder anstarren. Dieser Mann war ja wirklich begeistert von ihrem Plan! Kein einziges abfälliges Wort war ihm über die Lippen gekommen. Wie genoss sie es, seinen Ideen zuzuhören! Wie gut sich seine Gedanken mit ihren ergänzten. Vater war zwar auch immer ein guter Gesprächspartner. Aber er war ein Mensch der Zahlen. Er hatte keinerlei Talent für kreative Höhenflüge.

Ob Mat wohl ihr Geschäftspartner werden wollte? So einen Geschäftspartner hatte sie sich immer gewünscht. Sie lieferte die technischen Finessen, er das kreative Äußere. Gemeinsam hätten sie sicher auch bei der Vermarktung viel mehr Möglichkeiten. Als Werbefachmann verfügte er sicher über die nötigen Erfahrungen und über passende Kontakte. Ob sie ihm anbieten sollte, in ihre Firma einzusteigen? Jetzt gleich?

»Morgen sehen wir zu, dass wir endlich deinen Produzenten treffen. Jetzt, da ich den Koffer gesehen habe, kann ich mir noch besser vorstellen, dass du es nicht erwarten kannst, bis dieses Wunderwerk Wirklichkeit wird. Auf irgendeinem Weg wird es uns schon gelingen.«

Franziska legte ihre Hand auf Harrys Arm: »Ach, Mat, ich bin so froh, dass du da bist. Allein würde ich mich ziemlich unsicher fühlen. Jetzt, nachdem mich nach meinem Rechtsanwalt auch noch mein Agent hängen lässt. Außerdem macht es mit dir viel mehr Spaß.« Sie holte tief Luft: »Willst du nicht mein Partner werden?«

Harrys Augenbrauen schnellten in die Höhe.

»Mein Geschäftspartner, meine ich natürlich.« Sie lachte auf und schlug ihm mit der flachen Hand auf den Oberarm. »Du hast mich genau verstanden! Du bist kreativ, Mat. Und du kommst aus der Werbebranche und hast sicher viel bessere Ideen, wie sich der Querulin-Koffer vermarkten lässt!«

Sie sah so voll Begeisterung zu ihm auf, dass Harry gar nicht anders konnte, als zärtlich zu ihr hinunterzulächeln. Ihre Augen weiteten sich überrascht. Er hatte so große Lust, sie zu küssen. Keinen kleinen Kuss wie auf dem Rollfeld, kein kurzes Aufeinandertreffen der Zungen wie im Aufzug – nein, einen langen, alles verschlingenden, aufregenden, hingebungsvollen Kuss. Warum fiel ihm bloß in diesem Augenblick der Dolph-Lundgren-Verschnitt mit der Narbe am Kinn ein und Franziskas Ansichten über die Treue? Er hatte doch sonst nicht die geringsten Skrupel, sich keinen Deut um etwaige Verlobte oder Ehemänner zu scheren!

»Weißt du, Franziska«, er räusperte sich ausgiebig, »lass uns nicht zu langfristige Pläne schmieden. Ich teile dir meine Ideen mit, und du entscheidest, was du davon umsetzen möchtest. Und ich kann gern auch ein, zwei Telefonate führen, um dir bei der Vermarktung zu helfen. Was sein wird, wenn wir erst wieder in Deutschland sind, brauchen wir ja jetzt nicht zu entscheiden. Lassen wir alles auf uns zukommen. Dort holt mich mein Leben wieder ein, ich habe ziemlich viele Verpflichtungen ...«

Franziska konnte nicht anders, sie musste ihm um den Hals fallen. »Mat, du bist einfach ein Schatz!« Sie drückte ihm einen dicken Kuss auf die Wange. »Es ist schön, dass uns der Zufall zusammengeführt hat. Du bist so ...« Das nächste Wort blieb ihr im Hals stecken, als sie seinen Blick wahrnahm. Überraschung war darin zu lesen, Wärme und noch etwas, was sie nicht genau deuten konnte.

Da standen sie, Franziska hatte ihn immer noch fest an sich gedrückt, und auch er hob langsam, fast zögernd die Hände zu ihrem Rücken. Sie konnte seinen Herzschlag spüren, und ihrer klopfte wie wild, bis hinauf zu ihrem Hals. Als er sich zu ihr herunterbeugte, war es das Natürlichste auf der Welt, dass sie ihm ihr Gesicht entgegenhob. Und als ihre Lippen sich trafen, da war es das Natürlichste auf der Welt, dass sie die ihren öffnete, um seiner Zunge Einlass zu gewähren. Und dass sie die Hände zu seinem Kopf hob, um diesen noch enger an sich zu ziehen.

Nicht den kleinsten Augenblick dachte sie an Bertrand. Wie hätte sie diese Glut, diese Leidenschaft, diese Innigkeit auch nur im Geringsten mit ihrem steifen, distanzierten Verlobten in Verbindung bringen können?

Ob Mat sie jetzt wohl auf ihr Bett werfen und ihr die Kleider vom Leib reißen würde? Sie hätte nur zu große Lust, ihm sein Hemd auszuziehen, um herauszufinden, ob seine Arme wirklich so muskulös waren, wie sie sich unter der Kleidung anfühlten.

Bertrand hasste Sport. So! Jetzt war er doch da, der Gedanke an den Verlobten in der fernen Heimat. Und mit einem Schlag war noch etwas da: das schlechte Gewissen. Sie machte sich von Harry los und trat einen Schritt zurück. Ihr Atem ging schnell, die Wangen waren gerötet. Ihre Haare durch seine Hände in Unordnung geraten. »Das war rein freundschaftlich«, brachte sie mühsam hervor.

Harry war völlig überrumpelt und wartete, ob noch eine Erklärung folgen würde.

Diese kam prompt: »Wir wollen nichts voneinander. Du nicht von mir. Ich nicht von dir.«

Er konnte es nicht fassen. Diese Frau war wirklich eine neue Erfahrung. Er beeilte sich zu nicken, und sein Kopf bewegte sich dabei so rasch und unnatürlich wie der eines Wackeldackels hinter der Heckscheibe eines Autos.

»Reine Freundschaft. Alles klar.« Er stopfte sein Hemd wieder ordentlich in die Hose. »Was hältst du davon, wenn wir ins Restaurant hinuntergehen? Ich habe einen Riesenhunger.«

XI

Es stellte sich heraus, dass sie am nächsten Tag nicht erfolgreicher sein sollten als am vergangenen. Gegen halb neun, als Franziska sich gerade aufmachte, ihr Zimmer zu verlassen und den Frühstücksraum aufzusuchen, klopfte es an der Tür, und ein uniformierter Page überreichte ihr mit einer kleinen Verbeugung ein weißes Kuvert. Lukas hatte ihr eine Nachricht zukommen lassen:

»Tut mir Leid, Franzi, ich kann euch heute nicht abholen. Mich hat die Grippe erwischt. Ich hoffe, ich bin morgen wieder auf den Beinen. Ich melde mich. Am besten, ihr bleibt im Hotel. Gruß, Luke«

Ein wenig seltsam war es schon, Mat beim Frühstück gegenüberzutreten und so zu tun, als habe es die Küsse am Vortag nicht gegeben.

Sie hatten beide keine Lust gehabt, sich an Lukas' Ratschlag zu halten und auch diesen Abend wieder im Restaurant des Hotels zu verbringen. Seite an Seite hatten sie die Gegend rund um das »China World« erkundet und bald das Restaurant »Asian Star« entdeckt, das mit Spezialitäten aus dem ganzen Kontinent lockte. Es war ein sehr netter Abend geworden. Sie hatten sich eine »Köstliche heiße Platte« für zwei Personen geteilt und den Koch bewundert, der riesige Teigfladen für indisches Weißbrot durch die Luft wirbelte, bevor er sie in den glühenden Ofen schob. Dabei hatten sie sich über Gott und die Welt unterhalten. Mat hatte ihr viel von seiner Kindheit erzählt, von der engen Beziehung zu seinem älteren Bruder und von dem Autounfall, der vor sieben Jahren seine Eltern das Leben kostete. Er hatte alles über ihr Leben in Frankreich wissen wollen. Und welche Eigenschaft sie an ihrem Verlobten am allermeisten schätzte. Und was an ihm so besonders war, dass sie ihn heiraten und das ganze Leben mit ihm teilen wollte.

Sie war von diesen Fragen überrascht gewesen und hatte einige Zeit nachgedacht, bevor sie geantwortet hatte: »Bertrand ist verlässlich und absolut ehrlich. Er gibt mir Sicherheit. Und er ist aus einer guten Familie.« Himmel, sie hatte wie ihre Mutter geklungen! Und dann hatte sie ihn nach seiner Frau gefragt. Und sich darüber gewundert, mit welcher Gelassenheit er ihr von Gisi und deren Liebhaber erzählte. So, als würde es ihm nichts ausmachen, wenn dieser bei ihm ein- und ausging.

»Er geht ja nicht wirklich ein und aus. Ich sehe Gisi sehr selten. Die beiden leben seit zwei Jahren zusammen. Und glaub mir, hätten wir uns schon über die Bedingungen geeinigt und hätte nicht … na ja … jedenfalls, wir wären längst geschieden. Ich habe fest vor, die Sache zu beschleunigen, wenn ich wieder zu Hause bin. Und es ist mir jetzt auch schon eine gute Idee gekommen, wie ich das am besten bewerkstelligen kann.«

»Wo ist dir diese Idee gekommen? Doch nicht hier in Peking?«

»Ganz genau, hier in Peking!«

Sie hatte es nicht glauben können: »Und wie lautet diese Idee?«

Mat hatte nur gelacht und ihr mit der Fingerspitze auf die Nase getippt: »Sind wir wieder einmal neugierig, Frau Querulin?«

Das hatte Franziska, auch wenn es ihr schwer fiel, keinesfalls sein wollen. Und da in diesem Augenblick der Kellner gekommen war, um ihren Jasmintee mit heißem Wasser aus einer kupfernen Kanne mit einem ungefähr einen Meter langen Schnabel aufzufüllen, hatte sie sich eine Antwort gespart. Und sich im Stillen gewundert, dass der Gedanke, Mat würde sich in Kürze scheiden lassen, ein so gutes Gefühl in ihr ausgelöst hatte.

Der kleine Kuss zur guten Nacht war kaum ein Hauch gewesen, und dann war jeder brav in seinem eigenen Zimmer verschwunden.

Doch im Bett, kurz vor dem Einschlafen, da konnte sie an nichts anderes mehr denken als an den Kuss, den er ihr hier, in diesem Zimmer, gegeben hatte. An das Gefühl, in seinen Armen zu liegen, seinen Herzschlag zu spüren. An die unbändige Lust, ihn anzufassen, ihre Haut an seine zu drücken. Sie wollte mit ihren Händen über seinen Körper streicheln. Sie wollte seine Hände auf ihrem Körper spüren …

Rasch hatte sie sich aufgesetzt, das Licht eingeschaltet und eine SMS an ihren Verlobten geschrieben. Eine sehr liebevolle SMS.

Harry blickte auf, als sie an den Tisch trat, und legte die Zeitung beiseite, die er mit sichtlichem Interesse gelesen hatte. Es war eine deutsche Zeitung, die einzige, die in diesem Hotel auslag. Er begrüßte sie mit einem freudigen Lächeln und schob ihr galant den Stuhl zurecht. Es war freundschaftlich, wie er sie behandelte. Ganz so, wie sie es sich gewünscht hatte. Ganz so, wie sie es sich gewünscht hatte?

Der Kellner brachte frischen Kaffee.

Franziska holte Lukes Nachricht aus der Tasche, Harry überflog sie mit einem Stirnrunzeln: »Was werden wir jetzt tun?«

Die Tatsache, dass er ihr die Entscheidung überließ, aber keinen Zweifel daran ließ, an ihrer Seite zu bleiben, beflügelte Franziskas Kampfgeist: »Wir werden auf keinen Fall im Hotel bleiben. Ich kann mir nicht vorstellen, was in Lukas gefahren ist, mir so etwas Sinnloses vorzuschlagen. Was hältst du davon, Mat, wenn wir einfach ohne Begleitung zur Kofferfabrik fahren? Ich kenne dort schließlich den Produktionsleiter Mister Wang To Min und den Leiter der Verkaufsabteilung Mister Wu Fang.«

Harry hatte keine Ahnung, was er davon halten sollte. »Besser, als im Hotel herumsitzen, ist es allemal.«

Also bestiegen sie nach dem Frühstück ein Taxi, das sie zur »Yu Yi Best Bags Industrial Company, Beijing, Ltd.«

bringen sollte. Franziska hätte gerne ihr Kommen vorher telefonisch angekündigt, aber sie war schon an der freundlichen weiblichen Stimme am Empfang gescheitert. Es schien, als würde die Frau englisch sprechen, allerdings verstand Franziska kein Wort von dem, was sie sagte. Und auch sie schien Franziska nicht zu verstehen. Jedenfalls wurde Franziska nicht an den gewünschten Gesprächspartner weitergeleitet. Dann musste es eben ohne Anmeldung gehen.

Eine halbe Stunde später tauchte das große, alles überragende Bürogebäude der »Yu Yi«-Gruppe vor ihnen auf, in der auch die »Yu Yi Best Bags Industrial Company« untergebracht war.

Franziska war schon zweimal hier gewesen und fand ohne Mühe den richtigen Eingang. Sie überreichte der Dame am Empfang ihre Visitenkarte und forderte mit freundlichem, aber bestimmten Lächeln Mister Wang To Min zu sprechen. Die Dame bedauerte, Mister Wang sei außer Haus. Ebenso Mister Wu Fang oder auch Mister Cao Aidang, nach denen Franziska ebenfalls gefragt hatte. Schließlich blieb noch Mister Zhao Zhe.

Die Dame am Empfang führte ein ausführliches Telefonat. Dann stand sie kommentarlos auf und verschwand für zehn Minuten. Schließlich kehrte sie zurück und erklärte, Mister Zhao Zhe würde sie empfangen.

Franziska sah Harry an, und auch ihm war die Erleichterung anzusehen. Das war zumindest ein Anfang.

Die Dame führte sie in ein Empfangszimmer, in dem vier Fauteuils in einem undefinierbaren Grün standen.

Eine fleißige Hand hatte Deckchen gehäkelt und über die Sessellehnen gelegt. Das war kein Arbeitsraum, wie es Franziska von ihren Besuchen zuvor gewohnt war. Kein schwerer Tisch, keine größere Zahl von Stühlen, die für eine größere Zahl von Gesprächspartnern bereitstanden. Das war ein Repräsentationsraum für unverbindliche Gespräche.

Mister Zhao Zhe ließ nicht lange auf sich warten. Er war ein junger Mann mit kreisrunder Brille und einem ebenso runden, freundlichen Gesicht. Die schwarzen Haare hatten sich am Scheitel selbstständig gemacht und standen zu Berge. Wenn er den Kopf bewegte, wippten sie im Takt. Er war sichtlich nervös. Wahrscheinlich war er nicht daran gewöhnt, Gäste aus dem Ausland allein zu empfangen. Mit einem schüchternen Lächeln gab er zu erkennen, dass er Franziska erkannte. Er reichte ihr die Hand zum Gruß.

Franziska ergriff sie und erinnerte sich daran, dass sie gelernt hatte, nicht zu fest zuzudrücken. Dann stellte sie ihm Matthias Gerstenberg, ihren Anwalt, vor. Mister Zhao Zhe zückte eine Visitenkarte und überreichte sie dem vermeintlichen Anwalt mit beiden Händen.

Harry hätte es ihm gerne gleichgetan, aber er konnte ihm ja nicht gut eine Karte von Rüdiger Sommer übergeben.

Welche Funktion Mr. Zhao im Unternehmen hatte, war Franziska nicht klar. Sie sah auf die Visitenkarte in Harrys Händen: »Zhao Zhe, Manager« war dort zu lesen. Was das genau bedeutete, wusste sie nicht. Allzu hoch in der Hierarchie würde er aber sicher nicht stehen. Und damit war er kein Mann, der Entscheidungen treffen konnte.

Mr. Zhao lud Franziska und Harry ein, Platz zu nehmen. Er reichte ihnen grünen Tee aus der bereitgestellten Kanne und bot Zigaretten an, die er einzeln aus der Packung nahm. Als Franziska und Harry dankend ablehnten, steckte er sich eine zwischen die Lippen und zündete sie umständlich an. Durch seine Nervosität zerbrachen die ersten beiden Streichhölzer. Dann erkundigte er sich, ob sie eine gute Reise gehabt hätten und wie es denn ihren Familien gehe. Und ob sie schon etwas gesehen hätten von seinem wunderschönen Land. Und ob ihnen das Essen schmeckte. Und ob sie zufrieden seien mit dem Hotel. Er erzählte ausführlich, warum die drei Herren, nach denen Franziska gefragt hatte, nicht im Haus waren, sprach über die Geschäfte des laufenden Jahres, sprach darüber, wie sie sich im Vergleich zu den Geschäften des vergangenen Jahres weiter entwickelt hatten. Er erzählte von den guten Kontakten zu einer Firma in Brasilien, und es blieb Franziska und Harry nichts anderes übrig, als freundlich zu lächeln, höflich zu antworten, ebenfalls immer wieder zu nicken und zu warten, bis sie endlich dazu kämen, über ihr tatsächliches Anliegen zu sprechen.

Doch schon beim ersten Versuch winkte Mister Zhao Zhe ab. Ja ja, er wisse über die Koffergeschichte Bescheid. Nein, es habe keinen Sinn, mit ihm darüber zu sprechen, und außerdem habe er nun leider keine Zeit mehr, denn er müsse in eine andere Besprechung. Sie mögen ihm bitte verzeihen. Er lächelte, und man konnte ein leises Kichern vernehmen, als er sich erhob, um sich von seinen Gästen zu verabschieden.

Franziska hatte Joe Kaufmanns Worte deutlich im Ohr. »Wenn ein Chinese so kichert, dann ist ihm etwas peinlich«, erklärte sie Harry, als sie etwas frustriert das Haus verließen.

»Ich meine, natürlich haben wir unterschiedliche Kulturen. Aber findest du, dass das hier so abläuft, wie es sollte? Kommt dir da nicht manches spanisch vor?«

»Na ja«, Franziska lächelte gequält, »nicht wirklich spanisch, aber chinesisch schon. Warum war Mister Zhao Zhe plötzlich so kurz angebunden? Denn nach all dem ausufernden Gerede zu Beginn hat er uns doch kurzerhand hinauskomplimentiert, als wir über den Koffervertrag sprechen wollten. Warum war es ihm offensichtlich peinlich, mit mir über das Koffergeschäft zu sprechen?«

Darauf wusste Harry keine Antwort.

»Mat, ich habe nicht mehr die geringste Lust, mich an der Nase herumführen zu lassen. Ich rufe jetzt Kaufmann an und fordere ihn auf, hierher zu kommen. Wenn er dabei ist, öffnen sich alle Türen. Wenn ich allein komme, bleiben sie anscheinend verschlossen. Das ist ärgerlich, aber das ist Tatsache.« Sie holte ihr Handy aus dem Aktenkoffer, suchte im Register nach dem Namen des Agenten und drückte auf den grünen Knopf.

Die freundliche Assistentin, die sich meldete, bedauerte. Nein, Mister Kaufmann sei nicht zu sprechen. Nein, Mister Kaufmann werde heute nicht mehr ins Büro kommen. Und ob sie bitte so freundlich sein könne, den Koffer wieder zurückzubringen, den sie gestern irrtümlich mitgenommen habe. Mister Kaufmann brauche ihn dringend.

Genervt legte Franziska auf. »Ha, er braucht den Koffer dringend! Kein Wort ist wahr! Der Koffer interessiert ihn überhaupt nicht. Er hat ja nicht einmal eine Stunde Zeit, sich um mich zu kümmern.«

»Hast du keine Handynummer von diesem Mann?«

Franziska verneinte. Er hatte ihr nie seine private Handynummer gegeben.

»Dann lass uns jetzt zu deinem lieben alten Freund Luke fahren«, schlug Harry vor.

Franziska war überrascht: »Zu Luke? Nach Hause? Ans Krankenbett? Nach Tianjin? Ich habe doch keine Ahnung, wo Luke dort wohnt.«

»Nein, ich denke nicht, dass es notwendig ist, ihn zu Hause aufzusuchen. Wir fahren in sein Büro. Er hat doch ein kleines Büro hier in Peking, wie er einmal am Rande erwähnte. Ich wette zehn zu eins, dass wir ihn dort finden werden.«

»Aber Mat, wie kommst du denn darauf? Warum sollte er mich anlügen? Dazu hat er doch gar keinen Grund.«

»Was er für einen Grund hat, weiß ich nicht, doch ich bin sicher, dass er lügt. Gestern war der gute Mann noch gesund und munter. Ich habe keine Ahnung, wie ihn so schnell eine Grippe überfallen haben sollte. Es sei denn, die Grippe kommt ihm sehr gelegen. Einen Versuch ist es doch wert, oder?«

Franziska zuckte mit den Schultern. Versuchen konnten sie es wirklich. Sie hatten ohnehin nichts anderes vor. »Gut«, sagte sie, »hast du seine Adresse?«

Nein, die Adresse hatte Harry nicht, aber eine Idee. Sie fuhren gemeinsam ins Hotel zurück und suchten dort das Business-Center auf. Währen Franziska sich ins Internet einwählte, um Lukas' Adresse herauszufinden, veranlasste Harry, Visitenkarten für sich drucken zu lassen. Schlichte weiße Karten mit der großartigen Bezeichnung: »Matthias Gerstenberg, Lawyer« und dazu die Adresse seines Bruders. Die freundliche Hotelbedienstete nahm den Auftrag entgegen und versprach, die Visitenkarten noch bis zum Abend auf sein Hotelzimmer zu bringen.

In der Zwischenzeit druckte Franziska die Adresse ihres Freundes aus, und es stand nichts mehr im Wege, mit dem Taxi dorthin zu fahren.

Es war so, wie Harry es vorausgesehen hatte.

Sie klopften, öffneten die Tür und standen einem völlig verdutzten Lukas Bares gegenüber.

»Was macht denn ihr hier?«, stammelte er fassungslos.

XII

All sein Selbstbewusstsein war verschwunden. Lukas Bares war das personifizierte Schuldbewusstsein, und es hatte kurz den Anschein, als wollte er an den unerwarteten Gästen vorbei hinaus ins Treppenhaus flüchten.

Noch bevor Franziska antworten konnte, hatte Harry ihm die flache Hand auf die Brust gedrückt und ihn unerbittlich in sein Büro zurückgeschoben. »Wir sind gekommen, Herr Bares, um endlich die Wahrheit zu erfahren. Was wird hier gespielt?« Er stieß ihn in seinen schwarzen Schreibtischsessel und baute sich breitbeinig vor ihm auf: »Wenn ich also bitten dürfte.«

»Mat …«, begann Franziska. Das ging ihr nun doch zu weit.

Doch Harry bedeutete ihr mit einer Handbewegung zu schweigen. Er warf die Tür hinter sich ins Schloss, und die drei waren allein.

Lukas blickte unsicher von einem zum anderen, dann seufzte er tief: »Es tut mir Leid, Franziska.«

Franziska und Harry warteten, was nun kommen würde, doch Lukas Bares schwieg.

»Das war alles?«, erkundigte sich Harry sicherheitshalber. »›Es tut mir Leid, Franziska‹? Das ist das Einzige, was Ihnen hierzu einfällt?«

»Was genau tut dir Leid, Luke?«

Lukas Bares schwieg weiter.

»Nun rede endlich!« Franziska hätte ihm am liebsten ebenfalls einen Stoß versetzt. »Sag endlich, was hier los ist. Sonst wird es dir noch viel mehr Leid tun.«

Harry lachte kurz auf.

Lukas Bares seufzte noch einmal tief, und dann sagte er nach einigem Ringen: »Also gut, Franzi, setz dich. Und Sie, Herr Rechtsanwalt, auch. Ich bin nicht ganz offen euch gegenüber gewesen.«

»Dachte ich mir«, murmelte Harry.

Nun bedeutete Franziska ihm mit einer Handbewegung zu schweigen.

»Ich kann nichts dafür, Franzi, das musst du mir glauben. Ich hatte ja keine Ahnung, dass du es bist, die ich da abholen sollte. Kaufmann hat immer nur von einem Rechtsanwalt und seiner sommersprossigen Tussi gesprochen. Oh, entschuldige.«

»Sommersprossige Tussi!«, sprang Franziska sofort darauf an. »Soll ich das etwa sein?«

Lukas Bares grinste etwas schief, sagte jedoch nichts.

»Ich werde diesem Kerl kündigen!«

»Hör mir erst einmal zu«, unterbrach Luke sie, »dann hast du noch ganz andere Gründe, ihm zu kündigen.«

»Ja, hören wir erst einmal zu, Franziska«, stimmte nun auch Harry zu. »Ich kann es gar nicht erwarten, was wir alles erfahren werden.«

»Kaufmann ist, wie erwähnt, ein Geschäftspartner von mir. Wir kennen uns schon aus der Zeit, als ich noch in Hongkong war. Wir sind nicht wirklich befreundet, aber doch gut genug bekannt, dass wir uns auch ab und zu zum Abendessen treffen. Manchmal helfe ich ihm aus, manchmal hilft er mir. Wie es eben so ist.«

»Ja, wir können uns das vorstellen. Könnten Sie jetzt bitte auf den Punkt kommen?«

»Und so habe ich mir auch nichts dabei gedacht«, fuhr Lukas fort, als habe er Harrys Bemerkung überhört, »als er mich um einen Gefallen bat. Ich solle mich um diesen Anwalt und um seine Klientin kümmern, da er selbst keine Zeit dafür habe. Da war ich natürlich bereit einzuspringen. Kaufmann ist mit irgendeinem anderen wichtigen Klienten unterwegs, diesbezüglich habe ich euch die Wahrheit gesagt. Was ich euch aber nicht gesagt habe, ist, dass ich den ausdrücklichen, strikten Auftrag habe, euch von der Firma Yu Yi Best Bags fern zu halten.«

»Aha«, sagte Harry, »dachte ich's mir doch. Der Kleinbus hatte gar keinen Schaden, nicht wahr?«

Luke grinste zaghaft: »Nicht den geringsten. Es hat mich ganz ordentlich Überzeugungsarbeit gekostet, den Fahrer zu überreden, die Panne vorzutäuschen. Er war so stolz auf sein Auto und darauf, wie gut er es in Schuss hielt.«

»Wir haben ganz ohne Grund in diesem grauenhaften Dorfwirtshaus gesessen und wären vor Hunger fast gestorben?« Franziska konnte es nicht fassen.

Lukas schüttelte den Kopf: »Nein, nicht ohne Grund. Sondern weil ihr nicht vor siebzehn Uhr in der Stadt sein durftet. So lautete die Anweisung von Kaufmann. Wie hätte ich denn ahnen sollen, dass ihr immer wieder auf die Uhr schaut und nicht die Zeit vergesst angesichts der imposanten Mauer? Und dass euch die Ming-Gräber nicht so verlockend erschienen, den Termin doch noch zu verschieben. Da blieb mir doch nichts anderes übrig als …«

»Der treue Diener seines Herren«, murmelte Harry spöttisch.

»Wie soll ich dir glauben, dass du jetzt die Wahrheit sagst?« Franziska zog ihre Stirn in Falten. »Du willst ein Freund sein? Was ist bloß aus dir geworden, Lukas Bares? Nichts anderes als ein hinterhältiges, schleimiges Schwein.«

Harry blieb der Mund offen stehen. Sieh an, sieh an, Frau Querulin war ganz schön temperamentvoll.

»Ich bin kein Schwein, Franziska, das weißt du genau. Ich bin ein loyaler Geschäftspartner. Wenn ich einen Auftrag übernommen habe, dann führe ich ihn aus.«

»Auch, wenn er deinen Freunden schadet?«

»Darum war mir ja das Ganze von Anfang an unangenehm«, versuchte sich Lukas zu rechtfertigen. »Aber was sollte ich denn tun? Heute Morgen war es mir dann einfach zu viel. Ich hatte nicht den Mut, euch noch einmal unter die Augen zu treten. Das Lügen macht mir keinen Spaß, was denkst du denn? Außerdem ist mir plötzlich der Verdacht gekommen, dass hier mit gezinkten Karten gespielt wird. Und denkst du, ich lasse es sehenden Auges zu, dass Kaufmann etwas unternimmt, um meiner alten Freundin zu schaden?«

»Wie ehrenhaft«, sagte Harry spöttisch, »und was für eine große Hilfe, sich krank zu stellen! Wahrlich, ein echter Freund!«

Franziska, die aufgesprungen war, nahm wieder Platz. Im Stillen gab sie Mat Recht. Allerdings gab es etwas anderes, was ihr viel wichtiger erschien: »Du meinst also, Kaufmann will mir schaden? Warum sollte er das tun? Ich bezahle ihn gut, er hat von mir einen langfristigen Auftrag bekommen. Warum soll diese Geschäftsbeziehung auf einmal nichts mehr wert sein?«

Luke hob die Hände, als wolle er sagen: Frag mich nicht! Ich tappe ebenso im Dunkeln wie du.

Harry interessierte etwas anderes: »Ich halte es für dringend notwendig, dass Franziska mit ihren chinesischen Gesprächspartnern spricht. Dafür ist sie schließlich nach Peking gekommen. Wir haben heute einen Vorstoß gewagt, es hat uns aber nur ein Sachbearbeiter empfangen. Und der konnte uns nicht weiterhelfen. Außerdem hatte er es eilig, uns loszuwerden.«

»Herr Rechtsanwalt, auf diese Idee bin ich auch schon gekommen«, unterbrach ihn Lukas etwas brüsk, »und darum war ich eben dabei, einen Termin mit Yu Yi zu vereinbaren, als Sie in mein Büro gestürzt kamen. Wenn Sie erlauben, werde ich dieses Telefonat nun tätigen.«

Harry gab mit einer gnädigen Geste zu verstehen, dass er es erlaubte.

»Welcher Termin wäre dir denn recht, Franzi? Sagen wir elf Uhr?«

Franziska war jeder Termin recht. Solange er ohne weitere Verzögerung stattfand.

Das Telefonat schien endlos zu dauern, doch dann verkündete Lukas Bares mit sichtlichem Stolz: »Na, es geht doch, wenn man weiß, wo man den Hebel ansetzen muss. Mister Wang To Min und Mister Wu Fang sind bereit, uns morgen zu empfangen. Punkt elf Uhr. Ich denke, es wird klug sein, die beiden anschließend zum Mittagessen einzuladen. Außerdem halte ich es für besser, Kaufmann nicht davon in Kenntnis zu setzen.«

»Ich dachte, er sei dein Geschäftspartner?«

»Das dachte ich bisher auch. Doch in dieser Sache ist er es sicher nicht. Ich werde euch morgen begleiten. Und wieder den Übersetzer mitbringen. Wahrscheinlich hat man zwar ohnehin auf Seiten des Geschäftspartners an einen Dolmetscher gedacht, aber sicher ist sicher.«

Am nächsten Tag um Punkt elf Uhr standen Franziska, Lukas, der Übersetzer und Harry mit seinen nagelneuen Visitenkarten in einem Besprechungsraum der Firma »Yu Yi Best Bags Industrial Company«. Diesmal war der Raum wieder so, wie Franziska dies von ihren Besuchen zuvor kannte. Ein großer Tisch und eine Reihe von Stühlen, die auf eine größere Zahl von chinesischen Verhandlungsteilnehmern warteten.

Sie war sichtlich aufgeregt. Aufgeregter, als bei den früheren Gesprächen mit ihren Geschäftspartnern. Was war, wenn sie nicht kamen? Was war, wenn sie sie vollständig ignorierten? Sie kannten die Konstruktionspläne für den Koffer. Es war unvorsichtig von ihr gewesen, sie preiszugeben. Chinesen waren bekannt für ihre Fähigkeit, sich die Ideen anderer anzueignen. Und gefürchtet für ihre Skrupellosigkeit, dies auch zu tun. Doch wie hätten sie sonst die Verhandlungen führen können? Ach, sie fühlte sich so hilflos, so ausgenutzt, so unerfahren. Unsicher blickte sie zu Harry hinüber.

Der stand da, einen fremden Aktenkoffer in seinen schweißnassen Händen, und hatte mehr Lampenfieber als vor jedem Konzert. Als er Franziskas Blick wahrnahm, lächelte er ihr zu. Es sollte ein aufmunterndes Lächeln sein, das gründlich misslang.

Die Tür ging auf, und sechs chinesische Männer kamen herein, Mister Wang und Mister Wu an der Spitze. Sie begrüßten Franziska mit wohlwollender Freundlichkeit, und Franziska beeilte sich, ihnen ihre Begleiter vorzustellen.

Sie hielt es für angebracht, Kaufmann für sein Fernbleiben zu entschuldigen. Schließlich war er bei den letzten Gesprächen immer an ihrer Seite gewesen, und sie wollte nicht, dass die Herren dachten, es sei etwas nicht in Ordnung. Doch es war offensichtlich, dass sich die beiden Männer nicht für ihre gestammelten Worte interessierten. Als der Dolmetscher übersetzen wollte, winkten sie ab.

Wer die übrigen vier Mitarbeiter waren, wusste Franziska nicht. Doch mittlerweile sah sie darin keinen Anlass mehr, sich zu wundern. Es war schon mehrmals vorgekommen, dass Mitarbeiter von anderen Abteilungen am Gespräch teilnahmen. Nicht jeder reichte ihr eine Visitenkarte.

Die höflichen Worte zur Einleitung des Gesprächs fielen überraschend kurz aus. Nach der Frage, ob sie eine gute Reise hatten, wurde die Antwort nicht einmal richtig abgewartet. Und schon lehnte sich Mr. Wang in seinem Stuhl zurück und begehrte zu wissen, warum Franziska so kurzfristig um ein Gespräch gebeten habe.

Während Harry diese Frage äußerst seltsam fand und schon aufbrausen wollte, bewahrte Franziska die Beherrschung. Höflich dankte sie für die Gelegenheit zu dieser Unterredung. Sie stellte ihr Kofferprojekt in kurzen Worten noch einmal vor und legte die vorbereiteten Verträge auf den Tisch. Es sei zwischen den Juristen aus China und denen aus Deutschland alles genau festgelegt worden, und sie selbst sei nach China gekommen, damit die Papiere gemeinsam unterschrieben würden. Und damit die Produktion starten konnte.

»Zum Wohle unserer beiden Unternehmen. Als Beginn einer fruchtbringenden, freundschaftlichen Geschäftsbeziehung«, fügte Lukas hinzu, dem diese blumige Formulierung angebracht schien.

Harry starrte ihn an, als hätte er den Verstand verloren.

Die Herren hatten mit freundlichen Mienen zugehört, ab und zu genickt, nun ergriff Mr. Wu das Wort. Man habe mit großem Interesse Miss Querulins Worte gehört. Man freue sich, dass sie sich eine Partnerschaft mit Yu Yi wünsche. Aber an einen Vertragsabschluss sei noch keinesfalls zu denken. Schließlich habe man noch nicht alle Informationen. Und es seien auch noch nicht alle wichtigen Personen im Haus in das Projekt eingeschaltet worden. Nein, sie könnten beim besten Willen heute keinen Vertrag unterschreiben. Nein, sie möge doch verstehen, so eine wichtige Angelegenheit könne man nicht so schnell entscheiden. Und außerdem sei die Produktion ohnedies schon überfordert. Man habe kaum noch freie Kapazitäten. Ihren Auftrag sofort in Angriff nehmen? Nein, ausgeschlossen. Vielleicht im Frühjahr, oder Mitte nächsten Jahres. Sie möge sich noch etwas gedulden.

Auch wenn Franziska den Verdacht hatte, dass Mr. Wu gut englisch sprach, zog er es vor, ihr gegenüber

Mandarin-Chinesisch zu verwenden. Der Übersetzer bemühte sich redlich, seine Worte in ein verständliches Englisch zu bringen. Aber es war eine mühevolle Prozedur.

Franziska konnte nicht glauben, was sie hörte! Es war doch alles vereinbart, die Verträge waren unterschriftsreif. Sie zog ein Fax vom letzten Monat aus ihren Unterlagen, in dem ihr ausdrücklich zugesichert wurde, die Produktion werde sofort nach ihrem Besuch und der Vertragsunterzeichnung starten. Sie hielt Mr. Wu das Blatt entgegen. Er würdigte es nicht eines Blickes.

Alle ihre Einwände, dass sie sich doch einig wären, alle ihre Einwände, dass die Produktionspläne gemeinsam erarbeitet worden wären, verhallten ungehört. Es schien, als sei eine unsichtbare Mauer zwischen ihr und den chinesischen Geschäftspartnern errichtet worden. Eine Mauer, die sie nicht durchdringen konnte. Sie schienen sie zwar zu hören, doch verstanden sie sie auch? Wollten sie sie überhaupt verstehen?

Harry saß daneben und zermarterte sich das Gehirn, wie er Franziska helfen könnte. Allein, außer ein ernstes und, wie er fand, eines Rechtsanwalts würdiges Gesicht aufzusetzen, fiel ihm nichts ein. Außerdem war er es nicht gewohnt, so viel grünen Tee zu trinken. Ein junges Mädchen, das etwas abseits im Besprechungszimmer saß, hatte ihm immer wieder heißes Wasser auf die Teeblätter nachgeschenkt. Und ihm dabei unter gesenkten Lidern hoffnungsvolle Blicke zugeworfen. Seebersteins Sexappeal funktionierte auch im fernen Osten! Nach der vierten Tasse half alles nichts. Er musste zur Toilette. Also murmelte er eine Entschuldigung, stand auf und verließ den Raum. Schon beim Eintreten hatte er das entsprechende Hinweisschild gesehen, also eilte er den Gang entlang und wurde rasch fündig.

Doch wie fand er wieder zurück? Vor ihm lag ein langer grauer Korridor, von dem rechts und links braune Türen abgingen. Alle sahen gleich aus. Keine der Türen trug ein Schild. War er aus der fünften Tür links gekommen oder aus der sechsten? Oder aus der siebten? Zu blöd, dass er nicht daran gedacht hatte, sich zu merken, wo genau sich das Besprechungszimmer befand. Es wäre zu peinlich, würde er in die Unterredung anderer hineinplatzen. Also legte er sein Ohr an die fünfte Tür in der Hoffnung, eine bekannte Stimme zu hören. Das war kein leichtes Unterfangen. Und vor allem dadurch erschwert, dass er immer wieder nach allen Seiten spähen musste. Er wollte auf keinen Fall als Lauscher an der Wand ertappt werden.

Gerade als er sein Ohr fest gegen das Türblatt drückte, wurde die Tür von innen geöffnet. Harry beeilte sich, zurückzutreten und den Weg freizugeben.

Ein Mann trat mit eiligen Schritten auf den Gang hinaus. Er war groß und blond und hatte eine deutliche Narbe am Kinn. »Pardonnez-moi! Excuse me, Sir«, murmelte er. Seine Betonung klang etwas seltsam.

»Oh, no, excuse *me!*«, stammelte Harry.

Ohne ihm weiter Beachtung zu schenken, ging der Mann an Harry vorbei. Der hielt es für höchste Zeit, ins richtige Besprechungszimmer zurückzukommen. Doch seine Neugierde ließ ihn noch einen kurzen Blick in den Raum werfen. Er sah exakt so aus wie der, in dem Franziska gerade verhandelte. Nur, dass er fast leer war. Eine Anzahl von Tassen und ein paar Aschenbecher zeugten davon, dass hier ein Gespräch mit mehreren Teilnehmern stattgefunden hatte. Ein Mann saß noch im Raum und packte Stapel von Unterlagen in einen geräumigen Aktenkoffer. Dieser Mann war eher klein, untersetzt und hatte graublond meliertes Haar. Mehr konnte Harry nicht sehen, da er ihm den Rücken zuwandte.

Da die fünfte Tür nun offen stand, traute er sich nicht mehr, an den anderen Türen zu lauschen. Die Gefahr, entdeckt zu werden, war zu groß. Also klopfte er vorsichtig an die sechste Tür. Das Zimmer war leer.

Im nächsten Zimmer war er schließlich richtig. Rasch begab er sich zu seinem Platz zurück. Franziska war gerade dabei, einen letzten Versuch zu starten, ihre Geschäftspartner zu überzeugen. Pfff, das war ja gerade noch einmal gut gegangen. Gut, dass dieser Dolph-Lundgren-Verschnitt nicht bemerkt hatte, dass er an der Tür gelauscht hatte. Der hätte sich ja weiß Gott was denken können! Moment mal, was hatte er eben gedacht? Dolph-Lundgren-Verschnitt? Das konnte doch kein Zufall sein, oder?

Inzwischen ging das Gespräch zu Ende, ohne dass Franziska auch nur einen Schritt weitergekommen war. Man verabschiedete sich höflich.

Die Chinesen gingen, und sie standen allein im Besprechungszimmer. Nur das junge Mädchen, das ihnen Tee eingeschenkt hatte, war noch da, bereit, sie zum Ausgang zu führen.

Franziska war den Tränen nahe: »Was sollte das nun schon wieder bedeuten? Was gewinnen wir damit, wenn wir die Produktion weiter hinausschieben? Wir waren uns doch einig. Die Verträge sind bis ins letzte Detail durchgesprochen, ich habe stapelweise E-Mails, in denen wir jedes einzelne Wort auf die Goldwaage gelegt haben. Ich war zweimal hier. Wir haben alles immer wieder durchgekaut!«

Harry legte ihr die Hand auf den Rücken und schob sie unbarmherzig ins Freie hinaus. Sie kehrten zu Lukas' Auto zurück.

Franziska wandte sich an ihre Begleiter: »Kann sich einer von euch erklären, was das eben zu bedeuten hatte?«

Lukas schüttelte den Kopf: »Ich habe keine Ahnung.«

»Ich habe einen Verdacht«, sagte Harry zu ihrer Überraschung, »ich weiß nur nicht, ob es klug ist, mein Wissen vor diesem Typen hier auszuplaudern.« Er wies mit dem Kinn zu Luke hinüber. »Das Blöde ist nur, dass wir unter Umständen seine Hilfe brauchen.«

»Meinen Sie mit der Bezeichnung ›Typ‹ etwa mich?« Lukes Stimme klang schneidend: »Wie wäre es, wenn Sie sich wieder um einen sachlichen Tonfall bemühen würden, Herr Rechtsanwalt? Beleidigungen nützen hier niemandem.«

Franziska streckte die Arme aus, als müsste sie die beiden Streithähne auseinander halten. »Luke, du brauchst nicht auf dem hohen Ross zu sitzen. Du hast dich in den letzten Tagen alles andere als fair verhalten. Kein Wunder, dass Mat misstrauisch wurde.«

Dagegen wusste er nichts vorzubringen und ließ es dabei bewenden.

»Aber wenn du jetzt sagst, du stehst auf meiner Seite, Lukas Bares, dann vertraue ich dir. Ich hab dir immer vertraut.«

Lukas ließ ein reumütiges Lächeln erkennen und beeilte sich zu versichern: »Das kannst du auch tun.« Dann wandte er sich zum Übersetzer um und bat ihn, mit dem Taxi zu seinem Büro zurückzufahren.

»Na gut«, Harry öffnete Franziska die Wagentür, »dann lasst uns irgendwohin fahren, wo wir in Ruhe reden können.«

Lukas fuhr zu einem Lokal namens »Schillers«, das sich gleich in der Nähe befand, und stellte den Wagen vor dem Lokal ab. Der Geschäftsinhaber begrüßte ihn wie einen alten Freund und führte sie in die hinterste Ecke des Cafés. Obwohl es bereits Nachmittag geworden war, hatte keiner von ihnen Hunger.

Nachdem sie Getränke bestellt hatten, hielt es Franziska nicht mehr aus: »Also nun erzähl schon, Mat, was weißt du, was wir nicht wissen?«

Harry antwortete mit einer Gegenfrage an Lukas Bares: »Mit wem, sagten Sie, ist Ihr alter Freund Joe Kaufmann unterwegs?«

Lukas zuckte mit den Schultern. »Mit irgendwelchen Russen. Die genauen Namen weiß ich natürlich nicht, er hat sie nicht einmal erwähnt. Warum?«

Harry musterte ihn eindringlich. Doch da war nichts Verdächtiges, warum er diese Aussage hätte für eine Lüge halten sollen. Er beugte sich vor, um die Bombe platzen zu lassen: »Kaufmanns Gast ist kein Russe. Es ist ein Franzose.«

Lukas Bares zuckte abermals mit den Schultern: »Na und? Wie ändert das die Sachlage?«

»Bitte, Mat, komm endlich auf den Punkt!«, forderte Franziska energisch. »Es ist doch vollkommen egal, aus welchem Land die Leute kommen, wegen denen mich mein eigener Agent versetzt hat. Ob das jetzt Russen oder Franzosen sind, was macht das für einen Unterschied?«

»Es sind nicht mehrere Franzosen, Franziska, es ist ein Franzose.«

»Na und? Kennst du ihn? Hat er irgendetwas mit mir zu tun?«

»Das kann man wohl sagen.«

Franziska, die sich vor Spannung vorgebeugt und die Hände auf den Tisch gestützt hatte, wurde mit einem Schlag kalkweiß: »Bertrand? Sag nicht, dass es Bertrand ist.« Sie lehnte sich auf ihrem Stuhl zurück und schüttelte langsam den Kopf: »Nein. Nein, das glaube ich nicht.«

»Was erzählen Sie da für eine Geschichte? Jetzt werden Sie doch endlich einmal ausführlich, das ist ja nicht auszuhalten!«

»Ich weiß nicht, ob euch das aufgefallen ist, aber während unseres Gesprächs mit den chinesischen Partnern bin ich auf die Toilette gegangen. Und auf dem Rückweg stieß ich mit einem Mann zusammen, einem großen blonden Mann, um genau zu sein. Er kam mir sofort bekannt vor, und nach wenigen Schrecksekunden merkte ich auch, warum. Das war genau der Mann von dem Foto, das du mir im Flugzeug gezeigt hast, Franziska. Du weißt schon, von diesem Dolph-Lundgren-Verschnitt.«

»Du musst dich irren, Mat«, Franziska schüttelte noch immer ihren Kopf, »sicher irrst du dich. Das kann nicht sein.« Sie kramte in ihrer Aktentasche und zog das Foto wieder heraus: »So sieht mein Verlobter aus.«

»Ja, und genauso sah der Mann aus, der in mich hineingelaufen ist.«

Lukas nahm ihr das Foto ab. »Diesen Mann kenne ich«, erklärte er zu Franziskas und Harrys Erstaunen, »den habe ich vor fünf Tagen in Kaufmanns Büro kennen gelernt. Wir wechselten einige Worte in einem etwas seltsamen Englisch. Kaufmann hat ihn mir als Russen vorgestellt. Ich sah keinen Grund, das zu bezweifeln.«

»Vor fünf Tagen? Das kann doch gar nicht sein. Das war ja vor unserer Ankunft.«

»Das hieße ja, Bertrand sei schon länger in Peking als ich!« Franziska konnte es nicht glauben.

»Ja, hast du denn deinen Verlobten vor der Abreise nicht gesehen?«, erkundigte sich Harry, der den Ablauf nun gar nicht mehr nachvollziehen konnte.

Franziska schüttelte den Kopf: »Es war ausgemacht, dass er zu mir kommen sollte. Aber stattdessen hat er angerufen und hat mir gesagt …« Sie stutzte kurz und dann weiteten sich ihre Augen: »Ach, deshalb war so ein Rauschen in der Telefonleitung. Bertrand hat mich von Peking aus angerufen! Er wollte unbedingt, dass ich mir meine Reise noch einmal überlege. Er wollte nicht, dass ich nach China fliege. Was will er dann bloß selbst hier? Warum hat er mir nicht gesagt, dass er auch da ist? Welche Geschäfte können so dringend gewesen sein, dass er, ohne mir ein Sterbenswörtchen zu sagen, Hals über Kopf nach China gereist ist? Warum ist alles so geheim? Warum hat er mir nicht gesagt, dass er herkommt? Wir hätten doch gemeinsam fliegen können!«

Die Fragen sprudelten nur so aus Franziska heraus, und es fiel Harry von Sekunde zu Sekunde schwerer, ihr von dem Verdacht zu erzählen, der sich in seinem Inneren bereits längst zur Gewissheit gefestigt hatte.

»Das Einzige, was ich dir mit Sicherheit sagen kann«, begann Lukas, seine Worte offenbar sorgfältig wählend, »dieser Mann, also dein Verlobter, wenn er es wirklich ist, macht mit Kaufmann gemeinsame Sache. Was sie da allerdings genau machen, das kann ich dir auch nicht sagen.«

Da fuhr Harry auf: »Na, was werden sie wohl machen? Denken Sie, es ist ein Zufall, dass ich die beiden in einem Besprechungszimmer von Yu Yi vorgefunden habe? Die lassen Franziskas Koffer anfertigen. Ich fresse einen Koffer, wenn ich mich irre.«

»Das heißt, ich fresse einen Besen«, korrigierte ihn Lukas.

Auf Franziskas Gesicht erschien ein kleines, belustigtes Lächeln, um gleich wieder zu verschwinden. »Das kann nicht sein. Das würde mir Bertrand nie antun. Er interessiert sich ja nicht einmal für den Koffer. Er hat meine Ideen stets als Spinnerei abgetan.«

Der Kellner brachte die Getränke.

»Heißt das«, fragte Harry nach dem ersten Schluck, »der gute Bertrand hat nie die Pläne, nie die Entwürfe deiner Koffer gesehen?«

»Aber natürlich hat er das, aber ich habe sie ihm förmlich aufdrängen müssen. Ich habe gefordert, dass er sich für meine Belange interessiert, er wollte nie wirklich zuhören.«

»Anscheinend hat er sehr gut zugehört«, bemerkte Lukas trocken.

Franziska schüttelte den Kopf: »Nein, ihr tut ihm unrecht. Was man auch immer über Bertrand sagen kann, er ist korrekt und anständig. Ich kenne ihn jetzt schon mehr als zwei Jahre, und in diesen zwei Jahren hatte ich nie nur den geringsten Grund, an ihm zu zweifeln.«

Harry lehnte sich auf seinem Stuhl zurück. Was sollte er darauf sagen? Er hatte keinerlei Beweise in der Hand, es konnte ja durchaus sein, dass Bertrand aus einem ganz anderen Grund bei dieser Firma war. Die stellten ja auch noch andere Dinge her als Koffer. Vielleicht hatte sein Besuch nicht das Geringste mit Franziskas Plänen zu tun. Was wusste denn er, womit sich dieser Bertrand beruflich beschäftigte?

Die Eingangstür wurde geöffnet, und man hörte den Wirt, der begeistert auf die neuen Gäste zustürmte, um sie mit einem Schwall freundlicher Worte zu begrüßen. Zwei Männer betraten das fast leere Lokal.

Hatte Franziska auch starke Zweifel gehabt, so verflogen sie in dieser Sekunde: Dort standen ihr Agent und ihr Verlobter in trauter Zweisamkeit, Bertrand mit einem Stapel Papier unter dem Arm. Noch hatten sie sie nicht gesehen.

Doch dann hob Bertrand den Kopf und sah seine Verlobte am Tisch in der Ecke sitzen. Sein Kopf wurde zuerst knallrot, dann kreidebleich, dann schien es, als wolle er einfach schweigend umkehren und die Flucht ergreifen.

Doch das hatte Harry vorausgesehen. Er war aufgestanden, war Franziskas Verlobtem langsam entgegengegangen und schnappte ihn nun fest am Arm: »Es freut mich, Sie kennen zu lernen. Mein Name ist Gerstenberg, Matthias Gerstenberg. Ich bin Rechtsanwalt. Frau Querulins Rechtsanwalt. Ich denke, meine Mandantin wird meine Hilfe nun dringend brauchen.«

XIII

Lukas applaudierte: »Ich bin beeindruckt! Was für ein gelungener Auftritt.« Es klang spöttisch, doch es war nicht zu übersehen, dass ihm Harrys Aktion wirklich imponiert hatte.

Franziska starrte ihren Verlobten an und sagte nichts.

Es dauerte einige Sekunden, bis Joe Kaufmann die Lage erfasst hatte. Als er Lukas' Bemerkung vernahm, färbte sich sein Gesicht dunkelrot: »Du halt dich da raus, Bares. Was machst du überhaupt hier? Du kannst doch nicht so blöd sein, die beiden hier ins ›Schillers‹ zu führen! Ich habe dir doch ausdrücklich gesagt, du sollst sie aus der Stadt fern halten, verdammt noch mal!« Die Augen drohten ihm aus den Höhlen zu quellen, und tiefblaue Zornesadern traten an seinem Hals hervor.

Harry beschloss, die Oberhand zu behalten und das Gespräch zu dirigieren. Das war eine Rolle, die ihm gefiel. Während Franziska Entsetzen befallen hatte, machte sich in ihm längst Amüsiertheit breit. Wie genoss er es, die Rolle eines Rechtsanwalts zu spielen! Das verlieh ihm so viel Würde, so viel Macht. Es war ihm nicht entgangen, dass dieser Bertrand bei seiner Bemerkung, er sei Anwalt, zusammengezuckt war.

»Wenn die Herren sich zu uns setzen wollen«, er machte eine weit ausholende einladende Geste und wies auf die zwei freien Stühle an ihrem Tisch, »dann können wir alles in Ruhe besprechen. Zum Beispiel diese Zeichnungen hier.« Er wies auf die beiden Blätter, die Bertrand in seinem Schrecken hatte fallen lassen. »Wenn mich mein Instinkt nicht trügt, dann sind dies Zeichnungen von Frau Querulins Koffer. Franziska, kannst du mir das bestätigen?«

Sie warf einen kurzen Blick auf die Papiere und nickte. Dann wandte sie sich an ihren Verlobten: »Hallo, Bertrand. Kannst du mir bitte erklären, was du hier machst?«

Bertrand entschied in Windeseile, dass Angriff die beste Verteidigung sei: »Ich bin hier, um mit Herrn Kaufmann zu sprechen und diese Koffergeschichte ein für alle Mal zu erledigen. Ich habe ihm mitgeteilt, dass ich nicht wünsche, dass dieser Koffer jemals produziert wird. Was habe ich von einer Frau, die nie zu Hause ist? Und wenn sie zu Hause ist, nichts anderes im Kopf hat als ihre so genannte Erfindung? Ich habe es als meine Pflicht als Mann angesehen, dem Spuk ein Ende zu bereiten. Schon allein unseren ungeborenen Kindern zuliebe …«

»Aha«, Harry gab ganz harmloses Interesse vor, »Sie sind nur hier, um mit Herrn Kaufmann zu sprechen. Sie haben gar nicht die Absicht, bei Firma Yu Yi vorzusprechen?«

Joe Kaufmann, froh darüber, dass sein Geschäftspartner eine so kluge Ausrede gefunden hatte, beeilte sich zu versichern: »Nein, niemals! Natürlich habe ich sofort alle Termine bei Yu Yi abgesagt. Ich wäre doch nie mit Monsieur de Valleau dort hingegangen. Wofür halten Sie mich? Ich bin doch bei Frau Querulin im Wort …«

»Seien Sie froh, dass ich nicht ausspreche, wofür ich Sie halte«, erklärte Harry kühl, »doch dies verbietet mir mein Standesempfinden als Rechtsanwalt.« Nun konnte er sich doch ein Grinsen nicht verkneifen. »Und da ich Sie beide vor einer guten Stunde in den Räumlichkeiten von Yu Yi gesehen habe, brauche ich dies auch nicht näher auszuführen.«

Kaufmann fuhr auf: »Sie wollen uns gesehen haben? Ausgeschlossen! Wo genau, bitte sehr, sollte das gewesen sein?« Es war offensichtlich, dass ihm Harrys Worte ganz und gar nicht gelegen kamen. »Was für eine Schauergeschichte reimen Sie sich da zusammen?«

Bertrand legte Joe Kaufmann die Hand auf den Unterarm: »Lassen Sie es gut sein. Ich weiß, dass uns der Rechtsanwalt gesehen hat, ich wäre ja fast in ihn hineingelaufen. Nach der Besprechung, als ich das Zimmer kurz verließ, um das Telefonat mit der Werbeagentur wegen der Vermarktung der Koffer zu führen.«

Jetzt war es raus. Jetzt war es ausgesprochen.

Und wieder suchte Bertrand Zuflucht in einem Angriff: »Wie kommt es überhaupt, dass Sie hier sind, Herr Wie-immer-Sie-auch-heißen? Ich habe doch dafür gesorgt, dass Franziskas Rechtsanwalt zu Hause bleibt!«

»Du warst das! Du hast Dr. Sommer angerufen und so getan, als seist du vom Krankenhaus. Und gesagt, die Geburt seines Kindes stehe unmittelbar bevor!«

In Bertrands Augen zeigte sich Stolz: »Richtig. Ich war das. Das war doch ein genialer Schachzug, nicht wahr? Zum Glück hattest du einmal erwähnt, dass die Frau des Anwalts schwanger ist. Und seine Handynummer hast du mir ja auch bereitwillig gegeben.« Bertrand grinste boshaft.

Franziska wäre ihm am liebsten an die Gurgel gefahren. »Ich hätte dich nie für so … verschlagen gehalten! Wenn ich mir dich so ansehe, dann kann ich mich nur wundern. Das ist nicht der Mann, mit dem ich mich verlobt habe!«

»Aber natürlich bin ich das, Chérie. Du hast dir nur nie die Mühe gemacht, mich wirklich kennen zu lernen. Du hattest in deinem Schädel ja immer nur Koffer, Koffer, Koffer! Mon Dieu!«

»Warum wollten Sie denn, dass Dr. Sommer zu Hause bleibt? Warum fürchteten Sie seine Anwesenheit hier in Peking mehr als die von Franziska?«, fragte Harry.

»Ich fürchte gar nichts. Der Rechtsanwalt ist mir doch piepegal! Ich war lediglich der irrigen Annahme, dass Franziska auch zu Hause bleibt, wenn ihr der Anwalt abspringt. Sie war es, die ich keinesfalls hier in Peking haben wollte, wie Sie sich denken können. Aber, da habe ich sie wohl unterschätzt. Und ich habe auch nicht damit gerechnet, dass sie umgehend Ersatz für diesen Sommer herbeischaffen kann.«

Franziska konnte es immer noch nicht fassen: »Aber warum, Bertrand?« Anfangs war ihr zum Weinen zumute gewesen. Dann hatte ihr blanker Zorn die Kehle zugeschnürt. Jetzt hatte sie ihre Gefühle wieder im Griff.

»Welcher Mann mag schon eine Frau, die erfolgreicher ist als er, Chérie? Ich sicher nicht. Also holte ich mir den Erfolg selbst, um unsere Liebe nicht zu gefährden.«

»Ha!«, war alles, was Harry dazu einfiel.

»Sie halten sich da raus, Herr Rechtsanwalt, Sie geht das gar nichts an«, fuhr Bertrand auf.

»Und ob es ihn etwas angeht, Bertrand! Er vertritt meine Interessen! Du wolltest dir die Liebe zurückholen? Ich wusste gar nicht, dass sie verschwunden war und dass man sie holen musste! Aber bitte, wenn du das meinst! Herr Rechtsanwalt«, sie wandte sich an Harry, »bitte bringen Sie mich ins Hotel.«

»Das würde ich gerne tun«, erwiderte Harry und bemühte sich um jenen ruhigen Tonfall, in dem Rechtsanwälte in Fernsehserien ihre Souveränität bewiesen, »aber ich möchte Sie darauf hinweisen, dass das nicht klug wäre. Dies erscheint mir der geeignete Zeitpunkt, um Klarheit zu schaffen. Und auch, um Herrn Kaufmann in die Pflicht zu nehmen.«

»Was erlauben Sie sich!«

»Gibt es zwischen dir und Frau Querulin einen schriftlichen Vertrag?«, erkundigte sich nun Lukas, der bisher schweigend das Gespräch verfolgt hatte.

Kaufmann warf ihm einen unfreundlichen Blick zu: »Nicht, dass ich wüsste.«

Franziska fuhr auf: »Aber natürlich gibt es den. Dr. Sommer hat das Original in seinem Büro. Hier ist eine Kopie.« Sie öffnete ihre Aktentasche und hatte mit einem Griff die Vertragskopie in der Hand. Sie wollte sie an Lukas weiterreichen, doch der machte ihr mit einer Handbewegung klar, den Vertrag Harry zu geben.

Harry warf nur einen kurzen Blick darauf. »Perfekt!«, rief er aus, ohne ihn wirklich gelesen zu haben. »Das ergibt eine schöne Klage.«

»Sie können mich hier verklagen, bis Sie schwarz werden. Die Mühlen der Gerichte arbeiten langsam in China, Herr Rechtsanwalt. Ein paar Geldscheine an die richtigen Stellen da und dort. Sie werden nie und nimmer irgendetwas von mir bekommen.«

»Hast du nicht Vermögen in Deutschland, Joe? Was ist mit der Villa am Bodensee?«, fragte Lukas in seinem harmlosesten Tonfall.

Harry blinzelte ihm anerkennend zu: »Die gehört schon uns«, erklärte er lässig. »Ich würde das Betrug nennen und Untreue. Natürlich fordern wir Schadensersatz. Und Schmerzensgeld. Mein Guter, ich verklage Sie das gesamte Gesetzbuch hinauf und hinunter.«

Joe Kaufmann war mit einem Schlag die Liebenswürdigkeit selbst: »Aber mein lieber Herr Rechtsanwalt, das wird nicht nötig sein. Es gibt sicherlich eine Möglichkeit, uns zu einigen. Wir sind doch zivilisierte Leute. Kein Grund, hier irgendwelche Drohungen auszusprechen …« Nun sprach er wieder so, wie Franziska ihn bisher gekannt hatte: ehrerbietig, zuvorkommend, mit einem Hauch von schleimiger Freundlichkeit.

»Natürlich können wir uns gütlich einigen. Was haben Sie mit Yu Yi schon besprochen? Waren Sie wirklich dreist genug, mit ihnen zu vereinbaren, dass sie nun meinen Koffer für Bertrand herstellen? Was haben Sie denen geboten? Sie waren doch bei mir im Wort. Das kann doch nicht so einfach gehen!«

»Mit Geld geht alles einfach, Chérie. Du bist oft so naiv.«

»Ach, bin ich das?« Franziskas Stimme klang alles andere als naiv. Nichts war von Enttäuschung, Schock und Wut in ihrer Stimme zu erkennen. Sie sprach ruhig und scheinbar gelassen. Doch ihre Worte klangen hart: »Hast du schon einen Vertrag mit Yu Yi unterschrieben, Bertrand? Wie kamst du so schnell an die Unterlagen?

Wie kam es, dass ihr euch so rasch über die Vertragsdetails einig geworden seid?«

»Aber Chérie«, sagte er, und es klang, als würde er mit einem kleinen, dummen Mädchen sprechen, »das war doch nicht schwierig. Schließlich hast du oft genug von diesem Projekt gesprochen. Ich brauchte nur ablehnend zu wirken, schon hast du mir die nächsten Details aufgedrängt. Die Unterlagen lagen griffbereit in deiner Wohnung. Ein Kopierer daneben. Was hätte ich anderes tun sollen, es war so einladend. Ich *musste* direkt ...«

»Ach, halt die Klappe!«, entgegnete Harry knapp.

»Der Vertrag ist wirklich schon unterschrieben?«, fragte Franziska ungläubig. »Sie produzieren die Koffer für dich, Bertrand? Aber ich habe das Patent auf dieses Produkt. Ich habe es mir weltweit schützen lassen!«

Bertrand zuckte die Achseln, und wieder trat ein stolzes Lächeln in seine Mundwinkel. »Wir haben deine Pläne leicht abgeändert. Das war ein Kinderspiel. Schließlich bin ich Maschinenbauingenieur. Du wirst sehen, mein Koffer hält jeder Untersuchung stand.«

»Auch dagegen werden wir klagen!«, rief Harry, der voll in seiner neuen Rolle aufging. »Das Patentgesetz hinauf und hinunter. Sie werden sich wünschen, es hätte den Tag nie gegeben, an dem Sie uns kennen gelernt haben.«

»Ich wünsche mir schon jetzt, dass es den Tag nie gegeben hätte, an dem ich Bertrand kennen gelernt habe«, erklärte Franziska bitter. »Ich werde morgen zu Yu Yi gehen und den maßgeblichen Leuten dort reinen Wein einschenken.«

»Das wird Ihnen nichts nützen, schöne Frau.« Die joviale Freundlichkeit war nun wieder aus Joe Kaufmanns

Gesicht verschwunden. »Wer, denken Sie, hat die besseren Kontakte zu den Entscheidungsträgern von Yu Yi: Ich, der seit zwölf Jahren hier im Land lebt, der dieser Firma schon so manchen Auftrag zugeschanzt hat? Ich, der sie regelmäßig zu teuren Abendessen ausführt, ich, der sie in Karaoke-Bars begleitet? Oder eine fremde Person, noch dazu eine Frau, die sie gerade zwei-, dreimal gesehen haben?«

Franziska stand nun endgültig auf, schnappte sich den Stapel der Kopien, die Bertrand bei sich getragen hatte, und legte sie in ihre Aktentasche. Er wehrte sich nicht dagegen. Sicher hatte er noch weitere Kopien in Kaufmanns Büro.

»Unsere Getränke zahlt Herr Kaufmann«, informierte Luke den herbeigeeilten Kellner.

Dann verließen die drei grußlos das Lokal.

Franziska folgte den beiden Männern mit versteinerter Miene, doch als sie sich auf den Rücksitz des Autos zurückgelehnt hatte, konnte sie die Tränen nicht mehr zurückhalten. Sie hatte diesen Mann geliebt. Sie hatte ihm vertraut. Er wusste um all ihre Träume, ihre Sehnsüchte, ihre Ängste, ihre Zukunftspläne. Er hatte dieses Vertrauen schändlich missbraucht. Und, was noch schlimmer war, er hatte ihren Traum zerstört. Er hatte alles kaputt gemacht, wofür sie in den letzten Monaten gearbeitet, ja gelebt hatte. Der Tränenstrom kam mit solcher Gewalt, dass sie kaum atmen konnte. Es war ihr unmöglich zu sprechen, und ihr ganzer Körper wurde vom Schluchzen geschüttelt.

Lukas und Harry verständigten sich ohne Worte. Luke fuhr an den Straßenrand, Harry stieg aus und setzte sich neben Franziska auf den Rücksitz. Er legte den Arm um sie und bettete ihren Kopf an seine Brust. So saßen sie schweigend, und er streichelte ihren Rücken, während ihre Tränen ihm das Hemd durchnässten.

Wie wünschte ich, dass meine Kraft geeignet wäre,
deine Tränen zu stillen.
Wie wünschte ich, ich hätte ein Wort,
um den Schmerz deines Herzens zu lindern.
Wie wünschte ich, es gäbe ein Mittel,
um vergangene Schmach auf ewig zu tilgen,
Wie wünschte ich, ich wäre der Mann,
wert deiner Tränen.
Wie würde ich, wenn ich dies wäre,
alles daransetzen, dass du lachst.

geschrieben von Seeberstein im Juni in Peking
erschienen auf der CD »Frau« unter dem Titel
»Wie wünschte ich«

Es war inzwischen Abend geworden. Sie hatten seit dem Frühstück nichts gegessen, dennoch hatte Franziska keinen Hunger. Im Gegenteil, jeder Bissen würde ihr im Hals stecken bleiben oder den Eingang in ihren Magen gleich wieder als Ausgang benutzen. Den beiden Männern knurrte der Magen. Aber war es denkbar, Franziska in diesem Zustand allein zu lassen? Nein, das wollten sie beide nicht. Und so beschlossen sie, Franziska auf ihr Zimmer zu begleiteten.

Während Franziska sofort in ihrem Badezimmer verschwand, schlug Harry die Bettdecke zurück. Lukas bestellte beim Zimmerservice für sie beide ein kleines Abendessen. Dann verbrachten sie den Abend in friedlichem Einvernehmen.

Franziska lag in ihrem Bett und schluchzte in die Kleenex-Tücher aus dem Badezimmer. Harry saß am Bettrand und streichelte ihr mit einer Hand den Oberarm, während er mit der anderen Hand das Clubsandwich aß, das der Zimmerkellner gebracht hatte. Ihm gegenüber, an dem kleinen Tischchen, saß Lukas, ebenfalls an einem Sandwich nagend, seine Stirn in Falten gelegt. An seiner Miene war zu erkennen, dass er mit seinen Gedanken weit weg war. Nur Franziskas Schluchzen und ihr geräuschvolles Schnäuzen unterbrach die Stille.

»Es ist lieb, dass ihr beide da seid«, sagte sie schließlich mit zittriger Stimme. »Ich weiß auch nicht, was mich so verletzt hat …«

»Vielleicht die Tatsache, dass dein Verlobter ein Schwein ist und dich hintergangen hat?«, schlug Harry vor.

Sofort schossen wieder neue Tränen ins Franziskas Augen, und sie konnte nur ein-, zweimal nicken, denn schon überwältigte sie der nächste Schluchzanfall.

»Vielleicht die Tatsache, dass der blöde Kerl dein Koffergeschäft weggeschnappt hat, deine Erfindungen an andere verkauft hat und nun selbst Profit daraus schlägt?«, schlug Harry weiter vor.

Franziska musste wider Willen lächeln: »Du kannst aufhören, Mat! Ich weiß ohnehin, warum ich heule.«

Was Harry beabsichtigt hatte, war ihm gelungen: Für kurze Zeit waren ihre Tränen versiegt.

»Ich hab's!« Lukas schlug mit der flachen Hand auf den Tisch. Dann zog er sein Handy aus der Sakkotasche, tippte ein paar Zahlen ein und warf es missmutig auf den Tisch. »Du gestattest, dass ich das Telefon benutze, Franzi? Der Akku meines Handys hat soeben den Geist aufgegeben.«

Franziska nickte zustimmend und wies mit der Hand auf das Telefon auf dem Schreibtisch.

»Wen rufen Sie an?«, erkundigte sich Harry. »Die Polizei? Den Staatsanwalt? Einen Detektiv? Ein Erschießungskommando?«

Lukas schüttelte den Kopf: »Nein. Meine Frau.«

Harry verschluckte sich fast am letzten Bissen seines Sandwichs. »Ihre Frau? Ja, seit wann sind Sie denn verheiratet?«

»Seit sieben Jahren.«

»Aber, das meine ich doch nicht.« Harry machte eine wegwerfende Handbewegung. »Ich wundere mich nur. Zuerst flirten sie schamlos mit Franziska, und jetzt stellt sich heraus, dass Sie eine Frau haben.«

Lukas sah ihn mit großen Augen an: »Ich habe was? Ich habe doch nicht schamlos mit Franziska geflirtet!«

»Er hat doch überhaupt nicht mit mir geflirtet.«

»Ach, nicht? Und was sollte dann das ganze Küsschen hin, Küsschen her?«

Lukas ließ den Hörer auf die Gabel fallen: »Höre ich da einen gewissen Grad an Eifersucht, Herr Rechtsanwalt?«, erkundigte er sich höflich, und es war offensichtlich, dass er jedes einzelne Wort dieses Satzes genoss.

Franziska, die wieder zu weinen begonnen hatte, hielt inne und wartete atemlos auf die Antwort.

»Blödsinn«, war das Einzige, was Harry von sich gab. »Franziska ist meine Klientin.«

»Bin ich nicht, und das weißt du genau.«

Lukas, der eben wieder zum Hörer hatte greifen wollen, hielt in der Bewegung inne: »Ist sie nicht?«

»Ist sie nicht«, bestätigte Harry.

»Und was ist sie dann?«

Harry lehnte sich gegen Franziskas aufgestellte Unterschenkel, atmete tief durch, und dann sagte er anstelle einer Antwort: »Am besten ist es, Herr Bares, Sie rufen jetzt Ihre Frau an. Warum auch immer das sein muss.«

»Um sie herzuholen natürlich.«

Harry tat, als könnte ihn an diesen Tag nichts mehr überraschen. »Natürlich, um sie herzuholen«, wiederholte er, »die gute Dame hat sicherlich die höchste Freude daran, Sie am Bettrand Ihrer so guten, so lieben, so alten Freundin anzutreffen.«

Lukas ließ ein schallendes Lachen hören: »Aber Sie sind doch bei uns, Herr Rechtsanwalt! Und auch, wenn Franziska nicht Ihre Mandantin ist, wie ich soeben zu meiner großen Überraschung erfahren habe, so sind Sie doch immerhin eine Respektsperson, die stets über die Ehre der Dame und über die Einhaltung von Sitte und Moral gewacht hat und auch jetzt noch ihr wachsames Auge nicht von uns lassen wird.«

Harry musste unfreiwillig grinsen. »Also telefonieren Sie schon und holen Sie Ihre Frau her. Und dann ist es wohl an der Zeit, dass Franziska und ich Ihnen reinen Wein einschenken.«

Nachdem Lukas ein kurzes Telefonat geführt hatte, in fließendem Chinesisch, wie Harry mit widerwilliger Bewunderung zu hören glaubte, saßen sie zu dritt auf Franziskas Bett und warteten auf die Ankunft von Frau

Bares. Harry informierte Lukas währenddessen über die Art der Bekanntschaft von Franziska und ihm.

Mal weinte Franziska, manchmal lachte sie, oftmals schnäuzte sie sich geräuschvoll in die weißen Tücher. Doch sie hatte sich sichtlich etwas beruhigt. Der Schmerz schien vorerst gebannt. Doch es war allen dreien bewusst, dass sie noch viel länger brauchen würde, um diesen Schmerz ganz zu überwinden.

Was ihren Verlobten anging, so konnte ihr alter Freund Lukas Bares ihr nicht im Geringsten helfen. Doch was die Koffer betraf, so hatte er bereits einen Plan gefasst. Und diesen Plan zu verkünden, sollte er bald die Gelegenheit haben.

Denn eine gute halbe Stunde später klopfte es an der Zimmertür, und eine elegant gekleidete chinesische Dame trat ein. Sie trug ein enges feuerrotes Kostüm, das ihren hellen Teint noch unterstrich und einen wundervollen Kontrast zu ihrem dunklen Haar bildete. »Du hast mich rufen lassen, mein Liebster?« Sie sprach lupenreines Englisch, als sie bat, den beiden anderen Anwesenden vorgestellt zu werden. Sie stellte keine Frage zu der Tatsache, dass sie sich offensichtlich im Zimmer einer anderen Frau befanden. Sie stellte keine Frage zu der Tatsache, dass diese in Tränen aufgelöst mit verquollenen Augen in die Kissen gelehnt saß. Sie agierte im sichtlichen Vertrauen darauf, dass ihr Mann sie in alle Einzelheiten einweihen würde, sobald er dies für angebracht hielt.

Lukas hatte sich erhoben und war seiner Frau freudig entgegengetreten. Nun führte er sie ins Zimmer hinein: »Melissa, darf ich dir meine alte Freundin Franziska Querulin vorstellen? Ich habe dir von ihr erzählt.

Erinnerst du dich, wir sind gemeinsam in die Schule gegangen. Und dieser Herr ist Matthias Gerstenberg, ihr Geschäftspartner.«

Während Harry ebenfalls aufsprang, um die Dame zu begrüßen, begnügte sich Franziska damit, ihr zuzunicken und ein freundliches Lächeln zu schenken. Das Lächeln geriet etwas schief. Sie fühlte sich weder in der Lage aufzustehen, noch wollte sie Lukas' eleganter Frau im Nachthemd gegenübertreten. Sie fühlte sich wohler in den Kissen, die Decke bis unter das Kinn gezogen.

»Darf ich Ihnen ein Mineralwasser anbieten?« Harry holte ein Glas von der Minibar.

Doch Melissa schüttelte den Kopf: »Nein danke, Tee wäre nett.«

Lukas griff zum Telefonhörer, um beim Zimmerservice Tee zu bestellen. »Meine Frau trinkt nie Mineralwasser. Es gibt viele Chinesen, die meinen, kalte Getränke schaden dem Magen.« Er rückte Melissa einen Stuhl zurecht. Sie setzte sich, schlug die Beine übereinander und blickte erwartungsvoll in die Runde. Nie wäre es ihr in den Sinn gekommen, ihrem Ehemann Vorwürfe zu machen, weil er sie von einem Treffen mit ihren Freundinnen weggeholt hatte. So etwas war für ein Gespräch unter vier Augen bestimmt, wenn überhaupt.

Während Franziska und Harry noch rätselten, weihte Lukas seine Frau in alle Details des geplanten Koffergeschäfts ein. Er sprach zuerst Englisch, um dann, mit Harrys und Franziskas Zustimmung, auf Chinesisch fortzufahren. So wussten die beiden nicht, was genau er sagte, und Franziska wusste nicht, ob er seiner Frau auch die Wahrheit darüber erzählte, dass es Franziskas eigener Verlobter war, der sie so schmählich hintergangen hatte. Doch das war ihr im Augenblick egal. Im Augenblick war ihr alles egal.

Harry wartete wie gebannt auf den Ausgang des Gesprächs. Was versprach sich Lukas davon, seine Frau einzuweihen? Hatte seine Frau eine Kofferfabrik?

Melissa hörte sich die Rede ihres Mannes schweigend an, sie stellte ab und zu eine Zwischenfrage, sie nickte. Kein mitleidiger Blick für Franziska, kein Aufschrei, kein Hinweis darauf, dass sie ihr Leid tat.

Franziska war froh darüber. Ihr war die Aufregung, die hier herrschte, ohnehin schon genug. Es gab Momente, da wünschte sie sich, sie läge allein in ihrem Bett und könnte sich ungestört ihrem Schmerz hingeben. Und dann waren da wieder Momente, da war sie froh, in Gesellschaft zu sein. Momente, in denen sie es genoss, dass Harry auf ihrem Bettrand saß. In denen sie froh war, seinen warmen Körper an ihrem zu spüren. Diese Momente überwogen.

Nachdem Lukas geendet hatte, war es eine Zeit lang still im Zimmer.

Dann sagte Melissa zwei, drei Sätze auf Chinesisch, und Lukas' Gesicht begann zu strahlen. »Hast du alle Unterlagen bei dir, Franziska? Den Vertrag, die Entwürfe, alles, was wichtig ist, um so einen Koffer herzustellen?«

Franziska nickte.

»Kann ich diese Unterlagen haben?«

»Aber sicher nicht!« Harry legte in einer reflexartigen Bewegung seinen Arm auf Franziskas Aktentasche, die am Bettende lag.

»Ich weiß, ich habe mich in den letzten Tagen nicht so benommen, als würde ich euer Vertrauen verdienen. Doch nun ist der Augenblick gekommen, in dem ich beweisen kann, wie wichtig mir die Freundschaft zu Franziska ist. Es gibt eine Möglichkeit, ihr zu helfen, aber ich möchte über vage Möglichkeiten nicht zu viele Worte verlieren. Vertraust du mir, Franziska?« Er war an die andere Seite des Bettes getreten und hatte Franziskas Hand ergriffen. Nun blickte er ihr mit ernstem Blick in die Augen.

Sie war müde. Sie hatte keine Kraft, sich zu wehren. Und außerdem war Lukas doch ihr alter Freund. »Mat, gib ihm die Tasche«, war alles, was sie hervorbrachte, um dann abermals in Schluchzen auszubrechen.

»Aber ...« Harry war noch immer nicht begeistert von dieser Idee. Doch es war Franziskas Geschäft. Wenn sie wollte, dass Lukas die Unterlagen bekam, war es an ihm, sich dagegen zu wehren? Vielleicht hatte er ja wirklich eine hilfreiche Idee? Vielleicht war diese Melissa der rettende Engel? Widerwillig löste er seine Hand von der Tasche, die Lukas mit einem Schwung ergriff.

»Danke, Herr Gerstenberg, danke, Franziska. Wir werden tun, was in unserer Macht steht. Das wird jetzt mindestens zwei Tage in Anspruch nehmen. Melissa und ich müssen verreisen. Ich plane in zwei oder drei Tagen wieder in Peking zu sein. Dann werde ich euch sofort aufsuchen. Sprecht mit niemandem über mein Vorhaben.«

Harry lachte auf: »Mit wem sollten wir sprechen? Mit dem Zimmerkellner?«

Luke grinste kurz, antwortete aber nicht. Er verabschiedete sich von Franziska, schüttelte Harry die Hand und bot seiner Frau den Arm. Diese nickte ihnen einen Gruß zu, dann verließen sie Franziskas Zimmer.

Harry und Franziska waren allein.

XIV

»Na ja, dann werde ich mal …« Harry erhob sich von der Bettkante und blickte sich unsicher im Raum um. So als stünde irgendwo die Antwort, wie er sich weiter verhalten sollte.

»Du kannst mich doch jetzt nicht allein lassen!«, entrüstete sich Franziska unter lautem Schluchzen.

Was sollte er tun? Bei ihr bleiben? In ihrem Bett schlafen? Sie sah ihn so flehentlich an, dass er gar nicht anders konnte, als seine eigene Frage innerlich sofort mit »ja« zu beantworten. Also ging er auf sein Zimmer, das neben Franziskas lag, duschte und machte sich für die Nacht fertig. Dann schlüpfte er wieder in seine Jeans und ging in Franziskas Zimmer zurück.

Das Bett war breit genug für beide. Franziska rückte zur Seite, Harry legte sich neben sie. Etwas steif lag er da. Eine neue, ungewohnte Rolle. Mit wie vielen Frauen hatte er schon im Bett gelegen?! Aber noch nie hatte eine so herzerweichend neben ihm geschluchzt. Er wollte sie beschützen, er wollte ihr helfen, er wollte Bertrand eigenhändig erwürgen. Doch er konnte nichts anderes tun, als hier zu liegen und zu hoffen, dass er zu irgendetwas nütze war.

»Darf ich in deinen Arm, Mat?« Franziskas Stimme war nur noch ein müdes Wispern.

Harry streckte den Arm aus, und sie kuschelte sich an ihn. Zärtlich küsste er ihre Stirn. Sie war ihm wie eine Schwester geworden in den letzten Tagen, versuchte er sich einzureden. Doch sein Körper sprach eine andere Sprache. Ha, Schwester! Was er jetzt spürte, waren alles andere als brüderliche Gefühle. Er fühlte ihren vollen prallen Busen an seiner Brust, ein Schenkel legte sich über seine Beine. Während er kaum zu atmen wagte, wurde ihr Atem immer ruhiger. Es war offensichtlich, dass sie sofort eingeschlafen war.

Seeberstein lag mit einer jungen Frau im Bett und die Frau schlief ein! Was wäre das für eine tolle Schlagzeile für die Boulevardpresse. Doch die Boulevardpresse war weit weg. Und diese Frau war da. Harry rückte sie noch ein Stück näher zu sich heran. Es war gut, sie zu spüren, ihre weiche Haut an seiner. Ihr Nachthemd war kurz und dünn, er schlief in Boxershorts und T-Shirt. Da war nicht viel Stoff zwischen ihnen. Ihr Vertrauen rührte ihn, die Selbstverständlichkeit, mit der sie ihn ins Herz geschlossen hatte. Die Selbstverständlichkeit, mit der sie seine Hilfe annahm. Bertrand war der größte Trottel, der ihm je untergekommen war. Und doch verdankte er ihm diese Nacht. Diese Nacht, in der er so viel Zärtlichkeit verspürte wie noch nie, so weit er zurückdenken konnte.

Und dann schlief auch er ein.

Es war ein anstrengender Tag gewesen, beide hatten vergessen, den Wecker zu stellen, und so schliefen sie fast bis zum Mittag.

Harry erwachte als Erster, sein Arm war ihm eingeschlafen. Franziska lag noch immer an ihn gekuschelt, und er zog vorsichtig seine Hand unter ihrem Kopf hervor, um sie nicht zu wecken. Nachdenklich betrachtete er ihr Gesicht. Sie sah hübsch aus, wie sie da lag. Die vielen Sommersprossen auf der Nase gaben ihrem Gesicht etwas Kindliches. Ihre langen Wimpern waren erstaunlich dunkel, ihre dunkelblonden Locken lagen auf dem Kopfkissen wie ein Feuerschein. Eine Woge von Zärtlichkeit ergriff ihn. Was war nur los? Hier lief alles anders, als er es gewohnt war. War es das fremde Land? War es die exotische Umgebung, die all seinem Tun eine neue Perspektive gab?

In diesem Moment öffnete Franziska die Augen, und Harry fühlte sich ertappt. Rasch wandte er sein Gesicht von ihr ab, starrte gegen die Zimmerdecke und murmelte: »Es tut mir Leid.«

Franziska war mit einem Schlag hellwach, sie stützte sich auf ihren Unterarm. »Was tut dir Leid?«

Harry wandte sich ihr mit reuigem Lächeln zu: »Dass ich dich so angestarrt habe. Meine Frau hasst es, von mir angestarrt zu werden, bevor sie Zeit hatte, sich zu schminken.«

»Das ist nicht dein Ernst.«

»Aber sicher ist es mein Ernst. Macht es dir nichts aus, dass ich dich so … ich meine, so frisch vom Schlaf erwacht sehe? Für Gisi ist das ein Gräuel. Als wir noch im selben Bett schliefen, hatte ich es mir rasch abgewöhnt, sie anzusehen, bevor sie am Morgen aus dem Badezimmer kam. Sonst wäre sie den ganzen Tag sauer gewesen.«

»Sachen gibt's.« Franziska lachte.

Harry stimmte in dieses Lachen ein. Es war so schön, sie wieder lachen zu sehen.

Franziska wunderte sich über sich selbst. Sie hatte wunderbar geschlafen in dieser Nacht, obwohl sie doch befürchtet hatte, vor Schmerz und Traurigkeit kein Auge zuzutun. Nicht, dass der Schmerz über Nacht wie weggeblasen war. Er war noch da, aber er war bedeutend geringer geworden. Lag es daran, dass es einen Hoffnungsschimmer gab, ihren Koffer doch noch zu bekommen? Daran, dass sie Lukas und seiner eleganten Frau vertraute? Oder daran, dass Mat bei ihr lag und ihr ein nie gekanntes Gefühl von Geborgenheit gab? Hatte sie wirklich gedacht, Bertrand würde ihr Sicherheit geben? Unglaublich! So sicher wie in Mats Armen hatte sie sich bei ihm nie gefühlt.

Es war der Beginn eines erstaunlich fröhlichen Tages.

Was für einen Sinn hätte es gehabt, im Hotel zu bleiben und auf Lukas Bares' Rückkehr zu warten? Er hatte alle Unterlagen und er hatte den Musterkoffer. Sie hatten ihm vollkommen vertraut. Jetzt hier zu sitzen und zu überlegen, ob dieses Vertrauen gerechtfertigt war, hätte sie nicht weiter gebracht.

Also machten sie sich auf, die Stadt zu erkunden. Sie ließen sich mit dem Taxi auf den »Platz des Himmlischen Friedens« fahren, über den ein überlebensgroßes Bild von Mao Tse-tung wachte. Sie gingen Hand in

Hand durch die »Verbotene Stadt«. Sie bewunderten die Tempel und Kunstschätze, den unermesslichen Reichtum des früheren Kaiserhauses.

Dann hatte Franziska Lust, den Seidenmarkt zu besuchen. Sie bummelten durch die engen Wege zwischen den grauen Blechständen, an denen eine Überfülle an Textilien angeboten wurde. Die meisten Kleidungsstücke trugen bekannte westliche Markennamen. Harry war fassungslos, zu welch niedrigen Preisen hier Jeans seiner Lieblingsmarke und Sonnenbrillen nach dem neuesten Trend angeboten wurden.

»Alles gefälscht«, erklärte Franziska und ließ sich trotzdem nicht abhalten, eine der Hosen näher in Augenschein zu nehmen. »Manches kommt auch aus Überschussproduktionen, wenn man Glück hat, dann ist also wirklich ein Original dabei. Manches hat kleine Fehler. Darum muss man ganz genau aufpassen. Ich habe mir schon einige Stücke hier gekauft. Vor allem T-Shirts und Seidenschals.«

Ein junger Chinese trat näher zu ihnen heran. »Si di, di vi di!«, murmelte er.

Harry sah verwundert von ihm zu Franziska und wieder zurück. »Was will der Mann?«

»Der will dir CDs und DVDs verkaufen. Raubkopien, spottbillig. Manchmal ist die Qualität sehr gut. Wenn du Pech hast, dann bekommst du einen Film, den sie bei einer Kinovorführung abgefilmt haben. Außerdem kann man nie sicher sein, dass das drin ist, was außen drauf steht. Kaufmann hat sich einmal eine CD gekauft, auf der ›Windows 2000‹ stand. Und als er sie im Büro auf dem Computer installieren wollte, war es das Telefonbuch von Toronto.«

»Geschieht ihm recht!« Harry lachte schallend auf.

»Hast du Lust, dir anzusehen, was dieser Mann zu bieten hat?«

Harry hatte. Es war ein strahlender Sommertag. Sie hatten wunderschöne Stunden verbracht, voll Lachen, voll Leichtigkeit. Weit weg von Deutschland. Weit weg von Schlamms Schlacht. Er fühlte sich so wohl und so rundherum glücklich wie schon lange nicht mehr. Natürlich war er da zu jeder Schandtat bereit.

Der Chinese machte ihnen ein Zeichen, mit ihm zu gehen. Er ging voraus, und sie folgten ihm mit fünf Schritten Abstand, kreuz und quer über den Markt. Sie hatten Mühe, ihn in der Menge nicht zu verlieren.

Harry grinste: »Ich komme mir vor wie in einem James-Bond-Film. Warum macht er das? Warum rennt er davon, wenn er doch ohnehin will, dass wir ihm folgen?«

»Er rennt nicht davon. Kaufmann hat mir bei meinem letzten Besuch erklärt, dass die Polizei den Markt überwacht. Es ist verboten, Raubkopien zu verkaufen. Also müssen sie ihre Kundschaft an abgelegene Orte mitnehmen, wo sie die Polizei nicht findet.«

»Das ist ja abenteuerlich! Bist du schon einmal mit so einem Händler mitgegangen?«

Franziska schüttelte den Kopf.

Es wurde noch abenteuerlicher. Der Chinese verschwand in einem Lebensmittelladen. Harry sah Franziska an, Franziska sah Harry an, sie zuckten die Schultern und folgten ihm ins Geschäft.

Drinnen befand sich eine große Theke, hinter der Fleisch und Wurst ausgelegt waren. Viele Käufer drängelten sich davor. Es roch etwas streng. Hinter der

Theke hing ein aus Kunststoffperlen gefertigter schwarzgelb gestreifter Vorhang. Franziska und Harry sahen gerade noch, wie der Chinese eilig dahinter verschwand.

»Meint er wirklich, wir sollen nach dahinten? Hinter die Wursttheke?«

Sie blieben etwas verunsichert stehen. Eine Hand erschien zwischen den Kunststoffperlen. Der Chinese gab ihnen durch ein energisches Winken zu verstehen, dass sie ihm weiter unauffällig folgen sollten.

Das taten sie dann auch. Und standen in einem von dicken Mauern umgebenen Hinterhof, voll gestellt mit Kartons und Kisten. Hinter einem der Kartons zog der Mann vier dicke Plastiktüten mit CDs und DVDs hervor. Die silbernen Scheiben waren in täuschend echt aussehenden Covers verpackt und in Klarsichtfolie eingeschweißt. Ohne Hüllen konnten sie Platz sparender versteckt werden.

Der Chinese reichte jedem von ihnen einen Stapel. Chinesische Musik war kaum unter den CDs zu finden, aber alle angesagten internationalen Stars. Und siehe da, auch eine CD vom Wiener Neujahrskonzert. Und da, eine CD von Modern Talking. Harry konnte es nicht fassen. Und dann, zwischen Britney Spears und George Michael auch »Herzkatheter« von Seeberstein. Hier, mitten in China, hinter einer Wursttheke, gab es seine CD zu kaufen! Für umgerechnet nicht einmal einen halben Euro. Auch das Cover war professionell nachgemacht, wenn man von einigen chinesischen Buchstaben am Rand absah.

Franziska erwies sich als harte Verhandlerin. Sie drückte den geforderten Preis noch einmal ein schönes

Stück nach unten. Harry hatte große Freude an der chinesischen Raubkopie seiner CD. Sie würde in seinem Arbeitszimmer einen Ehrenplatz bekommen.

Dann schlenderten sie Hand in Hand zum Hotel zurück, das schon von weitem sichtbar als brauner Turm vor ihnen aufragte. Harry hatte ursprünglich vorgehabt, noch beim Kempinski-Hotel vorbeizufahren, um neue Zeitungen zu kaufen. Die Blätter, die ihm Franziska vor drei Tagen gebracht hatte, hatte er bereits aus Deutschland gekannt. Kein Wunder, dauerte es doch einige Tage, bis westliche Zeitungen China erreichten. Gestern noch war er neugierig gewesen, was sich in Deutschland so tat. Ging »Schlamms Schlacht« weiter, obwohl er gar nicht da war? Wie hatte Anuschka das mit der Fernsehshow in der Wüste geregelt?

Doch nun war ihm all das mit einem Schlag völlig egal. Noch nie hatte er so deutlich wie in diesem Augenblick gespürt, dass »Schlamms Schlacht« Vergangenheit war. Was immer auch Giselle fordern würde, er würde es ihr geben. Aus, Ende, Schlussstrich. Außerdem hatte er ihr ja auch eine entscheidende Rolle bei der Vermarktung des Koffers zugedacht. Er konnte nur hoffen, dass es Lukas Bares tatsächlich schaffte, dieses Projekt doch noch Wirklichkeit werden zu lassen. Sobald das feststand, würde er Matthias' Agentur einschalten. Wozu hatte er einen Bruder in der Werbebranche?

Er merkte, dass Franziska ihn erstaunt von der Seite ansah. »Warum bleiben wir stehen?«

Harry erwachte wie aus einem Traum. Nein, noch war es zu früh, sie in seine Gedanken einzuweihen. Er wollte nicht der nächste Mann sein, der sie enttäuschte. Zum Glück kam in diesem Augenblick ein alter Händler des

Weges, sein Fahrrad schiebend, im Fahrradkorb eine bunte Auswahl an Waren. Harry ging zu ihm hin und erstand ein Feuerzeug mit dem Konterfei von Mao Tsetung, das jedes Mal, wenn man den Deckel aufklappte, die Hymne der Volksrepublik spielte. Und er konnte auch an einer überdimensional großen Fahrradklingel nicht vorbeigehen. Obwohl er gar kein Fahrrad besaß.

Franziska hatte eine unruhige Nacht. Sie hatte Harrys Angebot, wieder bei ihr zu schlafen, abgelehnt. Sie wollte lieber allein sein. In Ruhe nachdenken. Ungestört weinen. Der Tag war lustig gewesen und hatte sie von ihrem Kummer abgelenkt. Sie dachte voll Dankbarkeit an Mat, der alles darangesetzt hatte, sie aufzuheitern. Was hätte sie bloß ohne ihn gemacht! Nicht auszudenken, wenn jetzt der steife Rechtsanwalt Rüdiger Sommer an ihrer Seite gewesen wäre. Mat war so witzig, so verlässlich, so liebevoll. Liebevoll? Hatte sie eben liebevoll gedacht? Ja, er war liebevoll. Und anständig. Wie leicht hätte er die gestrige Nacht ausnutzen können, um ihr körperlich näher zu kommen. Ihr einreden können, Sex wäre ein geeignetes Mittel, um sie zu trösten. Hätte sie mit ihm geschlafen? Nein, gestern nicht. Aber heute, heute hätte sie große Lust, mit ihm zu schlafen!

»Franziska!«, energisch rief sie sich selbst zur Ordnung, »du hast eben deinen Verlobten verloren! Du bist quasi in Trauer!«

Wie gut, dass sie darauf bestanden hatte, dass er in seinem eigenen Zimmer schlief.

Die nächsten beiden Tage vergingen mit gespanntem Warten.

Sie waren nach dem Frühstück zum Hotel Kempinski gefahren, und Franziska hatte für Harry wieder einen Stapel deutscher Zeitungen und Zeitschriften geholt. Noch auf der Rückbank des Taxis, das sie in eines der Cafés im Stadtteil San Litun bringen sollte, zerlegte er die Zeitungen in ihre Einzelteile.

Er schob Franziska den Politikteil und den Wirtschaftsteil zu: »Bitte sehr, wenn du auch etwas lesen willst.«

»Sag einmal, Mat, was interessiert dich eigentlich so an diesen Blättern? Die Politik ist es nicht.«

Harry sah nur kurz von seiner Lektüre auf. »Wohl kaum. Ich nehme an, dass unsere Politiker die paar Tage, die ich nicht zu Hause bin, auch ganz gut ohne mich zurecht kommen.«

»Aber das ist doch nicht der Grund, warum man eine Zeitung liest! Man liest doch den Politikteil aus Interesse. Weil man wissen will, was geschieht. Mit unseren Renten, mit den Steuern …«

»Ja sicher. Aber nicht hier in China. Mir ist unsere Politik zu Hause noch nie so unwichtig vorgekommen wie hier. Was denkst du, interessiert es hier irgendeinen Menschen, den Taxifahrer vielleicht, oder diesen Mann da mit dem wackeligen Fahrrad, ob bei uns zu Hause die CDU oder die SPD regiert? Seitdem ich hier bin, kommt mir vieles so lächerlich vor, was mich zu Hause noch richtig aufgeregt hat. Es relativiert sich alles, findest du nicht?«

Franziska sah ihn von der Seite an, sagte jedoch kein Wort. Irgendetwas schien Mat doch an diesen Zeitungen zu interessieren, sonst würde er sie sich nicht alle paar Tage kaufen. Irgendetwas relativierte sich anscheinend doch nicht. Sie war neugierig, was es war. Zu ihrem großen Erstaunen bekam sie immer mehr den Verdacht, dass es sich dabei um die Klatschkolumnen handelte. Auch jetzt las er begierig die Berichte über die Schönen und Reichen, die Berühmten und die, die sich dafür hielten. Er hielt die »Bunte« in der Hand – und plötzlich war seine Reaktion anders als sonst. Hatte er bisher immer nur den Kopf geschüttelt und hatte er seine Lippen mit jedem Wort, das er las, stärker aufeinander gepresst, so brach er jetzt in schallendes Lachen aus. Er deutete auf ein etwas unscharfes Foto von einer etwas molligeren Frau mit Kopftuch und Sonnenbrille, die anscheinend vergeblich versuchte, sich auf einem Kamel zu halten, das eben dabei war, mit ihr durchzugehen. Er lachte und lachte und die Tränen rannen ihm aus den Augenwinkeln.

Franziska nahm ihm die Zeitung aus der Hand, um das Bild genauer zu studieren.«Anuschka Horn bei der dritten VIP-Wüstenprüfung. Es gelang ihr nicht, sich fünfhundert Meter auf der Kameldame Suleika zu halten. Die Gruppe muss weiter auf frisches Wasser warten.«

Diese Worte reizten ihren Begleiter zu einem erneuten Lachanfall.

Sie blickte ihn verständnislos an: »Was ist denn eine VIP-Wüstenprüfung?« Sie stimmte, ohne zu wissen warum, in sein Lachen ein. Es war einfach zu ansteckend.

Harry war vor lauter Lachen nicht in der Lage, ihr zu antworten.

Franziska klopfte ihm auf den Oberschenkel: »He, Mat, ich habe dich etwas gefragt. Was um Himmels willen ist denn hier so lustig? Ich kann zwar nicht anders, ich muss mitlachen, aber sei so freundlich und nenne mir den Grund dafür!«

»Das ist Anuschka auf einem Kamel!«, war alles, was Harry herausbrachte, bevor er erneut in einen Lachanfall ausbrach.

Der chinesische Taxifahrer blickte interessiert und sichtlich verunsichert in den Rückspiegel. Welch seltsames Benehmen diese Langnasen an den Tag legten!

»Ja, und? Kennst du diese Frau?«

»Na sicher!«, rief Harry aus. »Das ist doch …«, er fing sich noch gerade rechtzeitig, »das ist Anuschka Horn. Die Managerin von Seeberstein.«

»Und was ist daran so komisch?«

»Wie ich gelesen habe, sollte *er* eigentlich auf diesem Kamel sitzen. Du weißt schon, bei so einer Fernsehsendung, in der sie Stars in die Wüste schicken. Doch Seeberstein hatte Wichtigeres zu tun. Und nun ist seine Managerin an seiner Stelle gefahren. Sie hatte den Vertrag für Seeberstein schon unterschrieben. Und hätte eine hohe Strafe zahlen müssen, hätte sie sich nicht als Ersatz zur Verfügung gestellt.« Er lachte wieder laut auf.

Franziska schüttelte den Kopf. Also, sie fand das nicht witzig. »Was sollen diese Prüfungen?«

»Ach, was weiß ich.« Daran war er nicht sonderlich interessiert. »Anscheinend muss immer einer eine Prüfung bestehen, damit alle etwas zu trinken bekommen. Und nun, da es die liebe Anuschka vom Kamel geschmissen hat, dürfte die ganze Gruppe am Rande des Verdurstens sein.«

Franziska entgegnete ernst: »Aber das ist doch nicht lustig! Das ist Folter! Und erinnert mich an das finsterste Mittelalter.«

Harry faltete die Zeitung zusammen: »Da magst du schon Recht haben, Franziska, doch es gibt einen entscheidenden Unterschied: Die Menschen damals hatten sich nicht freiwillig gemeldet, um sich dieser Folter zu unterziehen. Damals waren keine Fernsehkameras auf sie gerichtet, um den sensationsgeilen Zuschauern zu Hause zu zeigen, was sie für tolle Typen sind. Manchen Leuten ist eben jedes Mittel recht, um ins Fernsehen zu kommen. Und weil sie keine Leistungen vorzuweisen haben, wegen derer ohnehin jedermann von ihnen Notiz nehmen würde, lassen sie sich vor so einen Karren spannen.« Harry legte die Zeitung neben sich.

»Aha, Seeberstein ist also auch schon so weit abgerutscht, dass er solche Sendungen braucht«, sagte Franziska mehr oder weniger beiläufig.

Harry wurde mit einem Schlag ernst, und seine Lippen waren so verkniffen wie an all den Tagen in Peking noch nie zuvor. Seine Stimme klang hart: »Nein, das ist er eben nicht. Darum ist er ja auch nicht dort.«

Zum Glück fuhr in diesem Augenblick der Taxifahrer an den Straßenrand und deutete auf ein Straßenschild. Sie hatten ihr Ziel erreicht.

Franziska bezahlte und ließ sich die Rechnung geben. Sie war schon einmal in dieser Straße gewesen, und die gefiel ihr ganz besonders gut. Harrys Stimmungsumschwung war ihr gar nicht aufgefallen.

Sie sprang aus dem Wagen. »Ist es hier nicht traumhaft? Ein Straßencafé neben dem anderen. Was für eine

Mischung aus asiatischer und südländischer Atmosphäre!« Sie hakte sich bei Harry unter.

Der warf die Zeitungen in einen Mülleimer und war sofort wieder von seinen trüben Gedanken abgelenkt.

»In dem Café da vorne bekommt man den besten Cappuccino. Und noch weiter vorn, auf der anderen Straßenseite, ist ein bayrisches Kaffeehaus. Das hat eine Chinesin eröffnet, die lange Jahre in München gelebt hat. Das letzte Mal, als ich hier war, habe ich einen Topfenstrudel versucht. Das hätte ich lieber bleiben lassen. Denn er schmeckte grauenhaft. Ich hatte mich ohnehin gewundert, dass es hier Quark geben sollte. Denn die chinesische Küche kommt ja bekanntlich völlig ohne Milch aus.«

»Ja, ich habe auch gehört, dass sie hier die Milch nicht gut vertragen«, pflichtete Harry ihr bei. »Ein Cappuccino wäre jetzt eine großartige Idee.«

Sie schlenderten die Straße entlang, vorbei an zahlreichen Händlern, die ihnen heute vergeblich »Si di? Di vi di?« zumurmelten, und fanden wirklich noch einen Platz im anvisierten Café. Ein freier Tisch stand in der Sonne bereit, so als hätte er auf sie gewartet.

Sie hatten gerade die Bestellung aufgegeben, als Franziskas Handy leise ertönte. Sie kramte in ihrer Tasche und meldete sich.

Es war Lukas. »Wo seid ihr? Ich bin bei euch im Hotel. Ich habe großartige Neuigkeiten. Allerdings müssen wir uns beeilen.«

Sie stornierten die Bestellung, ließen ein großzügiges Trinkgeld auf dem Tisch liegen, obwohl sie wussten, dass Trinkgelder nicht üblich waren, und hielten das nächste Taxi an.

XV

Eine gute Viertelstunde später betraten sie die Hotelhalle und trafen dort einen freudestrahlenden Lukas Bares, der mit weit ausgestreckten Armen auf sie zuging, Franziska in seine Arme nahm und sie in der Luft herumwirbelte.

Harry stand stocksteif daneben. Es gefiel ihm immer noch nicht, wenn die beiden so vertraut miteinander umgingen. Gut, Lukas Bares war verheiratet. Aber das war er selbst auch, also bedeutete es nichts. »Was sind das für Neuigkeiten?«, erkundigte er sich, als Lukas Franziska wieder auf dem Boden abstellte.

Lukas musterte ihn mit einem raschen Blick von oben bis unten, dann musterte er auch Franziska. »Am besten, ihr werft euch jetzt in Businesskleidung. Wir sollten spätestens in zehn Minuten aufbrechen. Ich erkläre euch alles Weitere im Auto.«

»Wohin fahren wir?« Franziska war schon auf dem Weg zum Lift.

»Nach Tianjin.«

»Tianjin? Ist das nicht die Stadt, in der Sie wohnen? Was machen wir dort?« Harry hatte keine Lust, sich von diesem Brad-Pitt-Verschnitt herumkommandieren zu lassen. Wer war er denn? Er war Seeberstein. Er war gewohnt, dass man ihn nach seinen Wünschen fragte.

Und nicht, dass man ihn wie einen kleinen Jungen zum Umkleiden schickte.

»Tianjin ist eine der größten Städte Chinas. Sie liegt etwas südlich von Peking. Dort leben nicht nur Melissa und ich, sondern Millionen anderer Einwohner. Aber das ist im Moment nicht wichtig. Wichtig ist, dass es dort eine Kofferfabrik gibt. Wie gesagt, alles Weitere im Auto, und jetzt bitte Beeilung.«

Eine knappe halbe Stunde später saßen sie in Lukas' Wagen. Diesmal war das Auto eine große schwarze Limousine mit dunkel getönten Scheiben. Ein Chauffeur in Uniform saß am Steuer und blickte regungslos geradeaus, als sie einstiegen.

»Was für eine Luxuskarosse.« Diese spöttische Bemerkung konnte sich Harry nicht verkneifen. Das letzte Mal, dass er in so einem Wagen gefahren war, war, als ihn ein amerikanischer Kollege zu einem Presseempfang mitgenommen hatte.

»Ja, nicht wahr?« Lukas grinste. »Das ist das Auto meines Schwiegervaters. Er ist ein ranghoher Politiker in der Provinz Tianjin. Getönte Scheiben sind hierzulande ein wichtiges Statussymbol.« Er gab dem Fahrer auf Chinesisch Anweisungen, wohin er fahren sollte, dann schloss sich die Scheibe zur Fahrerkabine.

Lukas wandte sich an seine beiden Gäste, die neben ihm auf der Rückbank saßen und gespannt auf seine Erklärungen warteten. »Also, ich will euch nicht mehr länger auf die Folter spannen. Mei Ling hat erreicht, was ich gehofft hatte.«

»Wer ist Mei Ling?«

»Das ist der chinesische Name meiner Frau. Meine Frau heißt Mei Ling. Mei ist der Familienname. Chinesische Frauen nehmen nicht den Namen ihres Mannes an. Diese Sitte ist hier unbekannt. Und es ist auch nicht üblich, dass sie mit den Vornamen angesprochen werden. Hierzulande geben Eltern ihren Kindern lieber einen unscheinbaren Vornamen. Als man in China noch mehrere Kinder haben durfte, benannten sie sie manchmal einfach nach Zahlen. Das erste Kind hieß Eins, das zweite Zwei. Namen, die uns nicht im Traum einfallen würden. Doch hier hat es den Zweck, die schlechten Geister von dem Kind fernzuhalten. In den letzten Jahrzehnten ist es allerdings üblich geworden, dass sich jugendliche Chinesen einen westlichen Vornamen zulegen. Und darum heißt Mei Ling auch noch Melissa. Dieser Name kann dann gefahrlos ausgesprochen werden.«

»Aha, so ist das.« Franziska war fasziniert und kurz von ihrem eigentlichen Thema abgelenkt.

Harry war da ungeduldiger: »Was also hat Ihre Mei Ling erreicht?«

»Ich habe meiner Frau erklärt, dass Franziska und ich alte Freunde sind. Freundschaft ist hier in China etwas sehr Wichtiges.«

»Könnten Sie bitte auf den Punkt kommen? Für philosophische Betrachtungen haben wir später auch noch Zeit.«

Franziska legte Harry beschwichtigend die Hand auf den Arm: »Mat, es ist gut. Lukas wird wissen, warum er uns das erzählt.«

Lukas schenkte ihr ein zärtliches Lächeln. Das trug nicht gerade dazu bei, Harry zu besänftigen.

»Also, ich erzählte meiner Frau, dass Franziska und ich alte Freunde sind. Freundschaft ist in China etwas sehr Wichtiges, wie ich eben schon sagte. Ich erzählte überdies, dass Franziska und ich aus derselben Stadt kommen. Das ist in China auch sehr wichtig. Wenn man hier Geschäfte machen will, ist es gut, sich von westlichen Vorstellungen zu lösen. Wir im Westen kennen das Individuum, wir streben danach, uns selbst zu verwirklichen. Das ist in China ganz unbekannt. In China ist die kleinste Einheit der Gesellschaft die Familie. Menschen, die außerhalb einer Familie stehen, werden gering geachtet. Wenn man dich also jetzt fragt, Franziska, ob du verheiratet bist, dann sag um Himmels willen, dass du verlobt bist und bald zu heiraten gedenkst. Sag nicht, dass deine Verlobung soeben in die Brüche gegangen ist.«

»Nett, sie daran zu erinnern!« Harry Stimme triefte vor Hohn.

Franziska beachtete ihn nicht. »Warum ist das wichtig?«

»Du bist über dreißig, Franziska, entschuldige, dass ich das sage. Aber in diesem Alter hat eine Chinesin verheiratet zu sein. Sonst denkt man, dass etwas mit ihr nicht stimmt.«

»So gesehen könnten Bertrand und meine Mutter glatt Chinesen sein. Aber was hat mein Alter wirklich …«

Lukas hob abwehrend die Hand. »Bevor ihr über mich herfallt: Ich habe diese Regeln nicht aufgestellt. Also bitte, Franziska: Du bist verlobt und wirst in Kürze heiraten, ja?«

Franziska nickte.

Lukas lächelte wieder: »Ich wusste doch, dass du vernünftig bist.« Er tätschelte ihre Schulter.

»Weiter!«, forderte Harry.

»Wo war ich stehen geblieben? Ach ja, ich war gerade dabei, euch die Wichtigkeit von Freundschaft hier in China zu erklären. Das geht zurück auf die Regeln des Konfuzius. Die Regeln des Konfuzius sind keine Religion, sondern Regeln, die den Alltag bestimmen. Und sie besagen, zum Beispiel, dass der Vater über dem Sohn steht. Und der ältere Bruder über dem jüngeren. Und der Mann über der Frau.«

Harry lachte auf: »Wie praktisch.«

»Na ja, wie man's nimmt«, wandte Lukas ein, »denn auf der einen Seite ist natürlich die Frau dem Mann Gehorsam schuldig. Auf der anderen Seite ist er verpflichtet, für sie zu sorgen und sie zu beschützen. Es ist also, wenn man so will, eine gerechte Aufteilung von Rechten und Pflichten. Doch wir kommen vom Thema ab.«

»Das erscheint mir auch so.« Harry hatte keine Ahnung, warum er diesen Mann nicht mochte, aber er mochte ihn nicht. Und sein lang ausuferndes Geschwafel schon gar nicht. Dass es interessant war, was er ihnen erzählte, das stand auf einem anderen Blatt. Und er war jetzt nicht geneigt, das zuzugeben.

»Am wichtigsten ist also die Familie, die hält eisern zusammen. Das nächste ist die Dorfgemeinschaft. Alle, die aus demselben Dorf kommen, fühlen sich verbunden. Dann kommt die Provinz. Mit Menschen aus der eigenen Provinz hält man mehr zusammen als mit Menschen aus anderen Provinzen. Das ist auch der Grund, warum sich Chinesen, die sich im Ausland treffen, immer fragen: ›Aus welcher Provinz kommst du?‹«

»Und was hat das, bitte schön, mit uns zu tun?«

»Ganz einfach: Das war der Grund, warum ich meiner Frau alles über Franziska erzählte. Ich wusste, es würde ihr ein Anliegen sein, Franziska zu helfen. Denn schließlich ist sie nicht nur mit mir befreundet, sondern sie kommt auch aus der gleichen Stadt. Mei Lings Vater ist, wie ich erzählt habe, ein hoher Parteifunktionär. Mei Lings Mutter ist beim Militär. Sie war dort lange Jahre Tänzerin.«

Harry lachte auf: »Sie war Tänzerin beim Militär?« Nun war sein Interesse doch erweckt.

Lukas nickte: »Das ist nichts Ungewöhnliches. Sie tanzen bei Militärgalas, bei zahlreichen Veranstaltungen. Eine der Tänzerinnen, die mit meiner Schwiegermutter beim Militär war, hat später einen Angestellten einer Taschenfabrik geheiratet. Dieser Mann hat es mit den Jahren in eine leitende Position in diesem Werk geschafft. Gestern bin ich gemeinsam mit meinen Schwiegereltern beim Direktor des Werkes gewesen. Der Mann der Freundin meiner Schwiegermutter ist dort Vizepräsident. Wir haben ihnen den Koffer vorgestellt und ihnen vor allem die Dringlichkeit vor Augen geführt. Und es war klar, dass wir die Hilfe für eine Freundin brauchen.« Lukas schwieg nachdenklich.

»Ja, und?«, fragte Franziska, nun auch ungeduldig geworden, »werden sie den Koffer herstellen oder nicht?«

Lukas zuckte die Schultern. »Das kann man noch nicht sagen. Es war schon eine ganz tolle Chance, dass wir dieses Gespräch gestern führen konnten. Üblicherweise dauert es viele Tage, um bei der Direktion einen Termin zu bekommen. Allein die Tatsache, dass sie bereit sind, euch heute schon zu empfangen, ist ein gutes Zeichen. Nun liegt es an euch. An dir, Franziska, und an Ihnen, Herr Gerstenberg. Sie sind dort natürlich als Rechtsanwalt angekündigt. Es geht in erster Linie ohnehin nicht um rechtliche Dinge. Es geht darum, euch kennen zu lernen, ein freundschaftliches Verhältnis aufzubauen. Am Abend wirst du mit meiner Schwiegermutter und ihrer Freundin essen gehen, Franziska. Das ist eine besondere Ehre, und man erwartet, dass du diese entsprechend würdigst. Herr Gerstenberg und ich werden den Firmendirektor zum Essen einladen.«

»Isst man hier getrennt nach Geschlechtern?«, erkundigte sich Franziska. »Ich dachte, das gibt es nur im arabischen Raum.«

Lukas schüttelte den Kopf: »Nein, natürlich isst man hier auch in gemischter Runde. Doch meine Schwiegermutter und ihre Freundin möchten dich besser kennen lernen. Um abschätzen zu können, ob du ihrer Freundschaft und ihres Vertrauens würdig bist. Würdig, dass sie sich so für dich einsetzen. Sei froh, dass du nicht mit uns kommen wirst. Das wird ohnehin nur ein Riesenbesäufnis.«

»Ich habe jedenfalls nicht vor, mich zu besaufen«, warf Harry ein. Natürlich war er gespannt, wie diese Geschichte weiterging. Doch war ihm wieder reichlich mulmig zumute. Es war eine andere Sache, sich in einer Verhandlung als Rechtsanwalt auszugeben, wenn die Details bereits geklärt waren, wenn ein Vertrag schon mehrere Male in allen Punkten durchgesprochen war, als hier vor Leuten, denen die Einzelheiten nicht bekannt waren. Er konnte nur froh sein, dass dieses Gespräch so weit weg von Deutschland stattfand. Hier würde das deutsche Recht wahrscheinlich niemanden interessieren. Es würde also nicht auffallen, dass er kaum eine Ahnung davon hatte. Und niemand würde Anstoß daran nehmen, dass er im chinesischen Recht nicht bewandert war. Hoffte er jedenfalls. Sein Cousin Max war Anwalt. Er konnte sich nicht vorstellen, dass der auch nur einen Paragraphen aus dem chinesischen Recht kannte.

Apropos Anwalt: »Wir haben heute mit Franziskas Anwalt in Deutschland telefoniert. Er leitet alles in die Wege, um den Namen ›Querulin‹ für Koffer schützen lassen. Nicht auszudenken, wenn Franziskas Franzose schon auf diese Idee gekommen wäre.«

»Sehr gut«, befand Lukas.

»Franziskas Franzose« – Mat hörte sich schon an wie mein Vater, dachte Franziska. Ach Papa, wie froh wirst du sein, wenn du hörst, dass die Verlobung geplatzt ist. Mutter würde sicher bei weitem weniger erfreut sein. Da würde wohl die Nebenniere in den nächsten Wochen wieder für Gesprächsstoff bei den Bridgefreundinnen sorgen müssen.

Und dann sprachen sie die bevorstehende Verhandlung in allen Einzelheiten durch. Lukas machte sie auf alles aufmerksam, was sie beachten mussten. Auch dieses Gespräch würde mit langem Smalltalk beginnen. Das war in China so üblich und durfte auf keinen Fall mit Ungeduld unterbrochen werden. China zu loben, erlaubte dem chinesischen Gastgeber, sein Gesicht als Chinese zu wahren. Das war unbedingt notwendig. Kritische Bemerkungen würden jedoch dazu beitragen, dass er sein Gesicht verlor. Und wenn jemand dazu beitrug, dass ein anderer das Gesicht verliert, dann hatte er auch selbst das Gesicht verloren. Und mit verlorenem Gesicht gab es keine Koffer. So einfach war das.

»Ich hoffe so, dass deine Rechnung aufgeht, Luke. Und dass wir mit dieser Firma in Tianjin zu einer Einigung kommen. Wie heißt diese Firma, zu der wir jetzt fahren?«

»Tianjin Modern Suitcase Production Ltd.«

Der Name verwunderte Franziska nicht. Sie war es längst gewohnt, dass die Unternehmen in China lange, für unsere Begriffe seltsame Bezeichnungen trugen.

»Ich hoffe, wir kommen rasch zu einer Einigung. Und die können sofort mit der Produktion beginnen. Ich will unbedingt die Erste sein! Ich will unbedingt den Koffer für die moderne Businessfrau vor Bertrand auf den Markt bringen! Nicht auszudenken, was wäre, wenn er es zuerst schaffte, die Koffer auszuliefern.«

Franziska lehnte sich aufseufzend zurück, um aus dem Fenster zu schauen, die Landschaft an sich vorüberziehen zu lassen. Der Fahrer fuhr zügig, um genau zu sein, er fuhr in einem Höllentempo. Viele seiner Kollegen taten es ihm gleich. Vom Grundsatz, möglichst auf der rechten Spur zu fahren, schienen wiederum andere noch nichts gehört zu haben. Sie schlichen mit fünfzig Stundenkilometern auf der mittleren Fahrspur dahin. Also fand ein lebhaftes Überholen statt, einer rechts, einer links, stets mit lautstarkem Gehupe.

»Es ist wirklich ein Wunder, dass hier nicht mehr passiert.«

»Ach, es passiert eine ganze Menge«, antwortete Lukas, und es hatte nicht den Anschein, als würde ihn das sehr beunruhigen.

Doch Franziska achtete gar nicht auf seine Worte. Starr vor Schreck schaute sie aus dem Fenster, ihr ausgestreckter Arm zeigte auf das, was sie soeben erblickt hatte. »Da, da, da, schau, Mat, schau!«

Harry folgte ihrem Blick. Was sie da erschreckt hatte, war aber auch wirklich sensationell. Da war ein Geisterfahrer. Allerdings nicht nur ein gewöhnlicher Geisterfahrer, sondern ein Geisterradfahrer. Auf der Überholspur.

Auch das schien Lukas schon lange nicht mehr zu überraschen: »Das kommt in dieser Gegend häufig vor«, erklärte er seelenruhig.

»Ja, gibt es denn hier keine Polizei, gibt es niemanden, der die aufhält?«

»Natürlich fährt ab und zu die Polizei vorbei. Aber glaube mir, da wären viel mehr Polizisten nötig, um hier wirklich für Ordnung zu sorgen. Außerdem haben die andere Probleme.«

Du bist der Geisterfahrer in meinem Leben,
gegen den Strom, gegen den Strich,
du bestimmst das Tempo meiner Gedanken,
und am Schluss bleibt unter dem Strich
nichts als ich.

geschrieben von Seeberstein auf der Fahrt
zwischen Peking und Tianjin im Juni
verworfen von Seeberstein zwischen Wohnung und Tonstudio
im September

Es war schon lange nach zwei Uhr morgens, als Franziska unter die dünne Decke ihres Hotelbettes schlüpfte. Was für ein Tag! Sie hätte gewünscht, Mat wäre hier bei ihr. Er würde sie wieder im Arm halten, so wie in der vorvorletzten Nacht. Doch daran war dieses Mal nicht zu denken. Franziska kicherte.

Mat war stockbetrunken. Die chinesischen Partner hatten ihm Runden um Runden Mao Tai eingeschenkt. Das war ein einheimischer Schnaps, der, wenn man Mat glauben konnte, geradezu grauenhaft schmeckte.

»Ich habe mich, ehrlich gesagt, gewundert, dass ich mich nicht schon bei Tisch übergeben habe«, hatte er ihr aufstöhnend erzählt, als sie ihn nach ihrem Heimkommen in seinem Zimmer anrief, um sich zu erkundigen, wie der Abend in seiner Männerrunde verlaufen war. »Zum Glück fand ich dafür eine Herrentoilette auf dem Weg nach draußen.«

»Warum hast du denn den Schnaps überhaupt getrunken, wenn du ihn so scheußlich fandest?«, hatte sie wissen wollen.

»Was hätte ich denn tun sollen?« Ein Stöhnen war durch die Leitung gedrungen. »Es war der absolute Wahnsinn, Franziska! Immer und immer wieder ist ein Chinese aufgestanden, erhob sein Glas und rief ›Gambe!‹. Einer nach dem anderen! Lukas hat gesagt, wir müssen unbedingt mittrinken. Hätten wir uns geweigert, wäre das nicht nur unhöflich gewesen. Deine Geschäftspartner hätten das Gesicht verloren. Und wir auch. Also hab ich mir gedacht: Augen zu und durch! Was hätten wir dir alle denn ohne Gesicht genützt?«

Franziska war gerührt. Es hatte sich noch nie jemand ihr zuliebe betrunken.

Dabei hatte der Nachmittag so seriös begonnen. Zuerst hatten sie den Direktor der Exportabteilung kennen gelernt. Und den Direktor der Produktion. Zu Franziskas Erstaunen war dieser Direktor eine Frau. Was sie allerdings noch viel mehr erstaunte und nachträglich noch immer erheiterte, war die unerwartete Begrüßung dieser Dame. Mrs. Yang hatte ihr freudestrahlend die Hand gereicht und dazu lächelnd gemeint: »Ich freue mich, dass nun endlich auch Frauen aus dem Westen so weit sind, mit uns Geschäfte zu machen.«

Franziska kicherte in ihr Kopfkissen hinein.

Wie anders war dieses Gespräch verlaufen als ihr Treffen mit den Herren von Yu Yi. Beziehungen. Freundschaften. Auch bei uns zu Hause ein Türöffner. Hierzulande eine absolute Notwendigkeit. Bei Yu Yi hatte Kaufmann für diese Beziehungen gesorgt. Sie selbst war austauschbar: Kam Kaufmann mit Bertrand, der für die Koffer mehr bot, so ließ man sie, ohne mit der Wimper zu zucken, fallen. Dieser Fehler würde ihr nicht mehr passieren. Gut, Lukas hatte ihr hier die Tür geöffnet. Doch sie würde darauf achten, dass diese Beziehung nicht nur über ihn lief. Sie selbst würde ihren Aufenthalt verlängern und zumindest die Anfänge der Produktion überwachen.

Die Anfänge der Produktion! Es war unvorstellbar. Hatte es gerade noch so ausweglos ausgesehen, so war sie heute ihrem großen Ziel wieder einen Schritt näher gekommen.

Gut, die Verträge mit »Tianjin Modern Suitcase Production Ltd.« waren noch nicht unterzeichnet. Und doch hatten alle wichtigen Personen der Kofferfabrik mit Interesse ihren Ausführungen zugehört. Sie hatten ihr auch die Stoffe gezeigt, und sie hatte bereits ihre Wahl getroffen. Mats Idee, ein großes Q in den Stoff zu weben, hatte man mit wohlwollendem Nicken zur Kenntnis genommen. Die Vorhängeschlösser aus schwerem Messing waren ebenso wenig ein Problem wie die messingfarbenen Reißverschlüsse. Mat hatte auch noch die Idee, dass ein Lederkoffer in Erwägung gezogen werden sollte. Lederkoffer stellte diese Fabrik nicht her. Aber ein guter Freund, wie Mrs. Yang erklärt hatte, ein guter Freund arbeitete in einer Fabrik am anderen Ende der Stadt, die Lederwaren herstellte. Sie würde einen Termin vereinbaren, gar kein Problem.

In den nächsten Tagen würden sie weiterverhandeln. Mat war großartig in seiner Rolle als Rechtsanwalt.

Franziskas Gesicht begann zu strahlen: Mat. Sie hatte sich schon an diesen Spitznamen gewöhnt. Matthias. Matthias klang noch etwas fremd. Es war toll, wie er sich in dieses Projekt hineinkniete. Es war, als wäre er von Anfang an an ihrer Seite gewesen. Als wären ihre Ideen so in seinen Kopf eingedrungen, dass er sie weiterentwickeln konnte. Und zwar so weiterentwickeln, wie sie es selbst getan hätte. Vom Technischen hatte er natürlich keine Ahnung. Und auch vom Rechtlichen nicht. Aber es gelang ihm gut, das zu überspielen. Wenn der chinesische Partner eine Vertragsbedingung erklärt haben wollte, dann tat das meistens sie. Sie war ja schließlich bei allen Vorgesprächen dabei gewesen und kannte die Argumentation ihres Rechtsanwaltes. Mat machte sich vor allem Gedanken um die Vermarktung. Und dachte dabei in ganz anderen Dimensionen, als sie das je getan hätte. Ihr Vorhaben war ja gewesen, die Koffer in Deutschland zu vertreiben. Später auch in Österreich und in der Schweiz, denn diese beiden Länder erreichte man über dieselben Medien. Sie wollte in ein, zwei Frauenzeitschriften immer wieder Anzeigen schalten. Natürlich hatte sie eine eigene Homepage geplant. Und sie wollte, wenn es möglich war, die tolle Neuerung auf dem Koffermarkt in einer Talkshow präsentieren. Im Übrigen setzte sie auf Mundpropaganda. War eine Frau mit ihrem Koffer zufrieden, würde sie das ihren Freundinnen erzählen. So würde sie nach und nach diese Koffer an die Frau bringen. Das war ihr Plan gewesen.

Doch Mat dachte anders. Mat dachte an weltweite Vermarktung. Er dachte an einen Werbefilm. Und an Modenschauen, bei denen ihr Koffer präsentiert wurde.

»Ja klar, von Claudia Schiffer! Oder vielleicht von Naomi Campbell?« Sie hatte gelacht, doch Mat hatte nicht in dieses Lachen eingestimmt.

»Ich denke weniger an die Schiffer«, hatte er gemeint und dabei so ernst gesprochen, als würde er seine eigenen Worte für bare Münze halten, »aber was hältst du von Giselle Verleinen?«

Franziska musste jetzt noch darüber lachen. Ja natürlich, Giselle Verleinen. Als ob sie sich dieses Model jemals leisten könnte! Natürlich wäre es großartig, wenn Giselle Verleinen ihren Koffer über den Laufsteg tragen würde. Giselle sah in einem Business-Kostüm sicher göttlich aus. Und dazu erst der Koffer an ihrer Seite! Natürlich konnte er das nicht ernst gemeint haben, denn Giselle Verleinen war unerschwinglich.

»Und dann solltest du unbedingt noch einmal über ein Männermodell nachdenken«, hatte Mat vorgeschlagen, »wir machen den Ladykoffer in bunten Farben. Pastell ist jetzt angesagt. Und den Herrenkoffer in schlichtem Dunkelgrün oder Anthrazit.«

»Pastell!«, hatte sie ausgerufen, »Pastell ist doch viel zu empfindlich. Eine Businessfrau will sich doch nicht damit belasten, auf ihren Koffer aufzupassen.«

Diesen Einwand hatte Mat gelten lassen: »Gut, dann machen wir die pastellfarbenen Koffer nur für die ›oberen Zehntausend‹. Die, die sich ohnehin nicht darum kümmern, weil sie Bedienstete haben, die das Gepäck reinigen. Und wir nehmen ein kräftiges Rot und ein schlichtes Blaugrau für die Businessfrau und Schwarz, Anthrazit und Grün für den Herrn.«

Wie hätte ihr diese Farbauswahl nicht gefallen sollen?

»Weißt du«, hatte Mat in einer Verhandlungspause erklärt, »zwischen den pastellfarbenen und den dunkleren Koffern besteht außer der Farbe nur ein Unterschied: der Preis. Du musst die Pastellfarbenen unbedingt teurer ansetzen, denn Leute, die solche Koffer kaufen, wollen ordentlich Geld bezahlen für das, was sie bekommen. Je mehr, desto besser. Ein pastellfarbener Koffer, das ist ein Statussymbol.«

»Meinst du wirklich?«

Das klang ja zu schön, um wahr zu sein! Ach, es machte so viel Spaß mit einem Menschen, der einen verstand, gemeinsam in den blühendsten Träumen zu schwelgen!

»Ich will auch einen Querulin-Koffer! Ach Schatz, wenn du mich wirklich liebst, dann kaufst du mir auch so einen Koffer mit Q!«, hatte Mat geflötet und dabei den schmollenden Tonfall verwöhnter Damen genau getroffen.

Franziska hätte sich ausschütten können vor Lachen.

Das hatte Mat zu immer neuen Höhenflügen schauspielerischer Leistung gereizt: »Für mich einen pastellfarbenen Q-Koffer! Einen richtigen Quoffer!«

Ja, das war es! Das war die Bezeichnung, die viel besser einschlagen würde als das sperrige »Querulin–Koffer«. Die Frau von heute, die moderne Businessfrau, die elegante Society-Lady, alle wollten einen Quoffer.

»Ich muss die Idee mit Quoffer sofort an Matthias durchgeben.« Mat hatte nach seinem Handy gegriffen.

»An Matthias?«

Mat war kurz irritiert gewesen, hatte dann aber mit ruhiger Stimme erklärt: »Natürlich, Matthias. Matthias, das ist meine rechte Hand in der Agentur. Am besten, du sagst deinem Dr. Sommer Bescheid. Er soll die Bezeichnung ›Quoffer‹ unbedingt ebenfalls weltweit schützen lassen.«

Kurz darauf war dann die Verhandlung fortgesetzt worden. Neue Gesprächspartner waren dazugekommen, während sich der Generaldirektor wieder verabschiedet hatte. Es war offensichtlich, dass er seinen Segen gegeben hatte und nun die Fachleute die Erlaubnis erhielten, sich um die Details zu kümmern.

Auch der Abend mit den Damen war eine Erfahrung für sich gewesen. Mat war mit Lukas und den chinesischen Geschäftspartnern aufgebrochen, um den Abend unter Männern zu verbringen. In einem feinen Restaurant würden sie auf Franziskas Kosten zu Abend essen und anschließend eine Karaoke-Bar besuchen, um dort mit Hingabe westliche und asiatische Lieder zu singen. Lukas kannte die Vorliebe seiner chinesischen Kollegen für derartigen Gesang zur Genüge. So hatte er nur kurz aufgestöhnt und sich dann ins Unvermeidliche gefügt.

Franziska hatte angenommen, Mat würde sich weigern, Karaoke zu singen. Sie kannte keinen Mann, der nicht bei dem bloßen Gedanken, vor anderen aus dem Stegreif irgendwelche Evergreens zu singen, Schweißausbrüche bekommen hätte.

Mat hatte nur mit den Schultern gezuckt und gemeint: »Wenn dir das bei deinen Geschäften weiterhilft, Franziska, dann singe ich eben.«

Dafür hätte sie ihn schon wieder auf der Stelle umarmen können. Doch das war natürlich unmöglich. Es hätte wohl überall auf der Welt seltsam ausgesehen, wenn eine Businessfrau ihren Rechtsanwalt vor allen anderen umarmt und abküsst.

Die Damen hatten für Franziska ein Sezchuan-Restaurant ausgesucht.

Sie waren zu fünft. Mei Ling mit ihrer Mutter, einer älteren Dame mit weißen Strähnen im schwarzen Pagenkopf. Sie war sehr still, hatte meistens die Augen zu Boden geschlagen und sah so gar nicht aus, wie Franziska sich eine Angehörige des Militärs vorgestellt hatte. Wie eine Tänzerin des Militärs schon gar nicht. Allerdings musste sie zugeben, dass sie keine Ahnung hatte, wie denn eine Tänzerin des Militärs auszusehen hatte.

Ihre Freundin kam Franziskas vagen Vorstellungen davon schon näher, obwohl diese schon lange vom Heer ausgeschieden war. Sie war für eine Chinesin relativ groß, trug ihre grauen Haare kurz geschnitten und ihre Stimme hatte etwas Kommandierendes an sich.

Mei Ling hatte die Autotür geöffnet und darauf bestanden, dass Franziska sich auf den vorderen Sitz setzte, während ihre Mutter, die Freundin der Mutter und eine weitere Freundin, die Franziska noch nicht kannte, kichernd im Fond Platz nahmen.

Das Restaurant war schlicht eingerichtet, nichts von dem chinesischen Schnickschnack, der in Europa so viele Chinarestaurants zierte. Einfache Tische, ein buntes Sammelsurium an Stühlen, ein großer, beleuchteter Fischbehälter neben dem Eingang.

Vier Kellnerinnen in grüner Uniform stürzten herbei, schoben ihnen dienstbeflissen die Stühle zurecht und legten ihnen Servietten über den Schoß. Ein junger Kellner in gleicher Uniform goss aus einer Messingkanne in einem langen Strahl kochend heißen Tee in die bereitgestellten Tassen.

Die Damen hatten ihre Jacken ausgezogen und über die Stuhllehnen gehängt. Eine Kellnerin kam umgehend mit weißen Schutzhüllen, um damit die Kleidungsstücke abzudecken.

Madame Mei und ihre Freundin steckten die Köpfe zusammen und diskutierten ausgiebig die Speisenfolge. Franziska verstand kein Wort. Mei Ling trug ihres zur Unterhaltung bei, und auch die vierte Freundin mischte sich ein. So dauerte es geraume Zeit, bis sich die Damen auf das Menü geeinigt hatten.

Nach und nach wurden einfache weiße Teller, gefüllt mit den verschiedensten Spezialitäten, in die Mitte des Tisches gestellt. Den Beginn machten gekochte Erdnüsse und gekochter Salat, dann folgten Garnelen und Seegurken in Sauce. Fettes Schweinefleisch brutzelte in einer eisernen heißen Schale. Tofu wurde serviert.

Mei Ling, die die Namen aller Gerichte für Franziska übersetzte, stockte: »Ich habe keine Ahnung, wie dies hier auf Englisch heißt.« Sie schenkte ihrem Gast ein bedauerndes Lächeln. »Wir nennen es Tofu.«

Das fand Franziska originell: »Wir nennen es auf Deutsch ebenfalls Tofu.«

Mei Ling übersetzte diesen Satz für die anderen Damen, und alle stimmten ein kicherndes Lachen an.

Dann wurde ein großer Fisch serviert. Franziska wollte gar nicht daran denken, dass er noch vor nicht allzu langer Zeit im Fischbehälter neben dem Eingang geschwommen war. Der Fisch schmeckte köstlich, und man aß ihn, wie alles andere auch, mit Stäbchen direkt von der Platte in der Mitte des Tisches.

»Es ist nicht erlaubt, den Fisch umzudrehen«, sagte Mei Ling, »denn dann würde ein Schiff sinken. Mit allen Matrosen!« Es war nicht zu erkennen, ob sie ihren Worten selbst Glauben schenkte.

Ein Unglück verursachen, das wollten die vier Damen keinesfalls. Und Franziska auch nicht.

Wie es der Sezchuan-Küche entsprach, waren die Gerichte köstlich, doch sie waren stark gewürzt, und Franziska brauchte einige Krüge Wassermelonensaft, um ihren Gaumen wieder zu beruhigen. Zum Glück war ein gemeinsames Besäufnis im Kreis von Damen nicht üblich.

»Warum sind Sie nicht verheiratet?«, fragte die Frau des Vizepräsidenten der Kofferfabrik.

Franziska zuckte zusammen. Wenn auch vieles in China tabu war, um nicht das Gesicht zu verlieren, diese Frage war es nicht. Sie dachte an Lukas' mahnende Worte und erklärte, sie sei verlobt und die Hochzeit stünde in Kürze bevor.

Das nahmen die Damen mit wohlwollendem Lächeln zur Kenntnis.

»Oh«, sagte Mei Lings Mutter, »was ist Ihr Verlobter für ein Mann? Ist er ein guter Mann? Wird er Ihrem Kind ein guter Vater sein?«

Franziska beeilte sich, das zu versichern.

Und als die Damen noch mehr wissen wollten, erzählte sie ihnen Geschichten über ihren angeblichen Verlobten. Der hatte jedoch nicht die geringste Ähnlichkeit mit Bertrand. Wenn man allerdings genau hinhörte, dann konnte man Ähnlichkeiten mit Harry entdecken. Das merkte aber nicht einmal Franziska selbst.

Und dann sprachen die Damen über Mode und dem Vorhaben einer anderen Freundin, sich einer Schönheitsoperation zu unterziehen. Schönheitsoperationen erfreuten sich auch in China zunehmender Beliebtheit. Viele ließen sich die Augen operieren. Die Augen einer westlichen Frau waren das Schönheitsideal. Und dann konnte man ja auch gleich die Bauchdecke straffen oder die Brust vergrößern lassen. Das ging in einem.

Gegen zehn Uhr klingelte das Handy der vierten Dame. Sie wechselte einige Worte mit dem Anrufer und stand gleich darauf auf.

»Ihr Mann ist nach Hause gekommen«, erklärte Mei Ling, »und da ist es für eine chinesische Frau selbstverständlich, nach Hause zu gehen. Chinesische Männer können sich sehr schlecht allein beschäftigen. Sie wissen gar nicht, wie mich meine Freundinnen beneiden, dass ich einen Westeuropäer geheiratet habe. Westliche Männer sind so erfreulich selbstständig.«

Franziska wäre fast in lautes Lachen ausgebrochen.

Auch jetzt noch, Stunden später in ihrem Hotelbett, amüsierte sich Franziska über Mei Lings Feststellung. Während sie so dalag und den Tag Revue passieren ließ, war sie wohl eingeschlafen.

Sie schreckte auf, als am nächsten Tag um halb acht der Wecker klingelte, um sie unsanft aus dem Schlaf zu reißen. Und, um sie daran zu erinnern, dass weitere Verhandlungen bevorstanden.

Es dauerte noch vier Tage, vier volle Tage, bis der Vertrag endlich unterschrieben wurde und der Vorsitzende der Exportabteilung mit feierlicher Geste das Siegel unter den Vertrag setzte. Vier Tage, die Harry zermürbend fand und die Franziska im ständigen Wechsel zwischen Hoffnung und Verzweiflung hinter sich brachte.

Geduld war eine der obersten chinesischen Tugenden, und Geduld verlangte man auch vom Geschäftspartner. Wer keine Geduld aufbrachte, der hatte in Verhandlungen schlechte Karten.

Franziskas Geduld zahlte sich aus. Die Produktion konnte beginnen. Ihr Traum stand kurz davor, zum Leben erweckt zu werden.

An ihrem letzten Abend in Tianjin luden ihre neuen Geschäftspartner Franziska und ihre Begleitung zu einem großen Bankett in eines der besten Restaurants der Stadt ein. Als alle Platz genommen hatten, hielt der Exportleiter von »Tianjin Modern Suitcase Production Ltd.« eine lange, ausufernde Tischrede. Er lobte die Produkte seiner Firma, er lobte Franziskas Konstruktion, er lobte Deutschland, er lobte China, und er sah mit Zuversicht einer Frucht bringenden Partnerschaft entgegen. Da der Dolmetscher zu Franziskas Linken jeden Satz für sie übersetzte, dauerte es geraume Zeit, bis sie an der Reihe war, mit einer Tischrede ihren Dank auszusprechen.

Dann wurden die exquisitesten Speisen aufgetischt. Zuerst wurde jedem ein Teller mit einem großen Schneckenhaus serviert.

»Ach, wie hübsch!«, war Franziskas erster Gedanke, und ihr zweiter: »Und ich muss wirklich essen, was in diesem Haus steckt?« Ekelhaft! Aber, da musste sie durch. Rasch zog sie die dicke Schnecke heraus, schloss die Augen und schob sie in den Mund.

»Halt!«, rief Lukas, der ihr am runden Tisch gegenüber saß.

Aber da war es schon zu spät. Sie hatte bereits zugebissen.

»Du musst zuerst den Darm entfernen. Schau, so geht das.« Er hantierte mit geübten Griffen an seiner Schnecke herum. »Es hat sich jede Menge Sand im Darm von einer solchen Seeschnecke angesammelt.«

Das hatte Franziska soeben selbst bemerkt. Ihr gesamter Mund schien mit Sand angefüllt. Es knirschte zwischen den Zähnen.

Mrs. Yang blickte sie erwartungsvoll an. Schmeckte dem Gast diese kostbare Spezialität?

Franziska traute sich nicht, alles wieder auszuspucken. Also kaute sie tapfer weiter und bemühte sich um ein entzücktes Lächeln.

Das weitere Essen verlief ohne besondere Vorkommnisse. Die Atmosphäre war gelöst und freundschaftlich. Zum Glück sahen ihre chinesischen Geschäftsfreunde davon ab, sie mit wiederholten »Gambe!«-Aufforderungen unter den Tisch trinken zu wollen.

Am nächsten Vormittag traf sich Franziska mit Lukas und Mei Ling, um die weitere Zusammenarbeit zu besprechen. Die beiden würden sie in Zukunft als ihre Agenten in China betreuen.

Harry bummelte durch die Stadt und fühlte sich großartig. Er freute sich auf zu Hause. Er freute sich, in aller Ruhe die Notizen, die er zu Papier gebracht hatte, in richtige Lieder umzuwandeln. Und, ja, er freute sich aufs Tonstudio, um endlich diese Lieder einzusingen. Seeberstein was back! Bereit für neue Taten.

Er setzte sich an einen der Tische, die vor einer Bar am Straßenrand aufgestellt worden waren, und betrachtete das geschäftige Treiben. Vor ihm lag sein dickes Notizbuch, in das er in den letzten Tagen und Wochen sämtliche Texte geschrieben hatte, die ihm spontan eingefallen waren.

Ich habe die Gabe,
mich zu hinterfragen.
Nichts ist mehr sicher
außer Steuer und Tod.
Ich habe mir selbst
lang schon nichts mehr zu sagen.
Komm, friss mir du noch
die Butter vom Brot.

geschrieben von Seeberstein, im Juni
erschienen auf der CD »Frau« unter dem Titel
»Nichts ist mehr sicher«

Hatte er das wirklich geschrieben? Wie mies war er denn damals drauf gewesen? Heute stand ihm mehr der Sinn nach Heiterem. Und nach Liebesballaden.

Am Nachmittag würde sie der Chauffeur zurück nach Peking bringen. Franziska wollte ihre Sachen packen und am Montag nach Tianjin übersiedeln. Mei Ling hatte ihr angeboten, im Gästezimmer zu wohnen. Ein Angebot, das sie gerne annahm. Sie wollte noch zwei Monate in China bleiben, die Produktion überwachen und sicherstellen, dass auch wirklich alles nach ihren Wünschen ablief. Da war es schön, nicht ganz allein zu sein. Und Abend für Abend in ein leeres Hotelzimmer zurückzukehren.

Harry beschloss, seine Eifersucht für sich zu behalten. Franziska sollte allen Ernstes bei diesem Brad-Pitt-Verschnitt wohnen? Zwei ganze lange Monate?

Doch was hätte er wirklich dagegen vorbringen sollen? Er wollte sich schließlich nicht lächerlich machen. Außerdem war Lukas Bares verheiratet. Und so, wie er Mei Ling einschätzte, hatte sie ihren Gatten gut im Griff. Auch wenn es nach außen hin so wirkte, als habe er die Hosen an. Und was noch stärker wog: Er hatte gar kein Recht, eifersüchtig zu sein. Wer war er denn schon? Franziskas Geschäftspartner vielleicht. Ihr Lebenspartner sicher nicht. Harry straffte die Schultern, steckte sein Notizbuch wieder in den Rucksack und verlangte vom Kellner die Rechnung. Er hatte es plötzlich eilig.

Sie erreichten Peking in den späten Nachmittagsstunden.

Franziska wollte sofort in ihrem Zimmer verschwinden, um sich frisch zu machen. Als sie gemeinsam vor den Lifttüren standen, schlug sie vor, sich am Abend ins Nachtleben der Hauptstadt zu stürzen. Lukas hatte ihnen eine Bar am Hohei-See empfohlen, die der letzte Schrei sein sollte. Harry murmelte etwas Zustimmendes und verkündete dann, er müsse dringend ins Business-Center des Hotels, um seinen Rückflug für Montag bestätigen zu lassen.

»Also dann, bis um acht. Ich freue mich.«

Er hob grüßend die Hand und eilte von dannen.

XVI

Franziska stand vor dem Spiegel und lächelte sich zu. War das Leben nicht schön? Sie war hier in einem aufregenden Land, sie war ihrem großem Traum zum Greifen nah, und vor allem – es fiel ihr gar nicht schwer, das zuzugeben: In wenigen Minuten würde ein gut aussehender Mann in der Hotelhalle auf sie warten. Ein verflixt gut aussehender Mann. Mit Augen, die einen auf eine ganz bestimmte Weise ansehen konnten. Das waren Blicke, die ihr durch und durch gingen. Blicke – sie wusste nicht, wie sie es bezeichnen sollte. Aber diese Blicke hatten etwas. Die zogen sie an. Die machten sie heiß. Oder kalt? Oder heiß und kalt?

Franziskas Lächeln verstärkte sich. Sie wusste es nicht genau. Sie wusste nur, dass es ein extrem schönes Gefühl war. Ein Gefühl, das sie schon lange vermisst hatte. Nein, ein Gefühl, das sie überhaupt noch nicht gekannt hatte.

Wann hatte Bertrand sie auch je so angesehen? Seine Blicke waren eher kritisch oder nachdenklich gewesen, oder er hatte durch sie hindurchgesehen, so als hinge er seinen Gedanken nach und nähme sie gar nicht wahr.

Franziska griff nach ihrer Handtasche. Es war schon erstaunlich. War es wirklich erst wenige Tage her, dass sich ihre Verlobung mit einem Knall in Luft aufgelöst hatte? Wo waren die Tränen, um Bertrand nachzuweinen? Alle vergossen in der einen Nacht, als Mat bei ihr geblieben war, um sie zu beschützen? Um sie zu trösten, damit sie nicht allein war mit ihrem Schmerz?

Jetzt, da sie ihre Gedanken schon wieder ordnen konnte, war ihr klar, dass nur die wenigsten Tränen in jener Nacht wirklich ihrem französischen Lebensgefährten gegolten hatten. Aber auch wirklich nur die allerwenigsten. Die meisten Tränen waren ihrem Traum gewidmet gewesen, der sich ebenfalls mit einem Schlag in Luft aufzulösen gedroht hatte. Das war es gewesen, was wirklich schmerzte. Nicht die Trennung von einem Mann, der sie, wenn sie ehrlich zu sich war, nie verstanden hatte.

Zwei Jahre lang hatte sie vermieden, ehrlich zu sich zu sein. Doch jetzt war der Tag gekommen. Jetzt tat Ehrlichkeit nicht mehr weh. Bertrand hatte sie fasziniert mit seinem Intellekt, mit seinem umfangreichen Wissen. Ja, es hatte ihr auch imponiert, dass Bertrand einer alten französischen Familie entsprang, die sogar vor ihrer kritischen Mutter Gnade fand. Franziska de Valleau, das hatte schon einen besonderen Klang. Was war schon Querulin dagegen?

Und Gerstenberg? Matthias Gerstenberg. Franziska Gerstenberg. Das klang auch nicht schlecht. Sie musste grinsen.

Wurde dann aber schlagartig ernst. Matthias Gerstenberg war verheiratet. Na gut, wenn man ihm Glauben schenken durfte, und Franziska war geneigt, ihm Glauben zu schenken, dann hatte seine Frau einen Geliebten. Doch wusste sie denn, ob die Gerstenbergs sich nicht darauf geeinigt hatten, eine offene Ehe zu führen?

Mat schien nicht unglücklich zu sein. Vielleicht hatten sich die beiden arrangiert und er dachte gar nicht daran, sich scheiden zu lassen, obwohl er das einmal gesagt hatte.

Doch egal. Hier ging es nicht darum, zu heiraten. Hier ging es darum, die letzten beiden Tage, die Mat noch in Peking war, bestmöglich zu nutzen.

Und das würde sie tun. Sie hatte sich verliebt, und sie würde dieses Verliebtsein auskosten, solange es dauerte. Ein Verliebtsein, das ganz schleichend begonnen hatte. Spätestens an dem Morgen war es da gewesen, nachdem er an ihrer Seite geschlafen hatte und sie aufgewacht war und in sein zärtliches Gesicht geblickt hatte. Sie hatte es sich nur nicht sofort eingestehen wollen.

Franziskas Strahlen vertiefte sich. Sie warf ihrem Spiegelbild eine Kusshand zu und verließ das Zimmer.

Sie erreichte die Hotelhalle fünf Minuten nach der vereinbarten Zeit und blickte sich suchend um. Von Mat keine Spur.

»Er hat mich vergessen«, war ihre erste Reaktion. Ein ziehender Schmerz in ihrer Brust die zweite. So bemerkte sie den jungen Chinesen zuerst gar nicht, der blitzschnell seine Portierloge verlassen hatte, um auf sie zuzugehen: »Miss Querulin?«

»Ja?« Franziska fuhr herum und blickte den jungen Mann in seiner weinroten Livree erstaunt an.

»Der Gentleman wartet auf Sie im Jade-Salon«, sagte er in einem etwas schwer zu verstehenden Englisch.

»Ich bringe Sie zu ihm. Wenn Sie mir bitte folgen wollen.« Dann ging er mit langsamen Schritten voraus, in einem so gemächlichen Tempo, dass die ungeduldige Franziska Mühe hatte, ihn nicht zu überholen. Sie fuhren mit dem Lift in den ersten Stock.

Leise Klaviermusik klang durch den mit schwerem Teppichboden ausgelegten Flur. Hatte Mat einen Pianisten für dieses Rendezvous engagiert?

Ihr chinesischer Begleiter öffnete eine der Türen und machte ihr ein Zeichen, einzutreten. Dann schloss er die Tür und ging zu seinem Arbeitsplatz zurück.

Franziska fand sich in einem kleinen Salon wieder, dessen Wände mit hellgrünen, bemalten Seidentapeten dekoriert waren. Schwere grüne Vorhänge schmückten die Fensterfront. Viele kleine Aquarellbilder zeigten chinesische Landschaften in Pastelltönen, ihre Rahmen waren von glänzendem Schwarz wie der Flügel und wie auch die Bar, hinter der zwei chinesische Kellner in gestärkten weißen Jacken gerade Gläser polierten und in ein Regal stellten.

Von Mat war keine Spur zu sehen.

Der Pianist spielte eine Melodie, die sie nicht kannte. Sie klang weich und einschmeichelnd, und Franziska wünschte sich inständig, Mat wäre hier. Um mit ihr gemeinsam diese Melodie zu genießen.

Wo er bloß war? Und warum hatte der Portier sie hergebracht? Das konnte nur ein Missverständnis sein.

Sie machte kehrt, um die Tür zu öffnen, da änderte der Pianist die Melodie und stimmte die »Kleine Nachtmusik« von Mozart an. Das war nun doch etwas überraschend. Franziska stutzte, drehte sich zögernd um und ging langsam um den Flügel herum.

Und da war er. Mat. Und der berühmte Blick. Und sie hätte sich ihm gern, so wie er da saß, in die Arme geworfen.

Doch da waren die Kellner. Und keine Anzeichen seinerseits, dass er sie in seinen Armen erwartete. Also nahm sie neben ihm auf dem zweiten Klavierhocker Platz.

»Schön, dass du da bist. Ich habe auf dich gewartet.« Seine Stimme klang rau.

Franziskas Hände fingen wie von selbst an, die Melodie des Stücks eine Oktave höher mitzuspielen. Der jahrelange Unterricht bei Tante Maria machte sich bezahlt.

Harry strahlte: »Du spielst Klavier?«

Dieses Strahlen umfing sie, und ihr Herz begann ihr bis zum Hals hinauf zu klopfen. Verwirrt nickte sie, sie senkte den Blick, und dann spielten sie schweigend das Stück zu Ende.

»Ich möchte dir noch etwas vorspielen, Franziska. Würde es dir etwas ausmachen, dich neben den Flügel zu stellen? Sodass ich dich dabei ansehen kann?«

Sie beeilte sich, seinen Wunsch zu erfüllen. Gespannt, was nun kommen würde.

Harry schenkte ihr einen langen Blick. Seine Augenbrauen zogen sich in die Höhe, so als würde ihn erstaunen, was er da sah. Ein kleines Lächeln zeigte sich in seinen Mundwinkeln.

Wie gern hätte sie dieses Lächeln geküsst. Und doch: Er hatte die Regie dieses Abends übernommen. Und sie genoss es, sich überraschen zu lassen. Was er wohl für sie spielen würde? Wieder Mozart?

Aber Mat kehrte zu der schmeichelnden Musik zurück, die er gespielt hatte, als sie in den Raum getreten war. Und dann begann er zu singen:

Schenk mir die Stille,
bring mir Gelassenheit zurück.
Hilf mir, deine Gedanken zu versteh'n!
Sag mir, was du brauchst und willst,
sag, dass du nicht nur mit mir spielst.
Versuch mit mir,
gemeinsam nur mit mir,
über den Horizont hinauszuseh'n.
Komm, lass uns lieben,
Herz an Herz und Hand in Hand.
Ich habe nie nach dir gesucht –
wie schön, dass ich dich fand.

geschrieben von Seeberstein, in Peking im Juli
damit Franziskas Herz endgültig erobert, ebenfalls im Juli
erschienen auf der CD »Frau« unter dem Titel
»Komm, lass uns lieben!«
Gold für die Single-Auskopplung im September

Hätte es noch etwas gebraucht, um ihre Verliebtheit zu verstärken, dieses Lied hätte es ausgelöst. Doch so stand sie nur still da, war glücklich und vergaß Raum und Zeit und die polierenden Kellner in ihrem Rücken. So schön dieses Lied war, so sehr wünschte sie sich, es ginge zu Ende. Denn sie wusste, was dann geschehen würde.

Als der letzte Ton verklungen war, stand Mat auf und ging ihr langsam entgegen. Er legte seine Arme, ohne ein Wort zu sprechen, auf ihre Schultern und zog sie ebenso langsam an sich. Ihre Nasen berührten sich zärtlich, er gab ihr einen kleinen Kuss, fast nur ein Hauch. Doch dann war beiden nicht mehr nach zärtlichem Geplänkel. Sie zogen einander aufstöhnend an sich und fanden sich zu einem leidenschaftlichen, langen, intensiven Kuss.

›Oh, oh, Bertrand, du hast ja keine Ahnung, wie sich ein richtiger Kuss anfühlt‹, schoss es Franziska durch den Kopf. Doch das war nun für lange Zeit der letzte Gedanke, den sie an ihren ehemaligen Lebensgefährten verschwendete.

Als sie sich wieder losließen, sagte Harry noch immer kein Wort, sondern blickte ihr nur liebevoll und sehr nachdenklich in die Augen.

Franziska hielt es nicht aus. Sie musste diese Stille durchbrechen. »Was war das für ein Lied? Das war wunderschön! Von wem ist das? Das habe ich noch nie zuvor gehört. – Du hast es wunderschön gesungen«, fuhr sie fort, als er nicht antwortete, »weißt du, dass du eine tolle Stimme hast?«

Harry fuhr aus seinen Gedanken auf und grinste: »Das habe ich schon einmal gehört.«

»Hast du schon einmal überlegt aufzutreten? Es gibt doch so viele Talentshows? Wie wär's mit ›Deutschland sucht den Superstar‹ oder etwas Ähnlichem?«

Harrys Miene verdüsterte sich mit einem Schlag: »Nein. Auf keinen Fall!« Seine Antwort klang endgültig.

»Aber warum denn nicht? Versuch es doch einfach mal.« Franziska war gar nicht bewusst, was sie da sagte. Sie wollte ihm eine Freude machen. Dass ihr das gründlich misslang, stellte sie erst etwas später fest. »Was kannst du schon verlieren?! Du hast wirklich eine gute Stimme! Einen Versuch ist es sicher Wert. Bewirb dich …«

Harry schüttelte den Kopf, und dann zeigte sich doch wieder ein Lächeln in seinen Augen und um seine

Mundwinkel. »Liebe Franziska«, er legte wieder seine Hände auf ihre Schultern, »wenn du nicht möchtest, dass ich mich ernsthaft ärgere und in meinem ganzen Leben nie wieder ein Wort mit dir spreche, dann schlag mir nie wieder vor, ich solle mich bei einem Nachwuchswettbewerb bewerben. Nie wieder. Versprichst du mir das?«

Jetzt erst erkannte sie den Ernst in seiner Stimme und beeilte sich, es ihm sofort zu versprechen.

Als Dank dafür bekam sie wieder sein Lächeln. Und einen Kuss. Und noch einen Kuss. Dann lehnte er sie gegen den Flügel, und mit einem Satz hatte er sie auf die Tastatur gehoben. Um ihr Gesicht zu streicheln und um seine Hände immer weiter ihren Körper entlanggleiten zu lassen …

Doch sie waren nicht Richard Gere und Julia Roberts in »Pretty Woman«. Dort hatte dieselbe Szene so sexy und so aufregend ausgesehen.

Nun gruben sich die Tasten schmerzhaft in ihre Gesäßbacken. Und auch die beiden chinesischen Kellner dachten nicht daran, sich den Film zum Vorbild zu nehmen und diskret zu verschwinden. Sie polierten ungerührt ihre Gläser weiter. Mit dem Unterschied, dass sie nun das Geschehen am Flügel mit großem Interesse verfolgten.

Franziska machte Harry darauf aufmerksam.

Der lachte, half ihr vom Flügel herunter und nahm sie bei der Hand. Die nächste Frage, die er stellte, war ebenso klassisch wie der Film: »Zu mir oder zu dir?«

Franziska lachte. »Zu mir.«

Hand in Hand eilten sie zum Lift. Als sich die Türen hinter ihnen schlossen, fielen sie übereinander her. Keiner konnte mehr die Hände vom anderen lassen. Ihre Lippen trafen sich, saugten sich aneinander fest, die Zungen verfingen sich in einem wilden Hexentanz.

Drei Stockwerke höher blieb der Aufzug mit einem Ruck stehen, und ein älteres chinesisches Ehepaar trat ein. Harry und Franziska ließen schlagartig voneinander ab. Sie beeilten sich, freundlich zu grüßen, und blieben Hand in Hand eng beieinander stehen. Im Spiegel sah Franziska ihre schuldbewusste Miene, und sie sah Harrys freches Lächeln, das sie mitten ins Herz traf. Sie hatte noch nie einen Mann zuvor so lächeln gesehen. In diesem Blick lag so viel Zärtlichkeit, so viel Wärme. Und gleichzeitig spiegelte sich darin seine unbändige Lust. Dieser Mann wollte sie! Und sie wollte ihn! Mehr als sie jemals zuvor einen Mann begehrt hatte.

Endlich war der Lift im siebten Stock angelangt, und sie verließen das ältere Ehepaar, das noch weiter nach oben fuhr.

Franziska Hand zitterte, als sie die Türkarte durch die Öffnungsvorrichtung schob.

Sie traten in ihr Zimmer ein, das beide nun schon gut kannten.

Doch heute war es anders als an den Abenden zuvor. Heute war kein Platz für kameradschaftliches Geplänkel. Niemand hatte Lust auf einen harmlosen Flirt, bei dem es ihnen egal war, wohin er führen würde. Heute wussten beide genau, was sie wollten. Sie wollten einander. Sie wollten sich ganz und gar. Mit Haut und Haaren. Dementsprechend schnell hatten sie sich die Kleider vom Leib gerissen.

Franziska ahnte, wie es weitergehen würde: Mat würde sie aufs Bett werfen, einige Küsse auf ihrem Körper verteilen, vielleicht kurz mit seinen Händen ihre empfindlichsten Stellen erkunden und dann in sie eindringen, um seiner Lust mit einer gewaltigen Explosion zur Befriedigung zu verhelfen. Sie würde es genießen, solange es dauerte. Und sich wieder einmal darüber ärgern, dass die Natur es so eingerichtet hatte, dass eine Frau viel länger brauchte, bis sie zum Höhepunkt kam, als ein Mann. Und dass kein Mann bereit war, solange zu warten. Eine Tatsache, die sie hinzunehmen gelernt hatte. Ihre zwei Jahre mit Bertrand hatten ihre Erfahrungen in dieser Hinsicht deutlich bestätigt. Unbefriedigt, aber nicht unglücklich würde sie sich anschließend in Mats Arme schmiegen. Bis sein Atem langsam tiefer wurde und er eingeschlafen war.

Und wirklich: Mat warf sie mit einem Schwung aufs Bett, und er begann, Küsse auf ihrem Körper zu verteilen.

Doch was war das? Er küsste ihre Stirn, küsste ihre Nasenspitze, küsste ihren Mund, küsste ihr Kinn, ihren Hals, ihre Schultern und dann die Linie hinunter zu ihrem Bauchnabel ... Das war kein schnelles Verteilen von alibimäßigem Küssen. Das war ein Erkunden ihres Körpers, und Franziska war, als würde er damit auch ihre Seele erkunden wollen. Jeder dieser Küsse hinterließ eine prickelnde Spur auf ihrem Körper. Sie machten sie mutig genug, es ihm gleichzutun. Und auch ihrerseits seinen Körper zu erkunden. Wenn Mat beim Liebesspiel Manns genug war, sich unendlich lange Zeit zu lassen, das wollte sie hemmungslos genießen. Was für eine neue, was für eine erfüllende Erfahrung! Was für ein Mann! Was für ein unendliches Glück!

Als sie unter seinen zärtlich streichelnden Händen zum Höhepunkt kam, schrie sie ihre Lust hinaus in die Nacht. Und als sie sich schließlich vereinigten, eröffnete sich ihr eine neue Welt. Das war ein Hinwegfließen. Und doch gleichzeitig ein Nachhausekommen. Ihre Gefühle überwältigten sie derart, dass ihr die Tränen in die Augen traten. Mat sagte kein Wort und küsste schweigend die Tränen fort. In diesem Augenblick wusste sie es: Das war der Mann, den sie liebte. Das war der Mann, zu dem sie gehören wollte. Am liebsten für immer.

XVII

Harry erwachte am frühen Morgen durch die Tatsache, dass sein rechter Arm wieder einmal eingeschlafen war. Er zog ihn vorsichtig unter Franziskas Schulter hervor. Sie gab einen kleinen verschlafenen Laut von sich und rollte sich im Schlaf auf den Rücken. Harry schlug die Augen auf und blickte nachdenklich an die Zimmerdecke.

Er hatte so gut geschlafen wie schon lange nicht mehr. Fühlte sich ruhig, stark und glücklich. Er atmete tief durch. Ja, er war glücklich. Wollte man pathetisch sein, könnte man fast sagen, er war selig.

Wann hatte er sich das letzte Mal so gefühlt? Hatte er sich jemals schon so gefühlt?

Mit Giselle schlief er ja schon seit Jahren nicht mehr. Und bei den vielen anderen Mädchen, den Groupies, die nur darauf warteten, nach einem Konzert mit aufs Zimmer genommen zu werden? Da waren wunderschöne Nächte dabei gewesen. Doch am Morgen danach immer die gleiche Frage: Wie werde ich sie am schnellsten, kurz und schmerzlos, wieder los?

Vor dem Scheidungskrieg hatte er stets seine Frau vorgeschoben und die Mädchen um Diskretion gebeten, weil Giselle angeblich nichts bemerken sollte. In Wirklichkeit hatte Giselle damals längst Schorsch an ihrer Seite. Und es war ihr völlig egal, mit wem ihr Ehemann schlief. Aber das mussten die Groupies ja nicht wissen. Später hatte er ihnen erklärt, er wolle sie nicht in den schmutzigen Scheidungskrieg mit hineinziehen. Allein die Gefahr, als ein Luder abgestempelt zu werden, das die Ehe des populären Sängers zerstört hatte, hatte die meisten zum Stillschweigen veranlasst. Doch neuerdings konnte man sich auch da nicht mehr sicher sein. So mancher Kollege oder auch so mancher berühmte Sportler fiel ihm ein. Es gab Frauen, die es anscheinend als Berufsziel auserkoren hatten, Mutter eines prominenten Sprösslings zu sein. So hatten sie ausgesorgt, ohne dafür zu arbeiten. Darum hatte er in der letzten Zeit immer höllisch aufgepasst. Nicht mehr wahllos jedes hübsche Mädchen ins Hotelzimmer gebeten. Dass er immer und überall ein Kondom verwendete, war ohnehin sonnenklar.

Der schale Nachgeschmack nach jedem One-Night-Stand war auf Dauer auch nicht das, was er sich vom Leben erwartete. Jedoch hatte er nie gehofft, je wieder einmal so viel Zärtlichkeit und Liebe für eine Frau zu empfinden wie jetzt.

Harry war mit einem Schlag hellwach. Hatte er eben an Liebe gedacht?

Er rollte sich auf die Seite und betrachtete Franziska neben sich. Wie hätte er sie anders betrachten können als mit Liebe und unendlicher Zärtlichkeit? Die dünne Decke war zur Seite gerutscht und gab den Blick frei auf ihren nackten Busen. Sie hatte einen so wunderschönen Körper. So rund. Er hatte Lust, ihre Brust zu umfassen, aber Angst, sie dadurch aufzuwecken.

Dann konnte er doch nicht widerstehen. Er streichelte sanft über ihre Rundungen und begann dann wieder damit, kleine Küsse auf ihrem Körper zu verteilen. Zuerst ihren Hals entlang, auf ihre Schultern, den Busen, den Bauch. Franziska seufzte wohlig und räkelte sich zufrieden. Natürlich merkte er, dass sie nun wach war, und doch freute er sich, dass sie sich weiter schlafend stellte.

Und ihn nicht dabei unterbrach, mit seinen Küssen ihren Körper weiter zu verwöhnen. Die Oberschenkel entlang bis zu den Knien, die Unterschenkel, die Zehen und dann wieder nach oben bis er ihre intimsten Stellen als Ziel seiner Reise auserkor. Er ließ sich lange Zeit und genoss ihre zunehmende Erregung, bis sie wohlig aufstöhnend zum Höhepunkt kam. Als er sich schließlich mit ihr vereinte, liebten sie sich langsam und voller Zärtlichkeit.

Dann lag er neben ihr, sie kuschelte sich wieder in seinen Arm und gab ihm einen Kuss auf die Brust. »Das ist wirklich die schönste Art, einen Tag zu beginnen.«

Er freute sich, dass sie sich freute. Dass sie glücklich und zufrieden war. Und, dass sie ihm das ganz offen zeigte. Er hätte ihr gern gesagt, dass er sie liebte. Doch im letzten Augenblick hielt er sich zurück. Sie hatte sich soeben erst von ihrem Lebensgefährten getrennt. Da war sie sicher noch nicht bereit für eine neue Beziehung. Er musste ihr Zeit lassen. Es hatte keinen Sinn, sie zu drängen. Das war einfach nicht der richtige Augenblick.

Harry seufzte. Würde er je erkennen, wann der richtige Augenblick war? Sie würde noch zwei Monate lang in China bleiben, er wieder zurück in Deutschland sein. Sie würde hier bleiben und ihn vergessen. Ach verflixt, wann sagte man so etwas am besten? Ausreden kamen ihm viel leichter über die Lippen als ein Liebesgeständnis.

»Ich liebe dich«, hörte er sie sagen.

Ihre Worte rissen ihn aus seinen Gedanken. »Was hast du gesagt?« Vielleicht hatte er sich ja verhört.

»Ich liebe dich.« Es klang so, als sei dies das Selbstverständlichste auf der Welt.

»Und das sagst du einfach so?« Er war ehrlich erstaunt. Erfreut und doch fassungslos.

»Wie soll ich es denn sonst sagen?« Franziska schien ratlos und auch etwas ungeduldig: »Ist dir das unangenehm? Bist du einer von diesen Männern, die fürchten, keine Luft zu bekommen, wenn man ihnen sagt, dass man sie liebt? Bist du einer von den Männern, für die Liebe Einschränkung bedeutet, Verlust, Verzicht, Fesseln. Ketten …?«

Die Heftigkeit, mit der sie sich ereiferte, half Harry, seine Gedanken zurechtzurücken. Er beugte sich über sie und verschloss ihren Mund mit einem Kuss. »Ich liebe dich auch.«

Die Zärtlichkeit in seinen Augen überzeugte sie von der Richtigkeit seiner Worte.

»Ich war nur so überrascht, weil ich eben überlegt hatte, wie ich dir meine Liebe am besten gestehen soll.« Er beschloss, dass Ehrlichkeit der beste Weg war. »Du hast dich doch eben erst von deinem Franzosen getrennt. Ich wusste nicht, ob du schon bereit wärst für mich …«

Seine Unsicherheit rührte sie. »Weißt du, das zwischen mir und Bertrand, das war schon lange nicht mehr das Richtige. Es war ein Nebeneinander und nicht ein Miteinander. Wahrscheinlich war das auch ein Grund, dass ich von Frankreich nach Deutschland zurückgegangen bin. Nicht nur das Kofferprojekt. Wäre Bertrand der Mann gewesen, mit dem ich am liebsten Tag und Nacht zusammen gewesen wäre, dann hätte ich ihn nicht allein gelassen. Oder ich hätte stärker darauf gedrängt, dass er sofort nach Deutschland mitkommt. So war es mir nicht unrecht, dass er vorerst in Frankreich blieb und wir uns nur alle vierzehn Tage sahen. Das ist doch schon ein Hinweis darauf, dass es nicht mehr so gut lief, oder?«

»Ich habe Gisi oft monatelang nicht gesehen. Du weißt schon, Gisi ist meine Frau«, setzte er hinzu, »nein, ich sollte wohl sagen, meine baldige Exfrau.«

Franziska wurde schlagartig ernst und setzte sich im Bett auf: »Ich eigne mich nicht zum Scheidungsgrund, Mat. Ich wollte mich nie in eine Ehe drängen. Ich hatte, um ehrlich zu sein, völlig verdrängt, dass du verheiratet bist.«

Er zog sie wieder zu sich hinunter und gab ihr einen Kuss auf die Stirn. »Du kannst getrost vergessen, dass ich noch verheiratet bin«, sagte er, »denn ich werde es nicht mehr lange sein. Sobald ich zurück in Deutschland bin, leite ich alle nötigen Schritte ein. Ich muss reinen Tisch machen. Ich *will* reinen Tisch machen«, verbesserte er sich. »Wie soll ich für etwas Neues bereit sein, wenn das Alte nicht endgültig abgeschlossen ist?«

Franziska blickte in sein Gesicht: »Bereit für etwas Neues? Meinst du dich und mich?«

Harry stutzte. Er war es nicht gewohnt, dass jemand so frank und frei sagte, was er dachte. So ohne Scheu, so ohne Verschnörkelung und ohne den Versuch, hintenherum zu erfahren, was er dachte. Und das gefiel ihm. »Ja sicher meine ich dich und mich. Oder hast du gedacht, ich meine mich und Lukas Bares?«

Sie grinste, wie er es erwartet hatte. Erkannte aber doch den wahren Kern seiner anscheinend so ironisch gemeinten Aussage: »Du magst ihn noch immer nicht, nicht wahr, Mat?«

Wieder hatte sie den Nagel auf den Kopf getroffen.

Harry beschloss, sich in Zukunft nicht mehr zu wundern, wie schnell sie seine Gedanken erriet. Und wie freimütig sie darüber sprach. »Er war mir von Anfang an nicht geheuer. Und ich kann nicht sagen, dass ich ihn inzwischen mag. Außerdem gefällt mir der Gedanke nicht, dass du zwei ganze Monate lang hier bei ihm sein wirst, ständig mit ihm zusammen. Und ich bin viel zu weit weg, um auf dich aufzupassen.«

Darüber lachte Franziska schallend auf. »Du bist wirklich ein Schatz, Mat«, sie gab ihm einen schmatzenden Kuss auf die Lippen, »aber glaub mir, ich brauche niemanden, der auf mich aufpasst. Lukas Bares wird mir nicht gefährlich. Wir hatten schon einmal das Vergnügen. Vor vielen, vielen Jahren. Wir passen nicht zusammen. Weder im Bett noch im Leben. Außerdem hat er ja jetzt seine Mei Ling. Und nur noch Augen für sie.«

»Das ist nicht richtig«, widersprach Harry, »ich hab doch gesehen, was er für dich für Augen hat.«

»Wenn das so ist, Mat, dann wirst du wohl nicht viel machen können. Am besten, du findest dich gleich damit ab, dass du gegen einen Mann wie Luke völlig chancenlos bist …«

Franziskas freche Neckereien weckten Harrys Widerspruchsgeist. Und seine unbändige Lust, wieder mit ihr zu schlafen. Und das taten sie dann auch, zärtlich, wild und ausgiebig.

»Dieser Luke hat doch überhaupt keine Chance gegen mich«, stellte er zufrieden fest, bevor er aufstand, um sich unter die Dusche zu begeben. »Ich nutze diesen Tag noch aus und mache dich süchtig nach mir.«

»Das ist natürlich eine tolle Idee.« Sie küsste seinen Rücken. »Du könntest mir aber auch einfach vertrauen.«

Abschiedsabend.

Sie waren hinausgefahren zum Hohei-See. Lukas hatte ganz begeistert von der Bar gesprochen, die den originellen Namen »Sex an da City« trug. Die Besitzerinnen waren einige von Mei Lings zahlreichen Freundinnen.

»Da braucht man sich nicht zu überlegen, wer für diesen Namen Pate gestanden hat. Hättest du gedacht, dass man in China amerikanische Fernsehserien zu sehen bekommt? Noch dazu solche freizügigen? Mei Ling meinte, die Schreibweise soll den New Yorker Slang imitieren.«

Harry grinste von einem Ohr zum anderen, als sie das Lokal betraten.

Die Bar war ganz in Rot und Gold gehalten, den Lieblingsfarben der Chinesen. Sie bedeuteten Glück und Reichtum. Ein Bild von Marilyn Monroe, mindestens sieben Meter hoch, war der absolute Blickfang. Es herrschte lebhafter Betrieb.

»Hättest du gedacht, dass es in Peking so tolle, moderne Bars gibt, bevor du das erste Mal hier warst, Franziska?«

Sie schüttelte den Kopf.

»Weißt du, was mein Bild von diesem Land war?«, fügte er hinzu. »Ich dachte, hier sei alles grau und öde und trist. Die Menschen hätten nichts zu essen. Und man würde an ihren Augen erkennen, dass sie in ständiger Angst vor der Obrigkeit lebten.«

»Ja, genau. Ich hatte auch angenommen, dass jedes Vergnügen verboten sei. Was ich in Deutschland in den Zeitungen gelesen hatte, hat mich nicht auf diese bunte, heitere Atmosphäre vorbereitet. Und nie und nimmer hätte ich gedacht, dass Privatbesitz erlaubt ist. Stell dir vor, Kaufmann hat mir einmal einen Chinesen vorgestellt, der mit Immobiliengeschäften reich geworden ist und einen roten Ferrari sein Eigen nennt!«

»Echt?«, fragte Harry.

»Echt!«, sagte Franziska.

»A table for two?«, fragte die Kellnerin.

Es war ein äußerst glücklicher Tag gewesen. Und beide hatten sich auf einen fröhlichen Abend gefreut. Aber jetzt, als sie an einem kleinen Tisch saßen, Nüsse knabberten und auf den See hinausblicken, stellte sich ein Gefühl der Wehmut und der Traurigkeit ein.

Harry ergriff Franziskas Hand: »Pass gut auf dich auf, wenn ich nicht mehr da bin! Mach keine Dummheiten, und vergiss mich nicht!«

Sie strahlte ihn an: »Du bist so lieb, Mat! Ich liebe dich so sehr! Soll ich alles absagen und mit dir zurückkommen?«

Wäre sie bereit gewesen, diesen Vorschlag auch wirklich auszuführen? Sie wusste es nicht. Er wusste es nicht. Aber es war ihm auch egal. Nie und nimmer hätte er gewollt, dass sie seinetwegen auf einen lang gehegten Traum verzichtete. So wenig, wie er bereit war, auf seine Träume zu verzichten.

Sich zu lieben heißt
dem anderen seine Träume zu lassen,
ihn nicht zu hindern am eigenen Höhenflug.
Nimmst du ihm die Freiheit,
dann wird er dich hassen,
und Hass gibt's im Leben doch ohnehin
schon genug.

geschrieben von Seeberstein, im Juli
erschienen auf der CD »Frau« unter dem Titel
»Lass mir die Träume«

»Das kommt gar nicht in Frage. Du bleibst hier und passt auf, dass die bei der Kofferproduktion keinen Mist bauen. Ich lasse inzwischen meine Kontakte spielen. Es wäre doch gelacht, wenn wir beide es nicht schaffen sollten, den Quoffer zum Welthit zu machen!«

Franziskas strahlte ihn liebevoll an: »Mat, meinst du, es würde auffallen, wenn ich dir jetzt einen Kuss gebe? Es scheint hierzulande nicht üblich zu sein, sich in der Öffentlichkeit zu küssen. Denkst du, die lassen uns auf der Stelle verhaften?«

»Ich weiß es nicht. Wie viel Risiko ist es dir wert, das herauszufinden?«

Würde sie diesem Blick je widerstehen können? Sie beugte sich vor, um ganz sanft seine Lippen zu berühren. Doch das wollte er nicht gelten lassen und zog sie fest in seine Arme. Obwohl sie manch überraschter Blick traf, dachte offensichtlich niemand daran, die Polizei zu rufen.

»Musst du wirklich schon weg? Kannst du deinen Aufenthalt nicht verlängern, Mat?«

Harry hörte ihre Sehnsucht, und er hätte ihr am liebsten alles versprochen, was sie sich wünschte. Doch dann dachte er an seine Terminvereinbarung mit dem Tonstudio. Erinnerte sich mit Schrecken daran, dass Anuschka bald wieder aus der Wüste zurückkam. Dann war es höchste Zeit, dass er sich ihrem Zorn stellte und mit ihr die Regeln für eine weitere Zusammenarbeit besprach. Denn verlieren wollte er sie nicht. Trotz ihres herrischen Auftretens und ihrer Fehler war sie eine brillante Managerin. Und, was am wichtigsten war, sie stand hinter ihm und er konnte sich hundertprozentig auf sie verlassen.

Außerdem fielen ihm die vielen Noten und Texte ein, die er hier in Peking zu Papier gebracht hatte. Und die er dringend am Klavier ausprobieren und in eine harmonische Fassung bringen wollte. Nein, es war ganz ausgeschlossen, dass er noch blieb. Und wenn er noch so gerne gewollt hätte. Sein Leben musste weitergehen. Das bedeutete, dass er sich an getroffene Vereinbarungen mit den Musikern, Toningenieuren und Arrangeuren hielt. Und dass die CD wie geplant im Herbst auf den Markt kam. Und dass Seebersteins neustes Werk

»Frau« im Handumdrehen aufgrund seiner großartigen Qualität die Hitparaden dominierte.

»Es tut mir Leid, Franziska, aber ich kann nicht. Die vierzehn Tage hier mit dir waren wunderschön. Spannend, aufregend, und sie haben mir sehr geholfen, mit mir selbst wieder ins Reine zu kommen. Doch nun muss ich nach Hause. Es gibt viele Verpflichtungen, die auf mich warten.«

»Ich verstehe dich ja, Mat. Ich gebe dich nur so ungern her, jetzt, wo wir uns gerade erst gefunden haben.«

»Es ist doch nur eine Trennung auf kurze Zeit. Was sind denn schon zwei Monate gegen das Leben, das wir noch vor uns haben?« Harry atmete tief durch. Nun war der Zeitpunkt gekommen. Es war höchste Zeit, ihr zu erzählen, wer er wirklich war. Es war nicht richtig gewesen, dies so lange hinauszuzögern. Doch da er schon von einem gemeinsamen Leben sprach, musste sie wissen, mit wem sie es verbringen würde. Wie sollte er bloß beginnen? Wie würde sie am besten verstehen, dass er es genossen hatte, eine Frau kennen zu lernen, die ihn um seiner selbst willen liebte? Und nicht, um sich mit Seeberstein zu schmücken? Und dass er diesen Zustand so lange hatte aufrecht erhalten wollen, bis er sich absolut sicher war, dass sich auch durch sein Geständnis nichts änderte.

Franziska hatte seine Hand ergriffen und schenkte ihm nun ein Lächeln, das ihm fast den Atem nahm: »Nimm mich in deine Arme, Mat. Und dann lass uns ins Hotel zurückfahren. Ich möchte dich spüren. Überall.«

Und das sollte der geeignete Augenblick für Worte sein? Nein, sicher nicht. Harry war ein Mann der Tat.

Und so ein aufregendes Angebot würde er nicht durch Reden zunichte machen.

Das Taxi, das sie herbeiwinkten, war eine alte, kleine Rumpelkiste. Der Fahrer verstand kein Wort Englisch, und sie konnten nur hoffen, dass er die chinesischen Schriftzeichen auf der Visitenkarte des Hotels entziffern konnte, die sie ihm unter die Nase hielten. Dann fuhr er los, so schnell, wie er es mit diesem Auto schaffte, und er hupte und hupte und wechselte so abrupt die Spur, dass die beiden auf dem Rücksitz unweigerlich zusammengerutscht wären, hätten sie nicht ohnehin schon so eng beieinander gesessen.

Harry und Franziska bekamen von all dem nichts mit. Sie waren in einen langen Kuss versunken, ihre beiden Körper dicht an dicht, mit Armen und Händen sich fest umklammernd, als wollten sie auch nicht einen Millimeter Luft zwischen sich dulden.

Was für ein Glück, zu spüren, dass die eigene Liebe erwidert wurde! Was für ein Schmerz, zu wissen, dass man sich am nächsten Tag schon wieder trennen musste!

Der Fahrer stoppte mit quietschenden Bremsen vor dem Hotel, Harry steckte ihm einen großen Schein zu, viel zu viel für die Fahrt. Auch wenn Trinkgeld in China nicht üblich war, der Taxifahrer hatte nichts dagegen, den Schein zu behalten.

Hand in Hand eilten sie in das Gebäude, hinauf mit dem Lift, hinein in Franziskas Zimmer. Sie konnte sich im Nachhinein nicht mehr erinnern, wie sie aus ihren

Kleidern gekommen war. Sie spürte nur noch sich und ihn und das weiche Bett unter sich und seine Arme überall, und beide konnten es nicht erwarten, sich endlich ganz nahe zu sein.

»Versprich mir, dass du nur mir gehörst«, murmelte Harrys Stimme an ihrem Ohr, und sie zögerte keine Sekunde, es ihm zu versprechen. Und dann gab sie sich seinem Rhythmus hin, oder war er es, der sich ihrem Rhythmus hingab? Die Liebe ist eine Urgewalt.

XVIII

Von: mat.gerstenberg@gmx...
An: franziskaq@yahoo...

Hi, meine Lieblingsliebste,

es war so schön, mit dir zu telefonieren. Ich habe eben den Hörer aufgelegt, schon zieht es mich zu meinem Laptop, dir eine E-Mail zu schreiben. So als wäre ich mit dir dadurch noch ein wenig länger verbunden. Das ist doch verrückt, oder?

Aber ich sehe dich vor mir, wie du am PC von Mei Ling sitzt und deine E-Mails abrufst. Und wie du dich freust, dass ich dir geschrieben habe ☺. Du freust dich doch, oder???

Mit meinem Rückflug lief alles glatt, keinerlei Turbulenzen. Dafür geht es hier gleich wieder turbulent zu. Kaum bin ich einmal zwei Wochen weg, schon erwarten mich Berge von Arbeit. Da müssen Termine koordiniert und Gespräche mit allen möglichen Leuten geführt werden. Übermorgen treffe ich mich mit meiner schwierigsten Geschäftspartnerin, davor graut mir richtig. Doch die zwei Wochen in China haben mir geholfen, Abstand zu gewinnen. Ich sehe jetzt vieles nicht mehr so eng. Und so manches hat seine Wichtigkeit verloren.

Du hast viel dazu beigetragen, dass ich ruhiger geworden bin, Franziska. Schon allein dadurch, dass es dich gibt ☺. Und noch viel mehr dadurch, dass du mich liebst. Ich weiß, das klingt jetzt schrecklich kitschig, aber ich habe das Gefühl, deine Liebe beflügelt mich und ich habe dadurch ganz von selbst zu meiner Kreativität zurückgefunden, der ich in den letzten Monaten, ja Jahren vergeblich hinterhergejagt war.

Und weil das so ist, muss ich dir natürlich auch sofort schreiben, dass ich dich liebe. Und dass ich hoffe, die Monate vergehen schnell. Und dass es dir gut geht, so allein, in weiter Ferne. Und dass ich dich bald wieder in meine Arme schließen kann.

Dein Mat

Von: franziskaq@yahoo...
An: mat.gerstenberg@gmx...

Lieber Mat!

Ob ich mich über deine E-Mail gefreut habe??? Ich hätte beinahe einen Luftsprung gemacht!!!!!!!!!! Aber dann hätte mich das gelangweilte Wesen in Mei Lings Büro sicher für verrückt erklärt ☺.

Ich bin so froh, dass du gut gelandet bist. Und dass du dich gestern gleich gemeldet hast. Ich hätte sonst vor Sorge nicht einschlafen können. Außerdem war es so schön, deine Stimme zu hören ☺. Ich habe die Augen geschlossen und mir vorgestellt, du wärst bei mir. Das hat beinahe geklappt, nur das Echo in der Leitung trübte die Romantik *grins*.

Ich weiß, du hast viel zu tun, und ich drücke dir beide Daumen für dein Gespräch mit der schwierigen Frau – aber darf ich dich wieder einmal mit meinen Sorgen behelligen??

Es geht um Bertrand. Schon wieder ☹.

Mei Ling hat eine Freundin (Ich habe noch nie eine Frau gesehen, die so viele Freundinnen hat! Und hier in China funktioniert das Netzwerken wirklich, da kann ich als Europäerin nur staunen.), und weißt du, wo diese Freundin arbeitet? Richtig! Bei Yu Yi in der Exportabteilung. Und weißt du, was diese Frau Mei Ling erzählt hat??? Dieser Besuch war gar nicht Bertrands erstes Treffen mit den Leuten von Yu Yi! Sie haben eine Zeit lang mit Bertrand und mir parallel verhandelt, und der gute Herr Kaufmann hat ohne Skrupel mitgemacht. Der große Unterschied war, dass Bertrand Bescheid wusste, wie viel ich bereit war, pro Koffer zu zahlen, und geringfügig mehr geboten hat, um den Zuschlag zu bekommen!

Was das Schlimmste ist, die Produktion läuft schon! Und Bertrand hat in Frankreich eine Firma gegründet, die sich »Valleau Valise« nennt, und er will – halt dich fest! – seine Koffer nicht nur in Frankreich, sondern vor allem im deutschsprachigen Raum vertreiben!!! Was soll ich nur tun? Er ist schneller, er wird die Koffer billiger verkaufen – ehe ich mich versehe, bin ich bankrott!

Es tut mir Leid, dass ich dich mit meinen Sorgen belästige, aber ich musste das unbedingt jemandem mitteilen, der mich versteht.

Ich habe dich so lieb, Mat.

Franziska

Von: mat.gerstenberg@gmx...
An: franziskaq@yahoo...

Hi, Franziska,

soll ich den guten Bertrand eigenhändig erwürgen?? Es tut mir so Leid, dass ich nicht bei dir sein kann und du sooo weit weg bist mit all deinen Sorgen.

Das Erste, was du unbedingt tun solltest: Rede mit deinem Dr. Sommer! Er soll alle rechtlichen Möglichkeiten prüfen, wie man verhindern kann, dass Bertrand seine Koffer überhaupt verkaufen darf! Bertrand hat deine Konstruktion gestohlen, Franziska. Auch wenn er sie verändert hat, so einfach kann das doch nicht gehen! Wozu gibt es dann das Patentgesetz?

Was wir auch noch überlegen sollten ist, großräumiger zu denken. Bertrand ist eine Bedrohung in Frankreich, Deutschland, Schweiz, Österreich? Dagegen werden wir uns mit rechtlichen Schritten wehren. Und wir werden dazu einfach die Möglichkeiten prüfen, mit dem Koffer noch in andere Länder zu gehen. Ich denke da vor allem an die USA. Was meinst du, wie viele Koffer dort gebraucht werden! Es gibt kaum ein Volk, das mehr reist als die Amerikaner.

Soll ich meine Kontakte spielen lassen?

Ich liebe dich so sehr!

Mat

Von: franziskaq@yahoo…
An: mat.gerstenberg@gmx…

Lieber Mat!

Du bist wirklich ein Schatz!! Danke, dass es dich gibt!!! Und dass du meine Probleme auch zu deinen machst. Wenn ich deine Worte lese, dann fühle ich mich nicht mehr so allein gelassen.

Ja, bitte, erwürge Bertrand. Oder nein, lieber doch nicht. Denn dann kommst du ins Gefängnis und wahrscheinlich die nächsten zehn Jahre nicht mehr heraus. (Länger würden sie dir nicht aufbrummen, denke ich, denn auch der strengste Richter würde deine Motive verstehen!) Aber zehn Jahre ist dennoch eine lange Zeit. Mir reichen schon diese zwei Monate, in denen wir nicht zusammen sein können!!! Also, kein Erwürgen!

Wenn du meinst, dann rufe ich Dr. Sommer an. Aber ich habe nicht viel Hoffnung, dass er etwas erreicht. Bertrand ist nicht dumm. Und wenn er sagt, er habe meine Konstruktion so verändert, dass sie nicht mehr von meinem Patent geschützt ist, dann glaube ich ihm das. Und als Maschinenbauingenieur ist er dazu allemal in der Lage. Leider. ☹

»Einfach« in die USA mit meinen Koffern?!? Mat, das wäre ein Traum! Aber, wie bitte soll uns das gelingen? Hast du Kontakte in die USA?

Ich habe dich auch soooooo lieb!

Franziska

PS Wie ist dein Gespräch mit der schwierigen Geschäftspartnerin verlaufen?

Von: mat.gerstenberg@gmx…
An: franziskaq@yahoo…

Hi, Franziska,

du bist doch nicht allein! Ich bin in Gedanken die ganze Zeit bei dir, bitte fühle dich ganz, ganz fest an mich gedrückt ☺!

Hast du Dr. Sommer schon erreicht? Was wird er tun?

Was die USA betrifft, so habe ich einige Ideen. Wenn du mir freie Hand lässt, dann lege ich mal los. Keine Angst, ich verpflichte dich zu nichts. Aber wir sollten schnell handeln, damit uns Bertrand nicht überall zuvorkommt. Wie wir besprochen haben, arbeitet die Werbeagentur bereits an einem Konzept. Wir brauchen dazu noch einige Informationen. Kann ich mich hier an deinen Vater wenden?

Das Gespräch mit der schwierigen Frau lief wider Erwarten viel konstruktiver und freundschaftlicher als befürchtet. Es scheint, als hätten die zwei Wochen Abstand auch ihr die Gelegenheit gegeben, über vieles nachzudenken. Sie war selbst verreist und hat einiges erlebt. Distanz bringt einen neuen Blickwinkel. Und der hat uns beiden gut getan.

Alles Liebe, mein Herz!

Mat

PS Wie geht denn die Produktion voran?

Von: franziskaq@yahoo…
An: mat.gerstenberg@gmx…

Lieber Mat,

so so, du führst freundschaftliche Gespräche mit schwierigen Frauen?! Während ich hier sitze, fern der Heimat? Wie viele Gründe habe ich da, eifersüchtig zu sein? Apropos Eifersucht: Lukas geht es gut, er lässt dich schön grüßen. Wir sehen uns fast jeden Tag, und er ist so ein netter, lieber Freund … nein, war nur ein Scherz, um meine Eifersucht damit zu beruhigen, dass ich deine anheize ;-). Lukas ist längst wieder in Peking. Nur Mei Ling weicht nicht von meiner Seite. Ich kann dir gar nicht sagen, wie froh ich darüber bin!

Heute habe ich die ersten Ballen des Stoffes gesehen. Die großen Qs sind sehr gut geworden. Edel und schlicht, ohne Schnörkel, so wie du das vorgeschlagen hast. Die Pastelltöne gefallen mir gut. Nur mit dem Rot bin ich noch nicht ganz zufrieden. Zum Glück habe ich Mei Ling, die das den Leuten klar macht. Englisch versteht in der Fabrik kein Mensch.

Mit Dr. Sommer habe ich telefoniert. Es war so, wie ich es befürchtet hatte. Er wird prüfen, sieht aber wenig Chancen auf Erfolg. Er braucht außerdem Bertrands Konstruktionspläne, damit ein Gutachter diese mit meinen vergleichen kann. Nur, woher nehmen? Ach, Mat, es ist so deprimierend …

Na ja, das Leben geht weiter, nicht wahr? Also bemühe ich mich, mich nicht zu sehr demotivieren zu lassen und guten Mutes nach vorne zu schauen. Es ist so gut zu wissen, dass du und deine Agentur mir bei der Vermarktung helfen. Bitte, Mat, ich will keinesfalls, dass ihr das ohne Honorar tut. Das soll alles geordnet ablaufen. »Klare Rechnung – gute Freunde«, wie mein Vater immer sagt. Kannst du bitte zu deinem Konzept den Kostenvoranschlag dazugeben? Am besten, du besprichst alles mit meinem Vater. Seine Visitenkarte hast du ja. Er hat ebenso wie du versprochen, mich bei der Vermarktung zu unterstützen. Ihr seid euch derzeit räumlich näher. Und ich denke, ihr könnt vieles auch ohne mich klären. Ihr seid die beiden einzigen Männer auf dieser Welt, zu denen ich vollstes Vertrauen habe.

Ich liebe dich! Ich liebe dich!

Franziska

Von: mat.gerstenberg@gmx…
An: franziskaq@yahoo…

Hi, Franziska,

da bin ich aber froh, dass der liebe Freund Lukas nicht mehr ständig um dich herumscharwenzelt ;-).

Um meine Freundschaft zu der schwierigen Geschäftspartnerin brauchst du dir nicht den Kopf zu zerbrechen. Ich kenne die Frau seit fünfzehn Jahren, sie ist mehr als zehn Jahre älter als ich, herrisch und machthungrig. Als Geschäftspartnerin verlässlich und unverzichtbar. Als Frau fürs Leben: brrrrrr *schüttel*, nein wirklich nicht!

Mit deinem Vater habe ich bereits telefoniert und ein sehr nettes Gespräch geführt. Wir treffen uns morgen um vierzehn Uhr, da habe ich eine kurze Pause zwischen zwei Terminen. Und dann besprechen wir Näheres.

So, ich muss los, ich werde in zehn Minuten zu einem wichtigen Meeting erwartet.

Mach's gut, meine Allerliebste, ich habe solche Sehnsucht nach dir!

Mat

PS Ich habe mich mit meiner Frau über die Scheidung geeinigt. Unser gemeinsamer Rechtsanwalt bemüht sich um einen baldigen Termin.

Von: franziskaq@yahoo...
An: mat.gerstenberg@gmx...

Lieber Mat,

du kannst dir gar nicht vorstellen, wie ich mich freue, dass es dir wirklich ernst ist mit deiner Scheidung!

Papa hat mich eben angerufen und mir von eurem Gespräch erzählt. Da haben sich anscheinend zwei Freunde fürs Leben gefunden ☺. Und das nicht nur, weil Papa Bertrand nie hat leiden können. Er scheint dich wirklich zu mögen, aber das habe ich ohnehin nicht anders erwartet ☺. Er sagt, du würdest vor Ideen nur so sprudeln und alles hätte Hand und Fuß und sei nicht nur Träumerei. Toll, wie es dir gelungen ist, Vater zu überzeugen. Er ist ein Mann der Zahlen und steht Kreativem immer skeptisch gegenüber.

Du, Mat, ich habe fast ein schlechtes Gewissen, dass du dich jetzt so viel mit meiner Koffergeschichte beschäftigst, und ich hoffe, deine andere Arbeit leidet nicht darunter. Du hattest ja sicher diese Wochen schon verplant, bevor du mich kennen gelernt hast!! Und jetzt komme ich und mache dir auch noch so viel Mühe! Ich danke dir viele, viele, viele Male für all das, was du für mich tust. Mein Angebot steht: Es wäre mir eine große Freude, dich als offiziellen Partner für das Quoffer-Projekt zu gewinnen. Überleg es dir!

Hier läuft alles mühsam, langsam, aber es läuft.

Viele liebe Küsse und Grüße

Franziska

PS Weißt du, was Mei Ling getan hat, dieses Teufelsweib? Sie hat ihre Freundin, die bei Yu Yi arbeitet, angestiftet, heimlich Bertrands Konstruktionspläne zu kopieren!! Und das hat diese auch prompt getan! Die Kopien habe ich sofort an Dr. Sommer weitergefaxt.

XIX

58 Tage später, 134 SMS von Franziska an Harry und 97 SMS von Harry an Franziska später, 62 E-Mails von Franziska und 63 E-Mails von Harry später, sieben mehrstündige Chats im Internetcafé später, zwölf sündhaft teure Telefonate später, 213 Liebeserklärungen von Harry und 213 Liebeserklärungen von Franziska später rollten die ersten Quoffer vom Förderband.

Franziska war jeden Tag mit einem »Ich liebe dich« auf dem Handydisplay aufgewacht und mit einem »Schlaf gut, meine Geliebte« eingeschlafen.

In drei Tagen war es so weit. In drei Tagen ging ihr Flugzeug und brachte sie zurück in die Heimat, brachte sie zurück zu Mat. Drei Tage, drei lange Tage. Wie sollte sie diese drei Tage überstehen? Hatte die Welt je drei Tage erlebt, die sich so lang hinziehen würden wie diese drei Tage jetzt? Im Spätsommer hier in China? Wo all ihre Arbeit getan war, alles geregelt war, was es zu regeln gab, alles besprochen, was besprochen werden musste? Wo sie nichts mehr dazu tun konnte, dass die Koffer im Container verladen werden würden und ihre lange Reise nach Europa antraten? Was sollte sie in diesen drei Tagen anfangen?

Sie hatte längst alles auf dem Seidenmarkt gekauft, was ihr verlockend erschien. Sie hatte längst jede Spezialität des Landes gekostet, die Lukas und seine Frau ihr empfohlen hatten. Es gab hier nichts mehr, worauf sie neugierig war. Doch dort, 8000 Kilometer von hier, da gab es jemanden, auf den sie sehr neugierig war, den sie kaum erwarten konnte.

Der Gedanke reifte zuerst langsam und dann mit erstaunlicher Geschwindigkeit. Und schon befand sich Franziska im Lufthansa-Center des Kempinski-Hotels, wo sich zwei freundliche Chinesinnen darum bemühten, ihren Flug umzubuchen.

Und tatsächlich, es gelang. Statt des Fluges am Samstag würde sie nun bereits am Donnerstag die Maschine zurück nach Deutschland besteigen. Zwei Tage früher nach Hause kommen, zwei Tage früher Mat in die Arme schließen! Zwei Tage früher ihm endlich wieder von Angesicht zu Angesicht gegenüberstehen, ihm endlich nicht nur am Telefon sagen, dass sie ihn liebte.

Nein, sie würde ihm ihr frühes Kommen nicht ankündigen, sie würde ihn überraschen. Sein Gesicht würde aufleuchten, wenn er sie sah. Sein Blick würde sie verschlingen … Noch nie hatte sie sich so gefreut, nach Hause zu kommen!

Gitte Gerstenberg hatte die Anzüge ihres Mannes zur Reinigung gebracht. Er würde sie nun drei Wochen lang nicht brauchen, drei lange Wochen, in denen sie mit Jeans, T-Shirts und Turnschuhen auskommen würden. Schanghai, Peking, die Fahrt auf dem Jangtse-Fluss –

sie konnte es gar nicht fassen, dass es in drei Tagen wirklich losgehen würde. Sie freute sich auf die fremde Welt, die sie erwartete. Auf neue Eindrücke, auf neue Bekanntschaften, die sie auf ihrer Rucksacktour unweigerlich schließen würden. Und vor allem freute sie sich darauf, drei Wochen mit Matthias allein zu sein.

Sie sah ihren Mann sehr wenig in letzter Zeit. Und dabei hatten sie sich doch bei ihrer Eheschließung vor fünf Jahren so fest vorgenommen, sich vom Alltag nicht einfangen zu lassen. Sich Zeit füreinander zu nehmen, Zeit für gemeinsame Unternehmungen, Zeit fürs Theater, Zeit für Freunde. Doch mittlerweile war kaum etwas von den guten Vorsätzen übrig geblieben. Oft war sie selbst unterwegs, um eines ihrer Seminare abzuhalten. Sie war als Trainerin so gefragt, dass sie von Firmen aus der ganzen Republik gebucht wurde. Das bedeutete konzentrierte Arbeit tagsüber und einsame Abende im Hotelzimmer. Und es bedeutete, weit weg zu sein von Matthias. Allerdings war es ohnehin nicht so, dass er zu Hause saß, um auf sie zu warten. Die Werbeagentur, vor sechs Jahren mit zwei Personen gestartet, war inzwischen auf dreiundzwanzig Mitarbeiter angewachsen. Auch wenn das Mitarbeiter waren, auf die sich Matthias verlassen konnte, so blieb doch für ihn ein großer Teil der Arbeit übrig. In den letzten Monaten ganz besonders, seit Harry mit dieser Koffergeschichte an ihn herangetreten war. Das war sein erster internationaler Auftrag und dadurch natürlich besonders reizvoll. Matthias hatte sogar kurz überlegt, die Chinareise zu verschieben! Aber da hatte Gitte energisch Einspruch erhoben. Das wäre ja noch schöner! Sie freuten sich jetzt beide schon seit fast einem Jahr auf diesen Urlaub.

Alles war gebucht, die Visa besorgt, die Hotels reserviert – sie dachte gar nicht daran, hier nachzugeben. Und Matthias war sichtlich froh gewesen, dass sie standhaft geblieben war.

Der Wäschetrockner machte mit leisem Brummen auf sich aufmerksam. Gitte holte die T-Shirts und Polo-Shirts aus der Maschine und begutachtete sie kritisch. Nein, sie würde doch noch einmal zum Bügeleisen greifen müssen. So konnten sie die Teile beim besten Willen nicht anziehen, auch wenn sie im Rucksack unweigerlich wieder zerknitterten. Sie holte das Bügelbrett, stellte es in der Diele auf und machte sich an die Arbeit.

Da klingelte es stürmisch an der Tür. Stirnrunzelnd stellte sie das Bügeleisen beiseite, sie erwartete niemanden. Dann öffnete sie.

»Das ist ein Glück, dass Sie zu Hause sind«, sagte die völlig fremde Frau, die vor der Tür stand und sich aufstöhnend auf ihren Koffer sinken ließ. »Das Ding hat ein enormes Gewicht. Würden Sie mir helfen, es in die Wohnung zu tragen?« Dann bemerkte sie Gittes erstaunten Blick, und ihr über und über mit Sommersprossen bedecktes Gesicht verzog sich zu einem schuldbewussten Lächeln. »Oh Entschuldigung, ich habe mich Ihnen noch nicht vorgestellt. Mein Name ist Franziska Querulin. Sie sind die Haushälterin von Herrn Gerstenberg?«

Gitte wollte schon zu einem Widerspruch ansetzen, als ihre angeborene Neugierde sie davon zurückhielt. Wer war diese Frau? Was wollte sie von Matthias? Dass sie ihn kannte, das stand außer Zweifel. Und warum, um Gottes willen, hielt sie sie für seine Haushälterin? »Warten Sie, ich helfe Ihnen mit dem Koffer.«

Mit vereinten Kräften schleppten sie ihn in die Diele.

»Das ist aber sehr nett von Ihnen, vielen Dank. Ich bin sonst nicht so schwach. Aber wahrscheinlich bin ich müde von der Reise.« Franziska streifte die Schuhe ab. »Ach, ist das herrlich.«

»Darf ich Ihnen etwas zu trinken anbieten?« Gitte war begierig darauf, zu erfahren, was das seltsame Schauspiel bedeuten mochte.

Franziska strahlte: »Oh ja, das wäre nett. Ein Mineralwasser, wenn Sie haben. Aber ich möchte Sie nicht von Ihrer Arbeit abhalten. Ich sehe, Sie sind beim Bügeln.« Sie hob eines der Polo-Shirts auf, die im Wäschekorb lagen. »Ach, wie gut ich dieses Polo kenne! Mat trug es damals an dem Abend im ›Sex an da City‹.« Sie seufzte und drückte es an ihre Brust. »Wie lange ist das schon her. Mir kommt es wie eine Ewigkeit vor. Aber das wird Sie ja wahrscheinlich nicht interessieren, entschuldigen Sie.« Sie ließ das Polo-Shirt wieder in den Korb fallen.

Gitte reichte ihr das Glas Wasser. »Aber nein, im Gegenteil, es interessiert mich sogar sehr. ›Sex and the City‹, das ist doch eine Fernsehserie. Wie kommt mein, ich meine, wie kommt Herr Gerstenberg in eine Fernsehserie?«

»Nein, ›Sex an da City‹ ist ein Lokal in China, in Peking, um genau zu sein. Herr Gerstenberg und ich haben dort einen netten, ja, sogar einen äußerst netten Abend verbracht.« Sie zwinkerte Gitte zu, da es irgendwie den Anschein hatte, als würde die Haushälterin sie verstehen.

»Irren Sie sich da nicht?«, fragte Gitte, die alles andere als dabei war, sie zu verstehen. »In Peking, sagten Sie? Herr Gerstenberg war meines Wissens noch nie in Peking. Im Gegenteil, wir sind jetzt gerade dabei …«

»Natürlich war er in Peking, vor zwei Monaten. Wir waren vierzehn Tage lang gemeinsam in China.«

Gitte rechnete nach. Vor zwei Monaten, da war Matthias aus Stuttgart zurückgekommen. Er hatte dort vierzehn Tage lang ein Werbekonzept für einen Automobilkonzern zu erstellen gehabt. Zumindest hatte er das behauptet. Energisch schüttelte sie den Kopf. Natürlich war er in Stuttgart. Was hätte Matthias für einen Grund gehabt, sie anzulügen? Sie waren doch immer offen und ehrlich zueinander. Oder etwa nicht? Sie hasste die Zweifel, die in ihr aufstiegen.

Nichtsdestotrotz, sie musste sich überzeugen. Für China brauchte man ein Visum. Und das wurde bei jeder Einreise abgestempelt, das wusste sie. Sie griff nach Matthias' Reisepass, der mit den Reisedokumenten auf dem Schreibtisch bereit lag. Sie brauchte nicht lange zu blättern. Da war es, das Visum. Und der Einreisestempel nach Peking, datiert auf den 21. Juni, und der Ausreisestempel, datiert auf den 4. Juli.

Sie ließ sich auf den Stuhl neben dem Schreibtisch fallen. Das war kein Spiel mehr. Hier wurde an den Grundfesten ihrer Existenz gerüttelt. Sie überlegte kurz, diese Frau ohne ein weiteres Wort aus der Wohnung zu werfen. Doch nein, das wäre nicht der richtige Weg. Wenn sie schon so viel wusste, dann wollte sie alles wissen.

»Wie stehen Sie zu Herrn Gerstenberg? Kennen Sie ihn gut?« Sie wunderte sich selbst, wie kühl und unbeteiligt ihre Stimme klang. Nichts zeugte vom Aufruhr und der Verunsicherung, die sie empfand. Noch merkte man ihren Worten den Schmerz nicht an.

Franziska strahlte wieder, und dieses Leuchten in ihren Augen ließ sie noch hübscher erscheinen als bei ihrer Ankunft.

»Sie scheint nicht viel jünger zu sein als ich«, dachte Gitte, »aber sie wirkt so lebendig, so fröhlich, so voller Leben. Kein Wunder, dass sie es Matthias angetan hat.«

»Ich möchte hier keine Geheimnisse ausplaudern«, sagte Franziska, »aber Herr Gerstenberg und ich, wir lieben uns.«

So. Jetzt hatte sie es. Jetzt hatte sie gehört, was sie nie hatte hören wollen. Und was sie doch selbst herausgefordert hatte. »Ich darf Sie bitten zu gehen.« Gittes Stimme klang noch um eine Nuance kühler als vorhin.

Franziska war fassungslos: »Aber warum? Nein, ich möchte hier bleiben, ich möchte Mat überraschen, wenn er am Abend nach Hause kommt. Wie lange arbeitet er gewöhnlich in der Agentur?« Sie hatte Gittes Worte nicht ernst genommen. Warum sollte die Haushälterin sie auch aus der Wohnung werfen? Es war seltsam genug, dass sie so versteinert auf dem Schreibtischstuhl saß, als habe sie gerade eine Schreckensnachricht erhalten.

Nicht, dass sie sich sehr für deren Gefühle interessierte. Vielmehr interessierte sie das Foto, das auf dem Schreibtisch stand. Es zeigte Matthias und noch einen anderen Mann, der eine gewisse Ähnlichkeit mit ihm aufwies. Doch während Matthias glatt rasiert war und seine Haare so kurz geschnitten trug, wie sie ihn kannte und liebte, hatte der andere Mann langes Haar und einen sehr seltsamen Bart am Kinn. Sie war sich sicher, dass sie diesen anderen Mann noch nie getroffen hatte, und wunderte sich, dass er ihr dennoch vage vertraut vorkam. Daneben lag noch ein Foto. Und ein leerer Bilderrahmen. Es schien, als hätte jemand das Bild rahmen wollen, wäre aber noch nicht dazu gekommen. Und das, was sie auf diesem Bild sah, ließ Franziska innehalten. Das war ohne Zweifel Matthias. Und das war dieser zärtliche, liebevolle Blick, den sie kannte. Und da war noch jemand auf diesem Foto, eine Person, der dieser Blick galt. Und diese Person war niemand anderes als diese Haushälterin, die ihr nun, immer noch schweigend, gegenübersaß. »Sind Sie das?«

Die Haushälterin nickte.

Da fiel es Franziska wie Schuppen von den Augen: Ja natürlich, kein Wunder, dass diese Frau so entgeistert war. Es lag daran, dass Franziska sie für die Haushälterin gehalten hatte. Natürlich war das Mats Frau! Er hatte doch oft von ihr gesprochen. Er hatte doch gesagt, dass sie getrennt lebten. Er wollte die Scheidung in die Wege leiten, während sie in Peking war. Seltsam, dass die Frau dann noch immer da war und seine Polos bügelte. Geschiedene Frauen bügelten normalerweise nicht für ihre Exmänner. Und geschiedene Männer sahen ihre Exfrauen auch nicht mit einem so liebevollen Blick an, wie Matthias es auf diesem Bild tat.

»Oh Entschuldigung«, sagte Franziska, »es tut mir Leid, dass ich Sie als Haushälterin angesprochen habe, Sie müssen Matthias' Frau sein.«

Gitte nickte überrascht. »Er hat Ihnen von mir erzählt?«

Franziska, noch viel zu gefangen in ihrem Glück, viel zu tief verstrickt in ihre Vorfreude auf den geliebten Mann, nahm nicht wahr, wie es ihrem Gegenüber ging. Sie ließ sich von dem gelassenen Auftreten täuschen und sagte frei heraus: »Natürlich, warum hätte er Sie mir verschweigen sollen? Ich bin nicht so dumm, dass ich auf eine geschiedene Frau eifersüchtig wäre, wenn Sie das meinen.«

»Geschiedene Frau?« Gitte war nahe daran, ihre äußere Gelassenheit zu verlieren. Doch noch war ihr nicht klar, ob sie in hysterisches Lachen oder in Tränen ausbrechen sollte. Weinen, vor dieser fremden Frau, die aus heiterem Himmel auftauchte und ihre heile Welt zerstörte? Nein, das wollte sie keineswegs.

Franziska bemerkte das Erstaunen der Frau: »Ach, Sie sind noch gar nicht geschieden? Ich habe mir ohnehin gedacht, dass das nicht so schnell geht. Mat war so zuversichtlich, dass die Scheidung schon über die Bühne sein würde, wenn ich zurückkomme. Wann ist denn der Termin?«

Gitte erhob sich schwerfällig. Es kam ihr so vor, als sei sie in der letzten Viertelstunde um Jahre gealtert. Wie kam diese Frau dazu, so in ihr Leben zu platzen? Scheidungstermin. Hatte die noch alle Tassen im Schrank? Sie hatte nicht im Geringsten die Absicht, sich von Matthias scheiden zu lassen. Aber es war höchst interessant zu erfahren, dass er sich anscheinend mit der Absicht trug.

Nun war es Franziska, die fassungslos war. Das Lächeln war aus ihrem Gesicht gewichen. »Sie wissen nichts von einem Termin?«, fragte sie. »Wo ist Matthias? Wann kommt er? Ich finde es höchst verwunderlich, dass noch kein Scheidungstermin festgelegt ist, wo Sie sich doch einig sind, sich scheiden zu lassen.«

»Wir sind uns keinesfalls darüber einig, uns scheiden zu lassen. Bisher war Scheidung bei uns noch nie ein Thema.«

»Noch nie ein Thema? Das kann ich nicht glauben. Ich kann doch nicht glauben, dass er mich so belogen hat. Worüber spricht er dann die ganze Zeit? Sie haben sich doch auseinander gelebt! Haben Sie sich nicht auseinander gelebt?«

»Einem Mann, mit dem ich mich auseinander gelebt habe, bügle ich nicht die Hemden.« Gittes Stimme klang bitter. »Und überhaupt möchte ich Sie in Kenntnis setzen, dass mich mein Mann liebt. Mich und nur mich. Und jetzt können Sie gehen und das Weite suchen. Verschwinden dorthin, wo der Pfeffer wächst. Ich rate Ihnen dringend: Lassen Sie meinen Mann in Ruhe! Ich habe nicht die geringste Lust, mir all das zerstören zu lassen, was seit sieben Jahren mein Leben bedeutet!« Sie packte Franziska unsanft an der Schulter, um sie aus der Wohnung zu drängen.

Franziska stemmte sich dagegen. Eines musste sie noch wissen! Sie nahm das Foto vom Schreibtisch, das Matthias und seine Frau in trauter Zweisamkeit zeigte. Die Blicke, die sie wechselten, waren so voller Liebe, dass jedem Betrachter warm ums Herz werden musste. »Wann wurde dieses Bild aufgenommen?«

»Vorige Woche«, sagte Gitte, »wir feierten unseren fünften Hochzeitstag.«

Franziska machte auf der Stelle kehrt: »Entschuldigen Sie bitte. Ich habe mich sicherlich im Haus geirrt. Es ist ein ganz anderer Matthias, den ich lieben gelernt habe. Er hat keine Ähnlichkeit mit Ihrem Mann. Es tut mir Leid.« Sie schnappte ihren schweren Koffer und schleppte ihn zur Tür.

Als sie mit ihrem Handy ein Taxi rief, rannen die Tränen in Strömen über ihre Wangen. Aus. Ende. Vorbei. Ende einer Liebe, die in der Heimat nicht im Geringsten dem standhielt, was sie in der Ferne versprochen hatte.

Sie wollte nach Hause. In ihr Jugendzimmer, unter die tröstenden Fittiche ihres Vaters.

XX

Es war so gegen drei Uhr früh, als Harry aus dem Tonstudio nach Hause kam. Er war müde, fix und fertig, doch die CD war im Kasten. Noch nie hatte er in so kurzer Zeit so viele Lieder eingespielt. Noch nie war er mit so viel Elan, mit so viel Liebe bei der Sache gewesen. Mit so viel Liebe! War es ein Wunder, dass er die schönsten Liebeslieder seiner Karriere schrieb, wenn er selbst bis über beide Ohren verliebt war? Nur noch zwei Tage, dann würde er am Flughafen stehen und die Frau seines Lebens in die Arme schließen.

Wie viele Gedanken hatte er sich gemacht, wie dieses Wiedersehen stattfinden sollte! Er hatte die VIP-Lounge des Flughafens reservieren lassen. Man würde sie direkt vom Flugzeug abholen und zu ihm bringen. Ob das Eindruck auf sie machte? Wahrscheinlich nicht. Aber überrascht würde sie doch sein. Und wie überrascht erst, ihn dann zu sehen. Und dann war endlich der Augenblick gekommen, in dem er ihr die Wahrheit gestehen wollte. Er konnte nicht weiter Mat Gerstenberg bleiben. Es war höchste Zeit, dass sie wusste, wen sie liebte. Sie liebte Seeberstein. Nein, das war falsch, sie liebte nicht Seeberstein. Seeberstein war eine Kunstfigur. Eine Kunstfigur, die er kreiert hatte, um damit auf der Bühne zu stehen, um Lieder zu singen, die die Menge begeisterten. Um für viele Frauen ein Zielobjekt ihrer verborgenen Wünsche und geheimen Sehnsüchte zu sein. Franziska liebte Harry Schlamm. Harry Schlamm war ein anderer. Nicht so strahlend wie Seeberstein, nicht so unangreifbar, so ewig lässig, so glanzvoll. Harry Schlamm war der Mensch hinter der Maske Seeberstein. Und diesen Menschen würde sie in zwei Tagen wiedertreffen.

Während all der Wochen, die sie nun getrennt waren, war er oftmals nahe daran gewesen, ihr die Wahrheit zu schreiben. Viele Male hatte er dazu angesetzt, die getippten Worte aber dann doch wieder gelöscht. So eine wichtige Nachricht verkündete man nicht per SMS oder E-Mail. Das war auch nichts fürs Telefon. Das war eine Botschaft für ein persönliches Gespräch. Wenn er ihr Gesicht sehen und sie seinen Tonfall in jeder Nuance wahrnehmen konnte. Nichts ist oft missverständlicher als das geschriebene Wort.

Er hatte für das Treffen am Flughafen einen Flügel bereitstellen lassen und würde ihr seine schönsten Lieder vorsingen. Wie hätte er seine Liebe besser ausdrücken können als durch seine Musik?

Harry schloss die Tür zu seinem Haus auf. Es brannte noch Licht in der Bibliothek. Wie immer. Er mochte es nicht, in ein dunkles Haus zurückzukommen. Es war schlimm genug, dass ihn keine Menschenseele liebevoll erwartete. Doch die Einsamkeit würde bald ein Ende haben! Franziska, wie soll ich nur diese zwei Tage noch ohne dich aushalten?

Hoffentlich hatte ihm Herwig etwas zu trinken in der Bibliothek bereitgestellt. Heißen Tee in einer Thermoskanne. Er war keiner dieser Musiker, die sich Abend für Abend mit Alkohol zuschütteten. Oder genauer gesagt, er war es nicht *mehr*. Seine wilden Jahre waren vorüber.

Er hatte kaum die Tür zur Bibliothek geöffnet, als ein Mann blitzschnell auf ihn zustürzte, ihn an den Schultern packte und ihn kräftig zu schütteln begann. Harry war so überrascht, dass er zu Boden fiel.

Sein Angreifer stürzte sich auf ihn. Über Harrys Gesicht tauchte das wütende Gesicht seines Bruders auf. Matthias, der durch zusammengebissene Zähne hervorpresste: »Das wirst du mir büßen!«, bevor Harry sich wehrte und eine wüste Rangelei begann.

Die beiden Brüder hatten während ihrer Kindheit nie ernsthaft gestritten, aber fast täglich miteinander gerauft. Einer hatte den anderen in den Schwitzkasten genommen, um seine Macht und seine Kraft zu demonstrieren. Doch noch nie hatten sie sich als Erwachsene in derselben Situation auf dem Fußboden wiedergefunden.

Wie schon in der Kindheit dauerte es nicht lange und Harry bekam die Oberhand. Er drückte nun die Schultern seines Bruders auf den Teppichboden. Nicht umsonst trainierte er im Fitnessstudio regelmäßig für seine Auftritte. Seine weiblichen Fans liebten muskulöse Arme. Die kamen ihm jetzt zugute. »Kannst du mir vielleicht sagen, was das Theater soll?« Er überlegte, ob er es schon wagen konnte, die Schultern seines Bruders wieder loszulassen. Er hatte keine Lust, diese Rangelei fortzusetzen. Es war mitten in der Nacht, er war müde, und außerdem hatte er einen seiner besten Auftrittsanzüge an. Sie hatten in der Pause zwischen den Aufnahmen einige Fotos für das Cover geschossen.

Langsam ließ er Matthias los, und der hatte auch keine Lust, sich länger auf dem Boden zu wälzen. Mühsam rappelte er sich hoch und sagte dann mit einer Geste der Resignation: »Gitte hat mich hinausgeworfen.«

Harry stand schon wieder und half seinem Bruder auf die Beine: »Warum? Was hast du dir geleistet?«

»Ich habe mir gar nichts geleistet.« Matthias schnaufte. »Ich habe nicht die geringste Ahnung, was der Grund für ihre Wut und ihre Enttäuschung sein könnte. Ich bin heute Abend nichts ahnend nach Hause gekommen, und meine Frau hatte mir den Koffer vor die Tür gestellt. Dazu ein kurzes Schreiben, ich möge mich zum Teufel scheren.«

Harry schenkte zwei Tassen Tee aus der Kanne ein. »Das klingt nicht gut.« Er schüttelte den Kopf: »Aber so Leid mir das für dich tut, Kleiner, was habe ich damit zu tun? Wie komme ich zu der Ehre, von meinem eigenen Bruder in meinem eigenen Haus mitten in der Nacht hinterrücks überfallen zu werden?«

»Ach«, sagte Matthias, und jetzt klang er schon wieder fröhlicher, »das war eine reine Vorsichtsmaßnahme. In der Kindheit warst auch immer du schuld, wenn ich mit einem Erwachsenen Schwierigkeiten bekam. Und ich dachte mir, sicher ist es dieses Mal ebenso. Hast du etwas ausgefressen, Harry? Irgendwas, das Gitte auf mich gemünzt haben könnte? Dann sag's mir bitte frei heraus.«

Harry überlegte, doch dann schüttelte er den Kopf: »Nein ehrlich, Matthias, ich habe nicht die geringste Ahnung. Ich bin in den letzten zwei Monaten absolut keusch gewesen und habe auch vor, einer Frau treu zu bleiben, wie du weißt. Und diese Frau kommt erst in zwei Tagen aus China zurück. Also, ich war es dieses Mal nicht, da musst du schon selbst in deinem Gewissen graben.«

Matthias dachte nach. Er konnte keinen Grund für Gittes Verhalten finden.

Harry holte sein Handy aus der Tasche: »Während du noch grübelst, möchte ich noch schnell die eingegangenen SMS lesen. Und dann sollten wir schlafen gehen. Ich nehme an, du schläfst heute hier.«

Matthias nickte. »Wenn du ein Gästebett frei hast.«

Harry machte eine weit ausholende Geste: »Jede Menge«, sagte er. »Seltsam, keine SMS von Franziska. Na ja, vielleicht wurde sie ja von den Chinesen zu einem Abschiedsessen eingeladen und ist nicht dazu gekommen, mir zu schreiben.« Er versuchte, sich seine Enttäuschung nicht anmerken zu lassen. Schnell tippte er eine liebevolle Grußbotschaft in die Tasten, und dann, eine Stunde später, kurz bevor er das Licht löschte, noch eine zweite.

Am nächsten Tag wartete Harry vergebens auf eine Nachricht aus China. Und am übernächsten Tag auch.

Franziska musste ihr Handy verloren haben. Das war die einzig logische Erklärung.

Und dann war es endlich so weit! Harry saß voller Aufregung in der VIP-Lounge des Flughafens, Champagner stand bereit, ein wahres Kerzenmeer tauchte den Raum in romantisches Licht. Wieder und wieder ließ er seine Finger über die Tasten des Flügels gleiten. Seine Anspannung war kaum noch zu ertragen.

Gleich würde sie ihm gegenüberstehen, gleich würden sie sich in die Arme fallen, er würde ihr hübsches Gesicht wiedersehen, er würde ihren Duft einatmen. Er würde mit ihr das Leben beginnen, das er sich so viele Jahre gewünscht hatte.

Jetzt war die Maschine gelandet. Jetzt würden die Passagiere sich erheben, ihr Handgepäck aus den Fächern nehmen. Kontrollieren, ob sie nichts in der Ablage vergessen hatten. Jetzt wahrscheinlich würde die Stewardess an Franziska herantreten und sie bitten, in der wartenden Limousine Platz zu nehmen, statt in den Flughafenbus zu steigen. Jetzt war sie wahrscheinlich schon auf dem Weg zu ihm.

Hörte er da Schritte, kam sie näher?

Rasch wischte er seine schweißnassen Hände an der Hose ab. Er konnte sich nicht erinnern, jemals so aufgeregt gewesen zu sein. Außer vielleicht als Kind vor einer Prüfung oder als er das erste Mal mit seinem nagelneuen, sündhaft teuren Cabriolet gefahren war.

Die Tür wurde geöffnet, und Harry wagte kaum, sich umzudrehen. Und dann tat er es doch und ging mit großen Schritten auf den Mann zu, der dort mit um Entschuldigung heischendem Lächeln stand.

»Frau Querulin war nicht in der Maschine, Herr Seeberstein. Soweit wir in Erfahrung bringen konnten, ist sie bereits vor zwei Tagen wieder in Deutschland angekommen. Kann ich sonst noch etwas für Sie tun, Herr Seeberstein? Soll ich jetzt den Champagner öffnen?«

XXI

Franziska lag auf ihrer bequemen Liege und blickte gedankenvoll auf den weiten blauen See, der sich vor ihr erstreckte. Ein Schwanenpaar mit drei kleinen, noch grauen Schwänen zog elegant vorüber. Gegenüber, am anderen Ufer des Sees, die weiße Kirche von St. Wolfgang, das berühmte Hotel »Weißes Rößl« und die vielen bunten Häuser des bekannten Ferienortes. Darüber ein wolkenloser, strahlend blauer Himmel wie aus dem Bilderbuch.

Auf der Liege neben ihr lag Marie und schlief. Es war Vaters Idee gewesen, dass sie verreisen sollte, kaum zwei Tage nach ihrer Ankunft in Deutschland. Sie hatte ihm alles haargenau erzählt. Wie sie Mat kennen gelernt hatte, wie in den Tagen in Peking ihre Liebe langsam, aber stetig gewachsen war. Wie sie beschlossen hatten, zusammenzubleiben.

Mit ihrer Mutter hatte sie nicht viele Worte gewechselt. Sie hatte keine Lust auf weitere Vorwürfe. Für Sieglinde Maria Querulin war es allein Franziskas Schuld, dass die Verlobung mit dem Traumschwiegersohn Bertrand de Valleau geplatzt war. Er hatte sie sicher nur unterstützen wollen. Ihr den Rücken freihalten für private Pflichten. Ihr Lasten abnehmen, damit sie sich voll und ganz auf ihre Rolle als Frau und künftige Mutter konzentrieren konnte. Wie konnte Franziska da nur so kleinlich sein und ihm Verrat vorwerfen? Verrat – was für ein großes Wort für einen ganz normalen Koffer.

Nein, mit ihrer Mutter war nicht zu reden. Wie sollte diese ihren Freundinnen erklären, dass der traumhafte, der reiche, der allerbeste Schwiegersohn in spe, um den sie die Damen des Bridgeclubs beneidet hatten, so sang- und klanglos abhanden gekommen war? Zum Glück war die Golfsaison wieder in vollem Gange und Frau Querulin selten zu Hause. So hatte Franziska ihren Vater für sich allein.

All die Werbeaktionen, die Matthias Gerstenberg in der Zwischenzeit für den Quoffer entworfen hatte, hatten sie nur am Rande interessiert. »Mach du nur, Vater«, hatte sie gesagt, als er ihr die Entwürfe präsentieren wollte, »ich bin sicher, du weißt genau, was richtig ist.«

Und dann war sie wieder in Tränen ausgebrochen und er hatte sie an seine starke Brust gedrückt und getröstet. Und ihr vorgeschlagen, sie solle sich doch mit Marie treffen, um auf andere Gedanken zu kommen.

Marie Schwertner war während der Schulzeit und während des Studiums ihre beste Freundin gewesen. All die Jahre, die Franziska in Frankreich gelebt hatte, war der Kontakt nie abgerissen. Erst schrieben sie sich lange Briefe, später lange E-Mails. Marie war stets über Franziskas Leben auf dem Laufenden. Franziska war Maries Trauzeugin bei ihrer Hochzeit mit Stefan Laufenberg gewesen. Sie war zu den Taufen ihrer beiden Kinder gekommen und hatte es bedauert, als Marie mit ihrer Familie nach Österreich gezogen war, wo Stefan eine Stelle in einem großen Elektronikkonzern antrat. Aber Salzburg war ja nicht aus der Welt.

Als Franziska Marie über Handy erreicht hatte, stellte sich heraus, dass die Familie gerade am Wolfgangsee den Urlaub verbrachte. In ihrem Wochenendhaus war noch Platz für einen Gast. Sie war herzlich willkommen.

Also hatte Franziska wieder den Koffer gepackt, einen viel kleineren diesmal als den, den sie nach Peking mitgenommen hatte. Es war das letzte Mal, dass sie eine Reise ohne den Quoffer machte.

Sie hatte tränenreich Abschied von ihrem Vater genommen und darauf bestanden, ihm ihr Handy zu überlassen. »Nimm du es, Papa. Mat schreibt mir immer noch. Ich weiß nicht, was er damit bezweckt. Seine Frau wird ihm inzwischen alles erzählt haben. Wenn ich Abstand gewinnen soll, dann darf ich nicht ständig an diesen Mann erinnert werden.«

Heinrich Querulin hatte ihr Handy ohne Kommentar in seine Schreibtischschublade gesteckt.

Und jetzt lag sie also da, am Ufer des Sees.

Stefan war mit den Kindern im Schlauchboot unterwegs. Das hieß endlich Ruhe. Das hieß endlich liegen, ohne Kindergeschrei und ohne dass Marie jeden zweiten Satz unterbrach mit einem hastigen »Du entschuldige, ich muss schauen, was Jonny macht.« oder »Entschuldige, Franziska, ich fürchte, Robert ist gerade dabei, das Nachbarkind zu erschlagen. Roo-ho-bert!!!!«

Es war doch keine wirklich gute Idee gewesen, hierher zu kommen. Junge Mütter sind alles andere als passende Trösterinnen. Sie haben schon genug Trost im

Alltag zu verteilen. Für aufgeschürfte Knie und weggenommene Sandschaufeln. Da war nicht mehr viel Trost übrig für eine Freundin, die an Liebeskummer litt.

Und doch hatten die fünf Tage am See bewirkt, dass Franziska ruhiger geworden war. Sie dachte auch nicht mehr ständig an Mat, nur noch fast ständig. Sie war sich ganz sicher, dass sie sich damit abzufinden begann, dass Mat einer anderen gehörte. Sie vermisste ihn gar nicht mehr! Sie würde ein ganz neues Leben beginnen, selbstständig, ohne Mann. Sie würde Karriere machen. Ihr Koffer würde weltweit verkauft werden. Die schönsten Männer würden ihr zu Füßen liegen. Und sie würde sich einen aussuchen können. Sie würde jeden haben können!

Nur einen nicht, und zwar genau den, den sie wollte.

Und dann heulte sie wieder. Rasch versteckte sie ihr Gesicht hinter einem dicken, flauschigen Frotteebadetuch.

In diesem Augenblick klingelte Maries Handy laut und vernehmlich. Und weckte damit nicht nur sie selbst, sondern auch die Badegäste auf den Decken ringsum, die in der prallen Sonne schlummerten.

»Laufenberg, ja hallo? Wer? Aha, ja natürlich, sie ist hier. Ja, natürlich, einen Augenblick bitte. – Franzi, es ist für dich. Ein Rechtsanwalt.«

»Querulin.«

»Ja, Frau Querulin, da bin ich aber froh, dass ich Sie erreiche. Ihr Vater war so freundlich, uns diese Nummer zu geben. Nachdem ich es in den letzten Tagen immer und immer wieder vergeblich versucht hatte, Sie zu erreichen. Und Sie haben sich leider auch nicht bei mir gemeldet, obwohl ich wiederholt auf ihrer Mailbox um einen Rückruf gebeten habe …«

»Guten Tag, Herr Dr. Sommer. Es tut mir Leid, ich habe mein Handy nicht mitgenommen.«

»Nicht mitgenommen?« Der Rechtsanwalt rang hörbar um seine Fassung. »Nicht mitgenommen? Dann sind Sie ja praktisch von jeglichem Informationsfluss abgeschnitten! Das finde ich äußerst unklug, wenn Sie mir die Bemerkung gestatten.«

»Worum geht es denn?« Franziska beschloss, seine Bemerkung zu ignorieren. Wenn Dr. Sommer es nicht schaffte, ein paar Tage unerreichbar zu sein, sie schaffte es. Kein Mensch war unersetzbar. Oder wie Vater immer sagte: »Der Friedhof ist voll mit Menschen, die Zeit ihres Lebens meinten, unabkömmlich zu sein.«

»Ja, worum geht's?« Der Anwalt räusperte sich vernehmlich und holte dann tief Luft. »Frau Querulin, es ist mir eine große Freude, Ihnen eine äußerst erfreuliche Nachricht verkünden zu dürfen …«

»Mat!«, schoss es Franziska durch den Kopf. Mat saß bei Herrn Dr. Sommer und beauftragte ihn, das Scheidungsverfahren einzuleiten. Er hatte Dr. Sommer gebeten, sie anzurufen und ihr zu sagen, dass er sie liebte und das weitere Leben mit ihr verbringen wollte …

Obwohl die nächsten Worte tatsächlich erfreulich waren, wirkten sie auf Franziska wie eine kalte Dusche.

»Es ist uns gelungen, sowohl in Deutschland als auch, durch unseren Korrespondenzanwalt, in Frankreich jeweils eine einstweilige Verfügung zu erwirken. Das bedeutet, die Firma ›Valleau Valise‹ des Herrn Bertrand de Valleau ist bis auf weiteres nicht berechtigt, auch nur einen Koffer in diesen Ländern zu verkaufen. Zumindest so lange nicht, bis das eigentliche Verfahren vor Gericht abgeschlossen ist. Und das kann dauern …«

»Und Herr Gerstenberg? War Herr Gerstenberg auch bei Ihnen?«

»Nein, Frau Querulin. Ein Herr Gerstenberg, nein, nicht dass ich wüsste. Wie ist dieser Mann in den Fall involviert?«

Energisch riss sich Franziska zusammen. Sie dankte dem Rechtsanwalt für seine Bemühungen und die hocherfreuliche Nachricht. Wenigstens ein Problem, das ihr vor kurzem noch so viel Sorgen und Kummer bereitet hatte, schien sich in Wohlgefallen aufzulösen. Aber was war das schon gegen den anderen Schmerz, den sie empfand? Was war das schon gegen Liebeskummer?

»Wir bleiben natürlich am Ball. Ähnliche Verfahren wurden auch bereits in Österreich und in der Schweiz eingeleitet. Ich halte Sie auf dem Laufenden. Erreiche ich Sie unter dieser Nummer?«

Franziska beeilte sich, ihm das zu versichern, und hielt es dabei nicht für nötig, Marie um ihre Zustimmung zu fragen. Das Handy ihrer Freundin war ohnehin immer eingeschaltet, und es begleitete sie auf Schritt und Tritt. Sie bedankte sich noch einmal bei ihrem Anwalt, beendete das Gespräch und legte das Handy neben Marie auf die Liege. Ihre Freundin war bereits wieder eingenickt.

Franziska stand auf und lief ins kalte Wasser. Kaltes Wasser war sicher gut, um ihren Kopf zu klären.

Doch ihr Kopf hatte keine Klärung nötig. Es waren ihre Gefühle, die verrückt spielten. Sehnsucht, die sie nicht losließ. Liebe, die sich nicht einfach löschen ließ.

Da konnte das Wasser noch so kalt sein. Und so kalt war es gar nicht, jetzt, Anfang September. Es war angenehm und frisch, und sie machte einige kräftige Schwimmzüge.

Das Leben könnte so schön sein. Wenn Mat jetzt hier wäre, hier neben ihr. Doch er war bei seiner Frau. Wahrscheinlich auf einer Wandertour. Die Rucksäcke hatten schon bereitgestanden. Obwohl sie sich Mat nicht wirklich auf einer Wandertour vorstellen konnte. Doch was wusste sie schon von ihm? Sie hatte sich ja doch nur in ihm getäuscht!

Noch ein paar flotte Züge. Die Bewegung tat ihr gut. Das Wasser spülte die Tränen fort.

Als sie eine halbe Stunde später ans Ufer zurückschwamm, hob sie erst kurz vor dem Steg den Blick, um nach der Leiter zu greifen. Als sie nun aufsah, sah sie zuerst zwei lange, leicht gebräunte Beine in orangen Flip-Flops auf den Planken stehen. Sie gehörten zu einer hoch gewachsenen, schlanken Gestalt in weißer Caprihose und orange-weiß gestreiftem T-Shirt. Und mit dem hübschesten Gesicht, das Franziska je gesehen hatte. Nein, falsch, diese Frau war nicht hübsch, sie war schön. Wäre es nicht so absurd erschienen, dann hätte Franziska genau gewusst, wer diese Frau war.

»Frau Querulin?«

Franziska stieg aus dem Wasser und wickelte sich rasch das riesige Badetuch, das sie auf dem Steg bereitgelegt hatte. Wie hätte sie mit ihren runden Hüften und dem großen Busen gegen eine derartige Schönheit bestehen können? Nein, da war es besser, sich zu verstecken. Sie beeilte sich zu nicken.

Eine schlanke, perfekt manikürte Hand streckte sich ihr entgegen. »Giselle Verleinen.«

Also doch. Diese Schönheit sah nicht nur aus wie eines der bekanntesten Topmodels, sie war eines der bekanntesten Topmodels. Und sie stand hier auf dem Steg, und den Männern in den Liegen rings umher schienen die Münder nicht mehr zugehen zu wollen. Den Familienvätern auf den karierten Decken im Gras war ihre lebhafte Kinderschar für einen Augenblick völlig egal.

Giselle schien das Aufsehen, das sie erregte, nicht im Geringsten zu bemerken. Wahrscheinlich war sie ganz und gar daran gewöhnt und hätte es eher vermisst, wäre es nicht so gewesen.

Ein bulliger Mann mit dichten schwarzen Haaren und dunklem Vollbart kam den Weg heruntergeschlappt, wahrscheinlich ein Autogrammjäger.

Doch zu Franziskas Erstaunen drehte sich Giselle zu ihm um und sagte: »Es sieht so aus, als hätten wir sie gefunden, Schorsch.«

»Dann ab durch die Mitte«, sagte Schorsch.

Franziska wurde kalt in ihrem nassen Badeanzug. Das durchweichte Frotteetuch brachte nicht viel Wärme.

Nun war auch Marie näher gekommen und blickte ehrfürchtig zu Giselle auf: »Sind Sie es wirklich? Sind Sie tatsächlich Giselle Verleinen?«, vergewisserte sie sich. »Mein Mann wird sich sonst wohin beißen, wenn er erfährt, dass er gerade dann mit dem Schlauchboot unterwegs ist, wenn Sie auf unserem Steg stehen. Werden Sie lange hier am See bleiben?«

Giselle schüttelte gelangweilt den Kopf. »Nein. Wir fahren sofort zurück. Frau Querulin, wie lange brauchen Sie zum Anziehen?«

»Sie sind wegen Franziska gekommen?«

»Sie sind wegen *mir* gekommen?«

»Ja natürlich, was sollte mich sonst hier ans Ende der Welt bringen? Wir haben es eilig, Frau Querulin, wenn ich bitten dürfte …«

In Franziska regte sich Widerstand. Sie war hierher gekommen, um sich bei ihrer Freundin den Kummer von der Seele zu reden. Sie wollte diese Tage am See nutzen, um ihre Liebe zu betrauern. Um in aller Ruhe in Selbstmitleid zu versinken. Sie war nicht hier, um sich von irgendeiner arroganten Schnepfe herumkommandieren zu lassen. Mochte sie so berühmt sein, wie sie wollte.

Da trat der dunkelhaarige Mann vor und reichte ihr seine überraschend feingliedrige Hand zur Begrüßung: »Schorsch Pernthaler. Ich kann mir nicht vorstellen, dass Giselle Ihnen gesagt hat, worum es geht. Ihrem überraschten Gesicht nach zu schließen hat sie Sie einfach überfallen, stimmt's?«

Franziska lächelte ihm dankbar zu.

Giselle verdrehte die Augen.

»Es geht um Ihren Koffer, Frau Querulin. Ihr Vater hat Giselle für einen Werbeauftrag gebucht. Wir haben das erste Shooting in drei Tagen. Von einem großen Autokonzern liegt bereits die Erlaubnis vor, in seinem Gebäude zu fotografieren. Sie wissen schon, moderne Businessfrau und so. Auch vom Flughafen ist heute das O.k. gekommen, dass wir am Check-in-Schalter ein paar Aufnahmen machen können. Und dazu brauchen wir

Sie natürlich, Frau Querulin. Wir wollen ja schließlich Ihre Vorstellungen in Bilder umsetzen.«

Franziska blieb der Mund offen stehen. Giselle Verleinen würde also wirklich ihren Koffer präsentieren? Das garantierte die Aufmerksamkeit in aller Welt. Das war großartig, das war unüberbietbar. Doch wie sollte sie sich die Gage dieses Topstars leisten können? Ihr Vater musste verrückt sein.

»Die Verträge sind unterschrieben?«

Schorsch nickte. »Alles unter Dach und Fach.«

»Können wir jetzt gehen? Ich habe keine Lust, mir länger die Beine in den Bauch zu stehen.« Giselle Verleinen war unüberhörbar genervt.

»Ich ziehe mir rasch etwas Trockenes an. Ich hoffe, du bist mir nicht böse, Marie, dass ich so überstürzt abreise. Aber du siehst, die Pflicht ruft. Bei diesem Shooting möchte ich unbedingt dabei sein.«

Maries Bedauern hielt sich in Grenzen. Sie hatte mit ihren Kindern genug um die Ohren. Außerdem hatte Stefan Urlaub und forderte ihre ungeteilte Aufmerksamkeit. Ihr innerliches Aufatmen versteckte sie jedoch hinter einem bedauernden Lächeln.

Dann war Franziska verschwunden, den Weg hinauf zum Haus ihrer Freundin, das malerisch auf einem Hügel lag, mit prächtigem, unverbautem Blick auf den See.

»Wie haben Sie uns hier gefunden?«, fragte Marie, um die entstandene Stille zu füllen.

»Das war nicht schwierig«, antwortete Giselle gelangweilt, »wir hatten die Adresse von Herrn Querulin. Ihre Haushälterin hat uns herunter zum See geschickt.«

»Kann ich ein Autogramm haben, bevor Sie fahren?«

»Aber sicher.« Giselle machte Schorsch ein Zeichen. Eine Geste, auf die Schorsch prompt reagierte. Er zog eine Autogrammkarte aus der Innentasche seines Sakkos und überreichte sie Marie mit einem gutmütigen Lächeln.

Dann machten sich die drei auf, um Franziska ins Haus zu folgen.

Die Autofahrt begann schweigend. Franziska saß gedankenverloren auf dem Rücksitz und fragte sich zum wiederholten Male, von welchem Geld ihr Vater diesen Auftrag wohl bezahlen wollte. Und wie es ihm überhaupt gelungen war, Giselle Verleinen zu engagieren. Es war doch sicher gar nicht so leicht, mit ihr in Kontakt zu treten. Und wie kam es dazu, dass dieses Topmodel sich höchstpersönlich auf den Weg machte, um sie aus dem Salzkammergut abzuholen?

»Ach, wir waren bei Bekannten in Salzburg zu Besuch«, antwortete Giselle auf ihre Frage.

»Bei den Schumachers«, warf Schorsch ein. »Da war es kein großer Umweg, Sie vom Wolfgangsee mitzunehmen. Ihr Vater bestand darauf, dass sie bei diesem Shooting dabei sind.«

Die Nachdrücklichkeit, mit der er immer wieder ihren Vater hervorhob, ließ Franziska stutzig werden. War es wirklich ihr Vater? Steckte da nicht jemand anderes dahinter?

Ein gewisser Herr Matthias Gerstenberg vielleicht? Mat hatte doch einmal Giselle Verleinen erwähnt. Damals in Peking, als sie sich über ihn lustig gemacht und scherzhaft vorgeschlagen hatte, Claudia Schiffer sollte den Quoffer präsentieren. War das ein Trick, um sie nach Hause zu holen? Wollte er auf diese Weise wieder mit ihr in Kontakt treten? Ihr anbieten, seine Geliebte zu sein, während er die Ehe mit der bügelnden Frau aufrechterhielt?

Nein, sie hatte keine Lust, Matthias Gerstenberg noch einmal zu treffen. Sie hatte seiner Frau ins Gesicht gesehen, sie hatte die Liebe dieser Frau zu ihrem Mann ganz deutlich gespürt. Sie wollte diese Frau nicht noch mehr verletzen. Und was sie noch viel weniger wollte, war, das dritte Rad am Wagen zu sein. Nicht mit ihr. Nicht mit Franziska Querulin.

»Halt. Bleiben Sie stehen. Ich möchte aussteigen.«

Franziska konnte es nicht sehen, aber sie war sich sicher, dass Giselle Verleinen die Augen verdrehte, als sie fragte: »Was soll denn das nun schon wieder?«

»Wir sind in gut zehn Minuten in Rosenheim, da können Sie aussteigen, wenn Sie wollen. Ich verstehe allerdings nicht, warum«, meldete sich nun Schorsch zu Wort.

»Das Ganze ist nur ein Trick, nicht wahr? Ein abgekartetes Spiel. Es ist Matthias Gerstenberg, der Sie zu mir geschickt hat, richtig?«

»Matthias Gerstenberg? Wie kommen Sie denn auf den? Bitte nehmen Sie zur Kenntnis, dass Matthias Gerstenberg nicht im Geringsten in der Lage ist, mich irgendwohin zu schicken.« Die Stimme der blonden Schönheit auf dem Beifahrersitz hatte sich in ein arrogantes Näseln verwandelt.

»Aha«, Franziska lehnte sich nach vorne, »Sie kennen ihn also.«

»Natürlich kenne ich Matthias Gerstenberg. Ich kenne ihn seit, warten Sie, lassen Sie mich nachrechen, ich kenne ihn seit mindestens fünfzehn Jahren. Ich mag ihn nicht besonders, wenn Sie das interessiert. Er ist mir zu brav.«

»Brav? Was soll das heißen, er ist zu brav?« Franziska wunderte sich selbst, wie sehr sie diese Bezeichnung störte. Doch sie wartete die Antwort nicht ab. »Sie sind gekommen, um mich zu ihm zu bringen!« Warum klopfte bloß ihr Herz zum Zerspringen? Und warum zog sie die Sehnsucht wie ein gespanntes Gummiband zu einem Mann, den sie nie, nie mehr sehen wollte? Nur nichts anmerken lassen. Jedes Gefühl vor sich selbst verbergen! »Ich bin doch nicht blöd. Ich durchschaue dieses Spiel. Sie können Ihrem lieben Herrn Gerstenberg sagen, er kann …«

»Wir werden uns wohl noch etwas gedulden müssen, bevor wir ihm irgendetwas von Ihnen ausrichten können«, unterbrach Schorsch, der seelenruhig und mit unvermindertem Tempo auf der Überholspur weiterfuhr. »Matthias Gerstenberg ist zurzeit in China. Er macht mit seiner Frau einen Rucksackurlaub.«

»Wie romantisch«, sagte Giselle spöttisch. »Wenn du mir je einen Rucksackurlaub vorschlägst, Schorsch, dann sind wir geschiedene Leute.«

»Um geschiedene Leute sein zu können, mein Mäuschen, müssten wir zuerst einmal heiraten. Jetzt steht dem nichts mehr im Weg, nachdem du endlich deine Scheidung hinter dich gebracht hast …« Er nahm Giselles Hand und drückte einen leichten Kuss auf den Handrücken.

Franziska, die auf eine weitere spöttische Bemerkung gewartet hatte, wartete vergebens. Das Lächeln, das Giselle ihm schenkte, war unerwartet liebevoll.

Franziska kam auf ihren ursprünglichen Verdacht zurück. »Matthias Gerstenberg ist in China? Sind Sie sicher?«

»Wenn Sie meinen, ob ich überprüft habe, dass er wirklich ins Flugzeug gestiegen ist, dann muss ich Sie enttäuschen, Frau Querulin«, spottete nun diesmal Schorsch. »Aber ich weiß, dass die beiden gut angekommen sind. Er hat sich bei seinem Bruder telefonisch gemeldet. Zufrieden?«

Franziska ließ sich in den Sitz zurückfallen. Zufrieden? War sie zufrieden, dass Matthias mit seiner Frau in China war? In dem Land, in dem sie mit ihm so glücklich war?

Nein, sie war nicht zufrieden. Sie war enttäuscht, dass nicht er es war, der hinter dieser Aktion steckte. Sie hätte ihm so gern ihre Meinung gesagt. Sie hätte ihm so gern an den Kopf geworfen, wie gekränkt sie war, dass er sie so schmählich hintergangen hatte. Sie hätte sich so gern noch einmal in seine Arme geworfen. Franziska, reiß dich zusammen! Sie hörte ihre strenge innere Stimme und setzte sich gerade auf. Es hatte keinen Sinn, jemandem nachzutrauern, der es nicht verdiente.

»Wir kommen nach Rosenheim, Frau Querulin. Wollen Sie immer noch aussteigen?«

»Ach, fahren Sie doch weiter«, entgegnete Franziska missmutig.

XXII

Am folgenden Abend stand Franziska vor dem Spiegel und musterte sich kritisch. Ja, das kleine Schwarze passte ihr wie angegossen. Die Friseurin hatte ihre dunkelblonden Locken ein Stück gekürzt. Sie umrahmten schwungvoll ihr leicht gebräuntes Gesicht. Die Tage am See hatten ihr gut getan. Zumindest äußerlich. Die dunklen Schatten um die Augen waren fast wieder verschwunden. Ein dezentes Rouge gab ihren Wangen Frische. Großmamas Perlen um den Hals waren immer ein viel bewunderter Blickfang.

An diesem Abend bat die Produktionsfirma ihres Werbefilms zu einem kleinen Empfang. Giselle Verleinen war eingeladen, gemeinsam mit ihrem Begleiter Schorsch. Dazu ein männliches Topmodel, das man für den Fernsehspot engagiert hatte, um darin die Businessfrau Giselle Verleinen mit dem Quoffer gebührend zu bewundern. Jede Menge anderer Prominenter waren angesagt. Franziska würde eine von ihnen sein, gemeinsam mit ihrem Vater Heinrich Querulin.

Sieglinde Maria Querulin hatte zu Franziskas Überraschung sofort abgewinkt. »Ich will mit dieser ganzen Sache nichts zu tun haben«, hatte sie kategorisch erklärt und sich mit ihren Freundinnen zu einer Partie Bridge verabredet.

Das hatte Franziska nicht weiter beunruhigt. Sie war froh, dass ihr Vaters nun als Begleiter für sie allein zur Verfügung stand. Und doch war es seltsam, dass ihre Mutter einen Abend mit Freundinnen einem Empfang mit Prominenten den Vorzug gab. Wie viel hätte sie davon erzählen können! Wie viele Nachmittage und Abende davon zehren. Ihre Nebenniere hätte nicht länger als Gesprächsstoff herhalten müssen.

Aber gut, ihr sollte es recht sein. Franziska schlüpfte in die hochhackigen Schuhe und griff zu ihrem himmelblauen Abendtäschchen, das aussah wie ein kleiner Quoffer. Und das ihr Mrs. Yang zum Abschied geschenkt hatte.

Ihr Vater erwartete sie schon am Fuß der Treppe. Elegant gekleidet. Seine weißen Haare kurz geschnitten. Sie liebte ihn, wie er so dastand und ihr voll Stolz und väterlicher Liebe entgegensah.

Der Produzent hatte eine Limousine geschickt. Ein junger Mann in Uniform hielt die Wagentür auf.

Franziska grinste ihrem Vater zu. Das war ja wie in einem Hollywoodfilm! Wäre sie nicht so traurig gewesen, sie hätte diesen Abend noch viel mehr genießen können. Doch er begann verheißungsvoll und versprach, spannend zu werden. Sie stieg in den Wagen und rückte zur Seite, damit ihr Vater ihr folgen konnte.

Doch Heinrich Querulin blieb abrupt am Bordstein stehen und griff sich mit der Hand an die Stirn. »Jetzt habe ich doch glatt vergessen, den Diaprojektor aufzubauen. Deine Mutter möchte heute ihren Freundinnen die Dias von unserem letzten Urlaub in der Toskana zeigen. Ach, was bin ich doch für ein vergesslicher alter Narr.«

Franziska griff nach seiner Hand: »Papa, Mutters Freundinnen haben diese Bilder mindestens schon fünfmal gesehen.«

»Diese nicht. Deine Mutter hat mich ausdrücklich gebeten. Die Damen kommen extra um neun Uhr zu uns ins Haus, um die Dias anzusehen. Nein, das ist mir wirklich zu dumm! Fahr vor, Franziska, du darfst auf keinen Fall zu spät dort ankommen. Ich beeile mich und komme dir nach, so schnell ich kann.« Er schloss die Wagentür, bevor Franziska noch etwas erwidern konnte.

Der Chauffeur fuhr an. Durch das Rückfenster sah Franziska ihren Vater, der noch eine Zeit lang regungslos auf dem Gehsteig stand und dann kehrtmachte, um ins Haus zurückzugehen. Er hatte es offensichtlich nicht sehr eilig.

Sie würde also allein auf diesem Empfang erscheinen. Das war eine Tatsache, die ihr gar nicht gefiel. Doch was sollte sie machen? Ihre Mutter hätte ihrem Vater tagelang gegrollt, wenn er sie im Stich gelassen hätte. Es war Sieglinde Maria Querulin ausgesprochen wichtig, vor ihren Freunden immer als die perfekte Gastgeberin dazustehen. Und wenn sie versprochen hatte, die Dias zu zeigen, dann würde sie Dias zeigen. Und Heinrich Querulin würde sie darin unterstützen.

Nun gut, ihr Vater würde ja in Kürze nachkommen. Und den Anfang würde sie schon allein überstehen. Sie lehnte sich zurück und betrachtete das Fahrzeug mit großem Interesse. Das Glasfenster zum Chauffeur war zugeschoben. Sie hörte, dass er über die Freisprechanlage mit jemandem telefonierte, konnte aber nicht verstehen, was er sagte.

Der Wagen fuhr ans andere Ende der Stadt und blieb schließlich vor einem schweren Edelstahltor stehen, das sich auf Knopfdruck lautlos zur Seite schob. Der Wagen passierte, das Tor wurde geschlossen. Eine moderne Villa lag im Schein der untergehenden Sonne. Zwei Sportwagen waren an der Auffahrt geparkt. Anscheinend war sie eine der ersten Gäste.

Der Chauffeur half ihr aus dem Wagen, begleitete sie zur Eingangstür und betätigte die Glocke. Er öffnete die Tür und bat Franziska höflich einzutreten. Dann kehrte er zum Auto zurück, um es in die Garage zu fahren.

Franziska hatte erwartet, dass sie ein Bediensteter an der Tür begrüßen würde, oder vielleicht sogar der Hausherr selbst, vielleicht mit Gemahlin. Doch da war niemand zu sehen. Auch die Halle war leer.

Musik erklang aus einem der angrenzenden Räume. Sie blieb unschlüssig in der Halle stehen und wusste nicht recht, wie sie sich verhalten sollte. Ach, wenn doch ihr Vater jetzt hier wäre! Zu dumm, das mit dem Diaprojektor. Mutter. Immer zur unpassendsten Zeit.

Es hatte keinen Sinn zu schmollen. Und es hatte auch keinen Sinn, in der Halle zu stehen und auf weitere Gäste zu warten. Sie versuchte zu erkunden, woher die Musik kam. Und entschied sich schließlich für eine der hohen Türen.

Franziska klopfte an, doch niemand antwortete ihr. Also drückte sie die Klinke herunter und betrat den Raum. Auch dieses Zimmer war leer. Bis auf einen Tisch, der mit edlem Geschirr und funkelnden Kristallgläsern für zwei Personen festlich gedeckt war. Und bis auf einen Mann im dunklen Anzug am Flügel, der nicht aufsah, als sie eintrat, sondern die Melodie ausklingen ließ, die er gerade spielte. Bevor er ein anderes Lied anstimmte:

Ich habe dich gesehen, und der Tag begann zu sein,
ich spürte deinen Atem auf der Haut.
Dein Lachen öffnet Türen,
ich wünschte, du wärst mein,
doch ich fürchte, ich hab's grenzenlos versaut.

geschrieben von Seeberstein im September
einmal gesungen für Franziska und dann nie wieder

Diese Melodie kannte Franziska. Und diese Stimme hätte sie unter Tausenden herausgehört.

Franziska blieb wie angewurzelt stehen: Dieser Mann am Flügel sang wie Mat, dieses Lied hatte dieselbe Melodie, die er in Peking für sie gespielt hatte. Aber dieser Mann trug etwas längeres Haar und einen Kinnbart. Er erinnerte sie an jemanden. Ja, jetzt wusste sie es. Er sah aus wie der Mann, der auf dem Foto in Matthias Gerstenbergs Wohnung neben Matthias zu sehen gewesen war.

Nein, das konnte nicht wahr sein! Nein, nein, sie war verwirrt, nein, das hätte sie doch schon viel früher bemerkt, wenn es stimmen würde! Sie war doch nicht blind und sie war doch nicht blöd. Das war sicherlich eine Verwechslung. Das war sicherlich nur eine zufällige Ähnlichkeit. Der Mann am Flügel sah aus wie Seeberstein.

Was sollte sie tun? Flucht, sagte der erste Impuls. Wir können nicht gehen, sagten die Beine, nicht bereit, sich auch nur einen Millimeter zu rühren. Ich bekomme keine Luft, sagte die Lunge. Küss ihn endlich, sagte das Herz.

Der Mann am Flügel sah, dass sie erbleichte, und hörte zu spielen auf. Mit wenigen Schritten war er bei ihr und zog sie in seine Arme. »Jetzt hast du es erraten, nicht wahr?«

Er blickte zu ihr hinunter, und die Unsicherheit, die sich in seinem Gesicht spiegelte, rührte sie so, dass sie ihrem Herzen folgte und den ersten Schritt tat, um ihn zu küssen. Was auch immer er gemeint hatte, was sie erraten hätte, es war ihr im Moment völlig egal. Er war hier und sie war hier, und sie waren sich so nah, wie sie sich das in den letzten Tagen und Wochen so sehnlich gewünscht hatte.

Sie pressten sich aneinander, sie klammerten sich aneinander fest, ihr Kuss war wild und leidenschaftlich. So als müssten sie sich vergewissern, dass der andere wirklich da war. Es war dieselbe Wucht, dieselbe Intensität, wie sie ihr Kuss beim Abschied gehabt hatte. Doch damals war es die Angst vor dem Verlust gewesen, die sie antrieb. Heute war es die Freude über das Wiederfinden.

Wie auf ein unhörbares Kommando sanken sie beide auf die dicken Teppiche. Mit ein paar schnellen Handgriffen hatten sie sich ihrer Kleider entledigt.

Sie liebten sich rasant und leidenschaftlich. Die so lange unerfüllte Sehnsucht ließ sie alles andere um sich herum vergessen. Da war kein Platz für zärtliches Vorspiel, da war kein Platz für langsames Annähern, da war nur die Gier, endlich wieder eins zu sein.

Als sich Franziska einige Zeit später auf der Gästetoilette wieder einigermaßen zurechtmachte, lächelte sie ihrem Spiegelbild mit den geröteten Wagen glücklich zu. Sie war da, wo sie hingehörte. Allein mit dem Mann, den sie liebte. Allein? Um Himmels willen, wo waren die anderen Gäste?

Ihr Vater würde in Kürze hier auftauchen. Es war ein Wunder, dass er nicht schon längst erschienen war. Nicht auszumalen, wäre er angekommen, als sie sich mit ihrem Liebsten auf dem Boden wälzte!

Franziska stutzte: Wie hieß ihr Liebster eigentlich? Matthias hieß er nicht, soviel stand fest. Mat dann wohl auch nicht. Seeberstein? Der Mann konnte doch nicht allen Ernstes Seeberstein heißen!

Rasch wusch sie sich die Hände und zupfte ihre Frisur zurecht.

Als sie wieder in das Zimmer eintrat, erwartete Harry sie schon am Ende des festlich gedeckten Tisches.

»Wo sind die andern Gäste?«

Er stand auf, um sie mit seinen weit ausgestreckten Armen zu umfangen und ihr einen Kuss auf die Stirn zu geben. »Du bist mein einziger Gast.«

»Und Vater?«

Harry schüttelte den Kopf, und die Zärtlichkeit in seinen Augen verstärkte sich. »Wird nicht kommen.«

»Hast du ihn angerufen?«

Harry schüttelte abermals den Kopf. »Das war nicht nötig.«

Franziska machte sich los. »Warum war das nicht nötig? Ist etwas passiert?«

»Nein, nein«, beeilte er sich zu versichern, »das Einzige, was passiert ist, ist, dass deine Eltern Bescheid wissen.«

»Bescheid worüber?«

»Bescheid über uns«, erklärte Harry, als sei dieses das Selbstverständlichste auf der Welt. »Hast du Hunger?«

Franziska nickte. »Aber zuerst möchte ich wissen, was genau hier gespielt wird. Worüber genau wissen meine Eltern Bescheid?«

»Wie habe ich deine Neugierde vermisst! Komm, lass uns zuerst etwas zu essen holen.« Harry nahm ihre Hand und zog sie hinter sich her in die Küche.

»Meine Haushälterin hat ein Büfett für uns zusammengestellt. Wir brauchen die Sachen nur in das Zimmer zu tragen.«

Und das taten sie dann auch.

Sie saßen am vornehm gedeckten Tisch, prosteten sich mit Kristallgläsern zu und fütterten sich gegenseitig mir den Köstlichkeiten, die die fleißige Haushälterin für sie bereitgestellt hatte.

»Du hast meiner Schwägerin einen ganz schönen Schrecken eingejagt.«

Franziska zuckte schuldbewusst zusammen. »Das tut mir ja so Leid. Wie hätte ich denn auch wissen können, dass es gar nicht ihr Mann war, in den ich mich verliebt hatte, sondern ihr Schwager.«

»Sag das noch einmal ...«

»Wie hätte ich denn wissen können, ...«

»Nein, das andere.«

Franziska hatte ihn schon verstanden: »Dass ihr Mann nicht der Mann war, in den ich mich verliebt hatte. Sondern dass du, sein Bruder, das bist. Du bist der Mann, den ich liebe.«

Und dann küssten sie sich wieder.

»Natürlich bist du an allem schuld! Hättest du mich nicht angeschwindelt, dann wäre ich nie in die Wohnung deines Bruders gefahren. Und ich hätte deiner Schwägerin keinen Schock versetzt.«

»Ich wollte dir ja längst die Wahrheit sagen. Aber zuerst kannte ich dich nicht gut genug, um dir zu vertrauen. Und dann kam nie der richtige Zeitpunkt. Außerdem habe ich es genossen, der ganz normale Mat zu sein. Und nicht der tolle Seeberstein, der die Augen der Frauen in aller Welt zum Glänzen bringt.«

Franziska überhörte diese Selbstironie. Sie war ernsthaft entrüstet. »Wofür hältst du mich? Ich bin doch keine von den Frauen, deren Augen du zum Glänzen bringen kannst!«

Er schenkte ihr einen tiefen Blick und war sich dessen Wirkung durchaus bewusst: »Wirklich nicht?«

Franziska nahm diesen Blick wahr, und ein Prickeln begann ihren Körper zu erfassen. Sie würde diesem Mann gleich die Gelegenheit geben, dieses Glänzen noch zu verstärken. Sofort! Aber zuerst musste sie noch etwas klarstellen: »Wenn meine Augen glänzen, dann glänzen sie, weil ich dich liebe. Und nicht, weil du ein Star bist.« Sie schlug ihm mit der flachen Hand auf die Schulter. »Himmel, du bist ja wirklich ein Star! An den Gedanken muss ich mich erst gewöhnen.«

»Aua!« Harry zuckte in theatralischem Schmerz zusammen und entblößte seinen Oberkörper. Ein tiefblauer Fleck zierte seine rechte Schulter.

Franziska fuhr zurück. Das konnte ihr leichter Schlag doch unmöglich verursacht haben! »Ich war das nicht!«

Harry grinste schon wieder. »Natürlich nicht. Oder, sagen wir, nur indirekt. Der Schock meiner Schwägerin hat mir ein paar blaue Flecken eingebracht.«

Franziska riss die Augen auf: »Sie hat dich geschlagen?«

Harrys Grinsen wurde breiter: »So weit kommt es noch! Nein, Matthias hat sich mit mir geprügelt. Er nahm an, ich sei daran schuld, dass ihn seine Frau vor die Tür gesetzt hat.«

»Sie hat ihn vor die Tür gesetzt? Um Himmels willen! Wir müssen ihr erklären, wie es wirklich war.«

»Das ist schon geschehen, mein Herz! Die beiden sind in China, wie du weißt. Gitte ist längst davon überzeugt, dass Matthias ihr nicht untreu war.«

»Ja«, sagte Franziska ganz in Gedanken, »dazu ist er ja schließlich zu brav.«

Harry war überrascht: »Was soll das heißen, er ist zu brav? Wer sagt denn so etwas?«

»Giselle Verleinen. Sie meinte, Matthias sei brav. Was auch immer das heißen mag. Woher kennst du dieses weltbekannte Model überhaupt? Kennst du es überhaupt, um genau zu sein? Wollte sie heute Abend nicht auch kommen?«

Harry gab ihr einen Kuss auf die Nase: »Ich habe außer dir niemanden eingeladen. Dein Vater war eingeweiht. Er war mein Lockvogel. Denn ich fürchtete, du würdest nicht kommen, wenn du die Wahrheit wüsstest.«

»Dann ist diese tolle Villa wirklich dein Zuhause? Und ich bin auf Papas Schwindeleien hereingefallen, ich sei bei einem Produzenten eingeladen, der meinen Kofferspot drehen will.«

»Das war keine Schwindelei. Du bist tatsächlich beim Produzenten eingeladen. Bei mir.«

Franziska schaute ihn verständnislos an, doch bevor sie etwas fragen konnte, hob Harry abwehrend die Hand. »Warte ab, ich erzähle dir haargenau, wie sich alles zugetragen hat.«

Franziska nickte und schnappte sich einen reifen Pfirsich aus einer schlichten gläsernen Schale.

»Es war vor einer Woche, ich hatte die ganze Zeit vergeblich versucht, dich am Telefon zu erreichen. Ich hatte dir unzählige E-Mails geschickt, aber Frau Querulin hatte ja beschlossen, nicht zu antworten.«

»Ich dachte doch, du seist verheiratet.«

»Ja, das weiß ich inzwischen. Aber damals konnte ich mir keinen Reim auf dein Verhalten machen. Ich war verzweifelt.«

»Mein armer Liebling.« Sie war zwar äußerst gespannt, was er noch zu erzählen hatte, aber die Zeit für einen ausgiebigen Kuss musste sein.

»Natürlich war ich arm«, bestätigte Harry, als er sich wieder aufrichtete, »kannst du dir mein Gefühl vorstellen, als ich in der VIP-Lounge des Flughafens auf dich wartete und man mir sagte, du seist bereits vor zwei Tagen in Deutschland angekommen?«

Franziska strich ihm liebevoll über die Wange.

»Natürlich war ich keinesfalls bereit aufzugeben. Du hast zwar all meine Nachrichten und meine ständigen Bitten, mich doch zurückzurufen, ignoriert. Und auch dein Vater behandelte mich auf ähnliche Weise. Bat ich um einen Rückruf, so wartete ich vergebens. Und erreichte ich ihn, so hatte er stets einen wichtigen Kunden im Laden und brach das Gespräch nach wenigen Worten ab. Aber es musste doch einen Weg geben, wie ich dich dennoch erreichen konnte! Also habe ich mich eines Tages ins Auto gesetzt und bin zu deinem Elternhaus gefahren.«

»Aber, du hattest doch keine Ahnung, wo ich wohne!«

»Von Leuten, die so einen seltenen Namen haben wie du, ist es nicht schwer, die Adresse herauszufinden. Wir sind also hingefahren. Mein Chauffeur hat geläutet und nach dir gefragt.«

»Und Vater hat ihn nicht hinausgeworfen? Und dich dazu? Hochkantig? Den Verräter seiner Lieblingstochter?«

»Du bist seine einzige Tochter, Franziska.«

»Ja, das stimmt. Dennoch bin ich seine Lieblingstochter.« Sie grinste ihn an.

»Dein Vater war gar nicht zu Hause. Ich habe deine Mutter angetroffen. Aus deinen Erzählungen kannte ich ihre Vorliebe für Prominente. Daher war es gut, dass ich zuerst meinen Chauffeur vorgeschickt hatte, um das Kommen des großen Seeberstein anzukündigen.«

Franziska lachte, und sie liebte ihn dafür, mit welcher lockeren Leichtigkeit er sich über sich selbst lustig machte. »Mutter wird begeistert gewesen sein!«

»Natürlich war deine Mutter begeistert.«

»Der große Seeberstein wurde hereingebeten?«

»Nicht nur das. Der große Seeberstein wurde auch ganz ausgezeichnet bewirtet. Und durfte warten, bis dein Vater nach Hause kam, um ihm die ganze Geschichte, die ich deiner Mutter bereits erzählt hatte, haargenau zu wiederholen. Ich erfuhr von deinen Eltern, dass du an den Wolfgangsee gereist warst. Am liebsten wäre ich sofort ins Auto gestiegen, um dir nachzufahren. Aber da gab es zwei Hindernisse. Erstens wusste ich nicht, ob du bereit warst, mich anzuhören. Und zweitens musste ich dringend ins Tonstudio. Meine neueste CD kommt in Kürze auf den Markt. Ich weiß nicht, ob du schon davon gehört hast.«

»Ich habe seit meiner Rückkehr aus China keine Zeitungen und Zeitschriften mehr gelesen.«

»Das habe ich mir gedacht«, Harry nickte, »sonst hättest du auch längst von meiner Scheidung erfahren.«

Franziska strahlte ihn an: »Du bist tatsächlich geschieden? Mit Brief und Siegel?«

Harry nickte.

»Das freut mich. Das freut mich sogar sehr! Wie hast du denn das so schnell geschafft?«

»Das war nicht weiter schwierig. Gisi hatte von mir eine neue Aufgabe verlangt. Und sie hat eine neue Aufgabe bekommen. Sie ist PR-Dame der Kosmetikmarke Kashido. Und betreut das Kashido-Quoffer-Projekt.«

»Das Kashido-Quoffer-Projekt?«

»Kashido wird einen Teil deiner Quoffer mit Kosmetikprodukten ausstatten. Gedacht ist an zehntausend Stück. Für den Anfang.«

»Für den Anfang.«

Franziska konnte seine Worte nur fassungslos wiederholen. Wachte sie oder träumte sie? Und wenn sie träumte, war dies ein himmlischer Traum oder ein Schrecken für schlaflose Nächte?

»Und wer soll die Produktion der mehr als zehntausend Quoffer finanzieren?«

»Du hast mich doch gefragt, ob ich dein Partner sein will, Franziska, erinnerst du dich? Die Antwort lautet: Ja, ich will!«

»Und darum produzierst du auch meinen Quoffer-Spot?«

»Und darum produziere ich auch deinen Quoffer-Spot!«

»Und wie kamst du zum Kontakt mit Kashido?«

»Den hat meine Exfrau hergestellt. Gisi war dort Cover-Model.«

»Gisi war dort … Gisi ist doch nicht am Ende Giselle Verleinen?« Franziska saß mit einem Schlag kerzengerade auf ihrem Stuhl. »Du warst mit Giselle Verleinen verheiratet? Mit der schönsten Frau des Universums?«

Harry nickte.

»Du kannst mir ruhig widersprechen. Sagen, dass sie nicht die schönste Frau des Universums sei oder etwas Ähnliches.«

»Das könnte ich. Aber ich tue es nicht. Denn Giselle ist wirklich ausgesprochen schön. Was hätte es für einen Sinn, das zu leugnen?«

»Das hätte den Sinn, dass ich mich nicht so klein fühlen würde«, fuhr Franziska auf. »Wie soll ich je einen Mann an mich fesseln können, der es gewohnt war, jahrelang neben Giselle Verleinen aufzuwachen?«

In Harrys liebevollem Blick zeigte sich ein spöttisches Grinsen: »Ja, du hast Recht, Franziska, es ist ganz ausgeschlossen, dass du das je schaffst. Es wird höchste Zeit, dass du dir einen ordentlichen Minderwertigkeitskomplex zulegst.«

Mit einem Aufschrei fiel sie über ihn her. »Du bist ein unmöglicher Mensch!« Sie riss ihn zu Boden, wo sie miteinander raufend übereinander herfielen.

»Ich habe überhaupt keinen Grund für einen Minderwertigkeitskomplex!«, sagte sie zwischen zwei Küssen. »Schließlich bin ja nicht ich die Frau, von der du dich hast scheiden lassen. Sondern ich bin die Frau, mit der du zusammen sein willst. Also muss dir ja auch etwas an mir gefallen, nicht wahr, Herr … Herr … verflixt, ich weiß noch immer nicht, wie du wirklich heißt!«

Harry stand auf, knöpfte sein Hemd zu, strich sich mit beiden Händen durch die Haare, verbeugte sich korrekt und sagte mit geschäftsmäßiger Stimme: »Harry Schlamm, Frau Querulin, stets zu Ihren Diensten.«

Franziska reichte ihm die Hand, um ihn wieder auf den Boden zurückzuziehen. »Na dann, Harry Schlamm, wollen wir Ihre Dienste einmal in Anspruch nehmen.«

Epilog

Matthias Gerstenberg schwenkte die gläserne Statue so, dass jeder sie gut sehen konnte. Dann nahm er das Mikrofon, das die Moderatorin bereithielt.

»Wow, mir fehlen die Worte. Ich danke allen, die den Quoffer-Spot zum beliebtesten Werbespot Europas gewählt haben! Und natürlich auch allen, die mitgeholfen haben, diesen Werbefilm ins Leben zu rufen: zuallererst meinem Bruder Seeberstein, der den Film produziert und in seiner unnachahmlichen selbstironischen Art mitgespielt hat. Die Musik wurde inzwischen mit einem ›Echo‹ ausgezeichnet, aber das wissen Sie ja sicherlich …«

Tosender Applaus brandete auf, als Harry der Menge zuwinkte.

»Ich danke Giselle Verleinen, die wie keine Zweite die moderne Businessfrau von heute verkörpert. Schön, stark und kompetent.«

Giselle erhob sich und strahlte in die Kamera. Die Schwangerschaft tat ihr gut. Sie war noch schöner geworden, seitdem sich ihr Körper sichtbar rundete. Schorsch saß voll Stolz neben ihr und applaudierte so heftig, dass seine Handflächen glühend rot wurden.

»Und natürlich danke ich meiner frisch gebackenen Schwägerin Franziska Querulin-Schlamm. Ohne ihr geniales Erfinderhirn würde es den Quoffer nicht geben, der das Reisen für Geschäftsleute in aller Welt revolutioniert hat. Businessladys, und seit neuestem auch Businessmen, von Buenos Aires bis Hongkong, von Reykjavik bis Kapstadt – ohne Quoffer verreist niemand mehr! Franziska Querulin hat sich nie entmutigen lassen und ist konsequent ihren Weg gegangen. Höchst erfolgreich, wie wir wissen. Ohne ihre geniale Idee gäbe es keinen Quoffer. Und damit auch keinen Quoffer-Spot. Danke, Franziska!«

Franziska blickte glücklich von Harry an ihrer linken Seite zu ihren Eltern rechts von ihr. Und warf dann ihrem Schwager eine Kusshand zu. Sie fand ihn gar nicht so brav. Nur stiller als Harry. Ein Mann, der das Rampenlicht nicht so suchte wie sein Bruder. Obwohl er es sichtlich genießen konnte, wie dieser Abend zeigte.

»Vielleicht eine Mitteilung noch, ganz aktuell. Franziska Querulin hat heute die entsprechenden Verträge unterschrieben. Sie ist nun auch Eigentümerin der französischen Firma ›Valleau Vallise‹. Herzlichen Glückwunsch, Franziska!«

Ein Raunen ging durchs Publikum, bevor es mit Applaus seine Anerkennung für diesen Geschäftserfolg bekundete.

»Und last, but not least geht mein Dank an – und ich darf hier Ephraim Kishon zitieren – an die beste Ehefrau von allen, Gitte Gerstenberg. Die es immer wieder schafft, mich auf die Erde zurückzuholen und gleichzeitig zu neuen Höhenflügen zu inspirieren.«

Während die Menge zu einem nicht enden wollenden Applaus anhob, wurde der Siegerfilm noch einmal abgespielt:

Einsame Landstraße. Giselle Verleinen, noch gertenschlank, in einem edlen Kostüm. Die langen Haare wehen im Sommerwind. Ihr Blick hinter einer modischen Sonnenbrille in die Ferne gerichtet. In der Hand den Quoffer in Pastellblau. Luxusausgabe (seit kurzem auch mit einem Schloss aus Platin zu haben – Preis auf Anfrage). Sie schreitet zügig voran, die Musik steigert sich langsam zum Furioso.

Kameraschwenk auf Seeberstein. Wie ihn die Fans lieben, mit Kinnbart und glitzerndem Ring im Ohr. In einem seiner elegantesten Bühnenoutfits. Und mit einem schlichten mangrovengrünen Quoffer in seiner Rechten.

Die beiden gehen aufeinander zu. Spannung liegt in der Luft.

Und gerade, als es den Anschein hat, sie würden einander treffen, gabelt sich der Weg. Und wie aus dem Nichts taucht Schorsch auf, ganz in Schwarz. Schwarzes lockiges Haar, schwarzer Vollbart, schwarzer Anzug, schwarzer Quoffer.

Giselle und Schorsch marschieren den einen Weg entlang. Harry den anderen. Alle drei im gleichen Rhythmus. Alle drei einen Quoffer in der Rechten.

»Wohin auch immer Ihr Weg Sie führen mag, Ihr Quoffer bleibt Ihnen treu. Weltweit.«

Danke

Ich danke meiner Familie und allen, die mich und meine Romane sonst noch lieben. Ich danke dem internationalen Handelshaus, für das ich viele Jahre als Leiterin der Abteilung Recht & Verwaltung gearbeitet habe, dafür, dass ich auf siebzehn Geschäftsreisen nach China die Sitten und Gebräuche und die Besonderheiten bei Verhandlungen mit chinesischen Geschäftspartnern persönlich kennen lernen konnte. Ich danke meinen Agentinnen Lianne Kolf und Ingeborg von Castell für die stets gute Kooperation. Natürlich danke ich auch Isolde Wehr, der Herausgeberin von Moments, und meiner Lektorin Petra Kästner-Henn für unsere erfreuliche Zusammenarbeit. Und ich danke meinen Schriftstellerkolleginnen und -kollegen von DeLiA, der Vereinigung Deutschsprachiger Liebesromanautorinnen und -autoren, für den stets interessanten Ideenaustausch.

Links

Zur Autorin: www.sophieberg.at

Zur Vereinigung Deutschsprachiger LiebesromanautorInnen: www.delia-online.de